www.bbulmedia.com

BBULMEDIA

은종룡 변종견

운종룡변종견

담적산 퓨전 판타지 장편 소설

3

뿔미디어

목차

17.

대반전

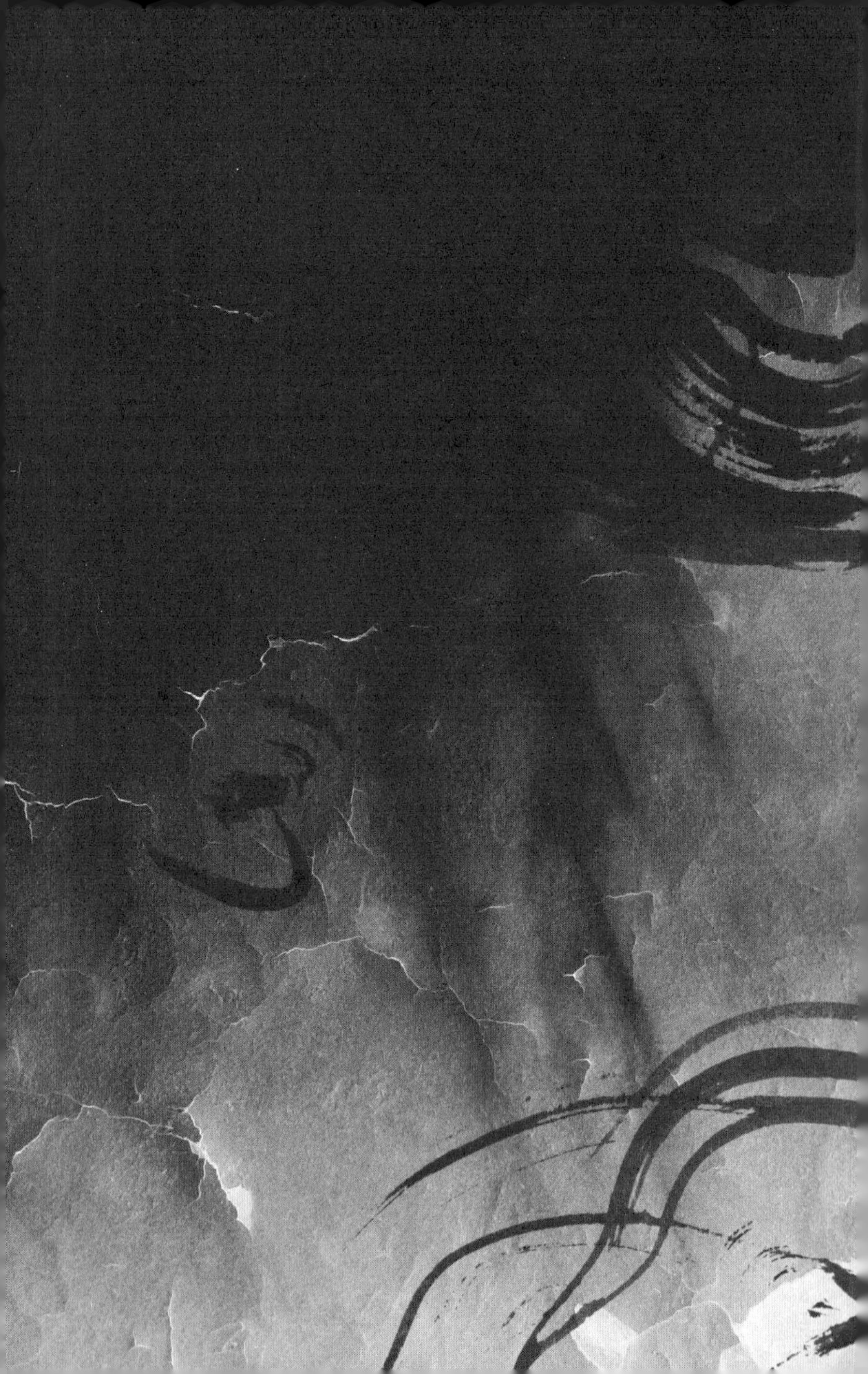

달빛은 온 세상을 다 노랗게 물들였지만, 오로지 한 군데만은 붉었다.

불의 도.

그것은 언제나 붉었다.

언제나 활활 타올랐고, 언제나 열정으로 가득 차 사람의 마음을 온통 빼앗는 교리였다.

오씨는 그렇게 믿었다.

사람들이 마교라 부르지만 유교에서 변칙으로 생긴 신분 제도를 부정하면서 나온 말일 뿐이다.

공자님이 사람은 처음부터 불평등하다고 가르치진 않았으나 권력자들은 그것을 허용하지 않았다. 권력에 아첨하는 지식인들이 비뚤어진 학문을 만들어 내고, 가르침을 왜

곡시키며 종교처럼 변질된 것이다.

종교란 이렇게 권력자의 입맛에 맞게 변질되어 사람들의 삶을 더 무겁게 내리누른다.

사실 그렇게 변하지 않으면 권력자들이 종교를 살려 두지도 않는다.

그러나…….

—불의 도는 그렇지 않습니다. 지금으로부터도 삼천 년 전, 사람들이 네 것 내 것 없이 사이좋을 때의 교리를 그대로 간직하고 있지요. 변질하면 그것은 불이 아닙니다. 불은 변하지 않습니다.

……라는 것이 바로 평생 서안에서 누구도 모르게 불의 도를 믿어 온 푸줏간 오씨의 믿음이었다.

그 푸줏간은 삼 형제 장원의 길 건너편 모퉁이를 돌면 바로 나오는 저잣거리의 초입이었기 때문에 삼 형제의 놀라움은 더 컸다.

아울러 연미가 정기적으로 고기를 구입해 쓰는 곳이기도 했다.

알고 보니 가까운 데 있었네, 라는 신기함도 잠시. 마교도가 모이기 시작하자 삭풍당이 있는 객점은 금세 가득 차 버렸다.

광겸은 아무 말도 하지 않고 있었다.

삭풍당원들은 모두 일어나 조용히 시립하고 있었고, 그

런 가운데 오씨의 말이 계속 이어졌다.

"정말…… 오랜만에 뵙습니다. 옛날 생각이 새록새록 나는군요."

광겸은 이번에도 당황했다.

"날…… 봤다고요?"

오씨는 흐릿한 미소를 지었다. 고기 썰면서 거칠어진 인상에 짓는 미소라야 투박하지만, 사람의 인상은 수십 년 살면서 표정에 의해 얼굴 근육까지 유형별로 굳어진다.

사람이 사십 해 넘게 살면 자기 얼굴에 책임을 져야 한다는 말이 그래서 나온 것이다.

오씨의 인상은 푸짐하게 고기를 두어 근 더 썰어 줄 것 같은 인상이었다.

"아기씨일 때였을 겁니다. 현화부인께서 서안에 한 번 오셨죠. 그때 안겨 계셨습니다. 그리고…… 큰 공자님께서는 저희에게 불의 도를 이야기할 만큼 자라 계셨죠."

광겸으로서는 처음 듣는 이야기였다.

광수는 이런 말을 전혀 해 준 적이 없었다.

"불의 길을 걷는 사람들의 지도자는 천하를 두루 돌면서 박해 받는 교도들에게 위로와 힘을 더할 수 있는 설법을 합니다. 아직 어리셨지만 광수 도련님의 시연은 그래서 더 감동이었지요. 순수한 아이의 마음은 인생 중에 가장 정의감이 강할 때 아닙니까. 그때는…… 모든 것이 다 좋았지요."

"큰형이 설교를 했다고요?"

오씨는 고개를 끄덕이다가 손을 눈가로 가져갔다.

“그렇게 유복하게 지내시다가 갑자기 부모님도 잃고 지옥 같은 곳으로 끌려가셨으니…… 두 분 공자님께서 안 계셨더라면…… 아마 큰 공자님도 오늘날까지 그렇게 살아 계시진 못했을 겁니다. 세 분을 한자리에 모아 둔 것이 광수 공자를 살아 있게 했고, 그게 세 분을 다 살린 겁니다. 초화부인의 실수였겠지요.”

광겸은 중얼거렸다.

“실수라…….”

그랬을 게다.

광겸 자신은 고작 젖먹이 나이였고, 광검은 친모에게 버림 받은 충격을 안고 폐인 증상을 보였다. 그것만으로도 어린 세 아이가 살아남을 가능성은 없었다.

‘그래서 버려 두었겠지.’

광수가 열 살이 넘었다지만 어리긴 마찬가지였다.

두 동생을 같이 살리기 위해 광수는 마음을 어떻게 썼을까?

‘하긴, 큰형한테는 내가 이러면 안 되는데 평소에…….’

벌써 까마득하게 잊었다.

미안함을 문득문득 느껴도 그걸 표현하기가 쉽지 않을 만큼 자기 자존심도 대가리를 쳐들고 있었으니, 광겸의 웃음은 씁쓸할 수밖에 없었다.

오씨가 눈물을 닦아 내고 물었다.

“현화부인께선 차도가 좀 어떠하십니까?”

광겸은 시큰한 콧날을 손가락 끝으로 만지작거리다가 속내를 감췄다.

"좋아지고 계십니다. 좋아지셔야죠."

"다행입니다. 화모(火母)가 둘 이상인 적은 많았습니다. 초화부인의 상태가 이상해졌다는 이야기가 정식으로 교단에 퍼진 지금, 화모를 또 한 분 세울 필요가 있습니다. 물론 초화부인의 표적이 될 일입니다만, 현화부인의 굳은 마음을 저희는 믿고 있습니다."

광겸은 일단 인상을 썼다.

십 년 이상을 뇌옥에서 고생하신 분을 힘에 미친 제갈청청 앞에 세우다니!

"별로 좋은 생각같이 느껴지지 않는데요."

아주 솔직히, 광겸은 바로 말해 버렸다.

그런데 오씨, 서안 교도들의 안전 관리를 맡고 있는 그는 예의 푸근한 미소를 지었다.

"자식이 걱정하는 거야 당연하지요. 하지만 어차피 현화부인도 같은 걱정을 하고 계실 것을 아셔야 합니다."

"……!"

광겸의 입이 막혔다.

그사이 오씨는 광겸에게 설명을 해 나갔다.

"화모가 둘이 생겼다는 것은 불의 도를 따르는 교인들이 둘로 갈렸다는 것을 뜻합니다."

마교가 갈라진다는 말이다.

오씨는 그걸 웃으며 설명하고 있었다. 이건 천 년 동안 박해만 받아 오던 사람들의 '사는 요령'이었다. 광겸의 처절한 인생 경험에도 새 눈이 떠졌다.

"교단의 인정을 받든 말든 불의 도를 따르는 자들이 수만 이상이 인정해야 화모의 권위가 섭니다. 그것은 교단에서도 무시하지 못하도록 하고 있습니다."

"예? 정말입니까?"

광겸이 되물었다. 광겸은 정작 자신이 태어난 마교에 대해 아는 게 너무 없었다.

오씨는 빙그레 웃으며 이 철없는 도련님에게 설득을 계속해 나갔다.

"초화부인이 만약 화모의 의무를 받은 현화부인을 인정치 않고 공격해 죽인다면, 현화부인을 모시던 저희도 죽음을 각오할 겁니다. 아니, 실제로 다 죽을 겁니다. 불은 양날의 검입니다. 무서운 것이지요. 비뚤어진 불은 사람과 세상을 같이 태워 삼킵니다. 재앙이지요."

광겸도 죽고 죽이는 데 이미 이골이 났다.

"죽는다는 말을 왜 그리 쉽게 하십니까? 더구나 수만 명이라면서요. 그 책임자 되시는 분이……."

거기까지 말했을 때였다.

"쉽다니? 이들은 우리 같은 칼잡이가 아니다. 혈기에 욱해서 제 목숨 갖다 바치는 부류가 아니란 말이다. 수만의 목숨이 동시에 같이 죽겠다는 것이 쉬운 일이라면 나라를 세우고 망하게 하는 일은 손가락 하나 까딱하면 되는 일이다."

광겸이 머쓱해져서 고개를 돌렸다.

"어, 언제 왔대?"

광수의 얼굴은 걱정거리가 가득한 표정을 그대로 드러냈다.

아무리 마교주의 아들이라 해도 대공자에 대한 대접은 역시 달랐다.

삭풍당이 먼저 고개를 숙이고, 이어 객점 안에 모인 서안 교도의 책임자들이 자리에서 일어나 예를 취했다.

이런 대접은 광겸의 기억으로는 처음이었다.

문득 광겸은 부담스럽다는 생각을 했다.

'이 많은 목숨을 다 우리가 책임져야 하나?'

단순히 삼 형제가 어머니와 함께 살아남자고, 그래서 삭풍당을 빌리러 온 길이었다. 그러나 혹 떼러 왔다가 혹 붙인 격이 된 것이다.

그래서 광겸은 이번에도 아주 솔직히 속내를 털어놓았다.

"이러지들 마세요. 부담스럽습니다."

그러나 돌아온 것은 광수의 엄한 목소리.

"개들의 우두머리는 원래 그런 법이다. 적들과 싸울 때 가장 먼저, 가장 나중까지 집요하게 공격을 집중적으로 받는 것이 개들의 우두머리지. 개들의 우두머리는 군말을 하지 않는다."

광겸은 항의했다.

"이건 그런 걱정이 아니잖아! 그건 싸우는 거고, 이건……."

하지만 말은 다시 잘렸다.

“틀리지 않다. 무공을 하든 못하든 불의 도를 걸어가는 교인들에게, 언제든 목숨을 내놓을 준비를 하고 사는 그들에게 가장 중요한 건 죽고 사는 게 아니다. 불이 사람들에게 보여 준 이상향이지.”

“불의…… 이상향?”

오씨가 그제야 마음 놓인다는 표정으로 웃었다.

“대공자, 감사합니다.”

오씨 옆에 있던 대장간 칼갈이 당치도 고개를 조아렸다.

“너무도 험난한 세월을…… 정말 믿기지 않도록 곱다란 마음으로 성장하셨군요. 감사합니다.”

광수는 고개를 끄덕이며 그냥 쓰게 웃었다.

“그냥 저냥 살아왔습니다. 운이 좋았습니다.”

간단한 인사치레를 할 줄 알 만큼 성장한 광수가 고맙다는 사람들에게 광겸은 신기함을 느꼈다.

누군가 자신들을 위해 기원하고 잘 살아 있기를 바란 사람들이 있었다는 사실을 알게 되는 순간이랄까.

돌아 버릴 것 같은 고통과 물건 취급받던 학대의 나날들에서 이런 순간을 꿈이나 꾸었던가.

오씨가 광겸을 오히려 마지막으로 설득했다.

“삼공자, 아니, 소교주 위를 물려받으신 단천상 삼공자를 합치면 사공자님이시군요.”

단천상의 이름이 나오는 순간 광겸은 ‘쳇, 재수 없어’ 를 나직이 흘렸다.

오씨는 씁쓸하게 웃으며 말을 이었다.

"그분도…… 불쌍하신 분입니다, 알고 보면."

흥, 콧방귀를 연발하는 광겸에게 지그시 웃어 보인 오씨는 품에서 작은 칼을 꺼냈다.

"사람들이 먹고살기에만 급급하던 그 시절, 짐승처럼 뭐든 생으로 먹던 그 시절에 나타난 불은 구세주였습니다. 불은 좀 더 소화가 잘되는 음식을 제공했고, 사람들의 머리가 음식을 소화시키는 데서 자유로워지면서 지혜가 발달했지요. 그뿐만이 아니었습니다. 불은 인간에게 최대의 혜택을 주었습니다. 그릇이 생겨 물을 끓일 수 있게 되었고, 그래서 병으로부터도 자유로워졌지요. 모든 인간의 물질이 바로 불에서 시작되었습니다."

그 말을 제대로 들었다면 광겸이 아니었다. 이야기는 한 귀로 다 흘리고 오씨가 내놓은 칼만을 쳐다보았다.

"무공을 모르신다면서요? 그건 보통 칼은 아닌 것 같은데요?"

오씨가 빙긋 웃었다.

"이 칼을 만든 불 자체가 보통 불이 아니니까요."

"……?"

오씨는 한 자가 약간 넘는 칼을 쓰다듬었다.

객잔의 등불이 영롱한 도면 위에서 춤을 추었다.

정말 구슬처럼 영롱하다는 표현이 어울리는 칼이었다.

오씨는 뭐가 그리 그리운지, 사람을 쓰다듬 듯 칼을 들여다보았다.

“왜 사람 궁금하게 만들고 말을 끊어요?”

광겸이 재촉하자 오씨는 미안한 기색으로 또 웃었다.

“허허허, 죄송합니다. 이건…… 바로 전대 교주님께서 삼매진화를 일으킨 불에서 제련된 칼입니다. 천하에 단 하나밖에 없는, 사람의 내공으로 제련한 물건이지요.”

그 말에 광겸과 광수는 눈이 커졌다.

“그, 그러니까 그게, 우리 아버지 유품이라고요?”

서안, 참으로 바닥도 좁았다.

광수가, 그리고 홍춘이, 아니, 아예 윤홍광이 서안에 자리 잡게 만들었던 것은 바로 이런 인연 때문이었던 것이다.

‘대체…… 사부님은…… 이걸 다 아시고 계셨던 걸까? 대체 사부님은……!’

윤홍광은 죽었다.

그러니 설명해 줄 수 있는 사람도 없었다. 아니, 있기는 했다.

“소림의 진원 선사…….”

윤홍광이 구대문파에게 철저히 배척받게 된 원인의 중심에 서있는 사람이 바로 진원 선사였다.

광겸이 홀린 듯한 표정으로 중얼거리자 광수가 뒤통수를 갈겼다.

“우리 교단하고 불구대천으로 대립한 불교 큰어른의 이름이 여기서 왜 나와!”

광겸의 머리카락이 홱 날리면서 오씨의 칼에 닿았다.

물론 불의 도 최대 최고 작품이니 머리카락이 닿자마자

잘리는 것까지는 당연히 받아들일 수 있었다.

그런데 칼은 요오옹— 울음소리를 냈다.

휘두른 것도 아니고, 가만히 있는 칼에 머리카락이 닿았을 뿐인데!

광수와 광겸이 기가 막힌다는 얼굴을 했다.

그에 아랑곳 않고 오씨가 칼을 쓰다듬었다.

"십 년쯤 전인가요. 하남 지부에서 무공을 할 줄 아는 분이 내공을 주입한 적이 있었습니다. 어마어마한 진동이 일었다더군요. 하지만 그분은 결국 다루지 못하셨지요. 일류니 절정이니 하는 분들도 다루지 못할 칼이라는 말만 하셨더랬는데, 결국 오늘 이렇게 주인을 만나는군요. 공자님들을 말입니다."

아버지가 남긴 칼, 그리고 믿기지 않게도 내공으로 일으킨 불로 녹이고 제련할 동안 생으로 버틴, 황당한 사연의 칼.

광겸은 자신도 모르게 그 칼을 쥐었다.

그 간단한 동작만으로도 칼은 마구 떨렸다.

무게중심이 날로 다 쏠린 칼은 진동이 모조리 날로 몰리도록 되어 있었다. 다만, 내공이 무지막지해야 한다는 것.

"아버지 생각은 해 본 적이 별로 없는데……."

광겸은 역시 이번에도 솔직했다.

그러나 아버지는 아버지였다. 어머니를 통해 내단을 남기고, 믿을 만한 교도를 통해 칼을 남긴 것이다.

돌아가신 아버지의 유품 앞에서는 광겸도 가슴이 묵직해

지지 않을 수 없었다.

요오오오오오옹—

그 순간, 칼이 울었다.

그 울음소리는 광수의 눈가를 후벼 팠다. 광수의 눈이 시큰하게 붉어져 깜빡였다. 그러나 눈물은 흘리지 않았다.

기적적으로 살았고, 이 사람들을 다시 만났다.

이제 막 서쪽으로 다 기울어 간 저 달이 다시 동쪽으로 뜨는 한, 광수는 이 인연을 버리지 못할 것이다.

광겸의 불같은 증오도 그 의리를 태우진 못하리라.

"큰형."

약간은 맥 빠진 광겸의 부름에 광수는 쓴웃음으로 상념을 떨쳤다.

"왜?"

"……."

말하기 곤란하면 일단 침묵이나 더듬기부터 시작된다. 그리고 광겸에게 무슨 말이 곤란한지 광수는 알고 있었다.

그래서 고개를 흔들어 보여 주었다.

"안 돼."

광겸은 혼자 투덜거리는 아이처럼 물었다.

"삭풍당만 거둬 가면 안 되는 거였나?"

"칼만 가져가고 그 칼이 보호하던 무리는 내버려 둔단 말이냐?"

"……."

말이 궁할 수밖에.

광겸을 지켜보는 수십 개의 눈동자는 한결같았다.

따뜻함.

따뜻한 눈은 그냥 얻어지지 않는다.

세상 다 살아 보고 이런 일 저런 일 다 겪어 보고, 온갖 정나미 떨어지는 일을 보고도 다시 세상을 향해 손을 내미는 사람들만이 가질 수 있는 것이다.

그런 눈이 바로 광겸을 쳐다보는 눈빛이었다.

광겸이 오른 무공의 경지는 사람이 가진 기운의 파장이 느껴지는 경지다. 아직 젊어서 살기가 아닌 다른 종류의 눈빛을 보는 법은 몰라도 기의 파장은 느낀다.

따뜻한 눈이었다.

버릴 수 있겠는가?

광겸은 머리를 긁었다.

"이 많은 식구들의 밥도 해 줘야 하나?"

픽.

광수가 어이없는 웃음을 흘렸다.

때맞춰 오씨가 고개를 숙이며 넙죽 대답했다.

"밥은 알아서 잘 해 먹고 있습니다, 공자."

광겸은 웃음을 지었다.

"우리 밑으로 들어오는 건지, 치다꺼리를 하느라 우리의 상전이 될지는 몰라도, 여하튼 개떼가 되는 거예요!"

오씨도 웃었다.

"어차피 불을 이용할 줄 아는 인간의 옆으로 개가 고개 숙이고 들어오지 않았습니까. 개도 불과 한 식구입니다."

그렇게 뜻은 모였다. 삭풍당의 거취는 자연스럽게 결정이 났고, 야밤에 잔치가 벌어지려 했다.

이윽고 광겸이 진기를 거뒀다. 그래서 칼이 울음소리를 그쳤을 때였다.

* * *

제갈청청은 저 멀리를 지켜보고 있었다.

초희가 고치를 하염없이 바라보고 있을 때, 제갈청청의 눈은 번득이며 때를 기다리고 있었다.

달이 중천에 걸렸다. 구름이 지나가는 순간, 달은 고치의 바로 머리 위에서 빛을 발했다.

동시에 고치의 마지막 움직임이 일어났다.

제갈청청의 눈에서 불길이 토해진 것은 그때였다.

"핫!"

쌔액—

작은 파공성을 남기며 순간 이동 하듯 직진한 것은 대바늘이었다.

핏!

초희의 몸이 움찔했다.

대바늘은 가녀린 초희의 어깨를 그대로 관통하고 지나쳐 막 벌어지며 기어 나오던 중앙 촉수에 꽂혔다.

그뿐만이 아니었다.

대바늘에는 실이 연결되어 있었다.

피가 배어 나왔다.

초희의 눈이 부릅떠졌다.

무려 삼 십장 거리에서 제갈청청은 실 하나에 사람을 매달고 팽팽하게 유지하는 중이었다.

초희는 고통을 억지로 참았다. 그러고는 촉수에 꽂힌 바늘을 쳐다보았다.

"으, 으어어어! 화, 초화부인! 소, 소교주님을 대체, 어찌하, 하시려고…… 아아악!"

초희는 찢어지는 어깨 근육 때문에 결국 비명을 터뜨리고 말았다.

제갈청청이 받쳐 주던 진기를 조절했기 때문이다.

주르륵―

초희의 어깨에서 솟아 나온 피가 실을 타고 고치로 흘러 들어갔다.

고치에서 기어 나온 촉수는 달빛을 향해 벌어지다가 피를 들이마셨다.

제갈청청은 득의에 찬 웃음을 머금었다.

"천상이는 너와 정사를 나누었지. 네 살 내음 밑의 피는 천상이를 감싼 백선고가 알고 있을 게다. 잊을 수가 없지, 그 강렬한 자극을. 생식을 위해 몸부림치는 그 자극은 백선고가 가장 열망하는 것이니까. 그 피가 달빛을 제대로 받지 못해 괴로워하는 백선고를 욕망으로 이끌 것이다. 강렬한 욕망이 천하의 백선고를 자극할 게다. 또 다른 내 아들 광검이가 지닌 제이의 백선고 여왕도 함께.”

초희의 얼굴은 더할 수 없이 일그러졌다.

“대체, 대체 왜, 초화부인…… 왜?”

제갈청청은 눈을 이글거렸다.

원로원 고수들이 이백 년을 살아오며 갈고닦은 내공으로도 비교가 안 될 만큼 거대한 내공이 눈에서 달보다 더 환한 염화를 토해 내게 했다.

제갈청청은 서서히 초희에게 다가갔다. 그럼에도 실은 팽팽함을 그대로 유지한 채였다.

순간, 그 팽팽함에 작은 파동이 일었다.

팅—

파동은 빠르게 전진했다. 작은 파동 한 번으로 초희는 단천상을 감싼 고치에 달라붙어 버렸다.

“커커커컥!”

작은 파동 한 번이 일으킨 실의 변화는 초희의 가슴을 갈라놓았다.

그녀의 피가 꽃처럼 갈라진 고치 속으로 마구 쏟아졌다.

달빛을 향해 활짝 피어야 할 촉수가 통째로 쩌억 갈라지기 시작했다. 역시 피가 쏟아졌다.

그 갈라진 부분으로 제갈청청은 다가섰다.

정신이 혼미한 가운데 초희가 중얼거렸다.

“대체…… 대체…… 무, 무슨, 짓을…… 초화부인, 세상을…… 세상을…… 크커헉!”

제갈청청은 귀찮다는 듯 초희의 허리를 가격했다.

그 바람에 고치처럼 단단하게 조여졌던 만령충의 촉수들이 더욱 갈라졌다.

그 사이로 단천상의 모습이 조금 드러났다.

단천상은 지금 녹고 있는 중이었다.

제갈청청은 내공을 강화해 만령충의 힘을 소화시킬 영단을 준 것이 아니라, 단천상이 만령충에게 흡수되도록 독을 준 것이다. 그야말로 지독한 모정이었다.

초희의 입이 바르르 떨었다.

"소교주님…… 불쌍하신……!"

그게 마지막이었다.

초희는 마지막 말조차 맺지 못하고 그대로 고통을 못 이겨 혼절하고 말았다.

제갈청청의 눈은 아들이고 뭐고 안중에도 없이 조급함으로 가득했다.

"빨리! 더 늦으면 광검이가 완전히 다 녹아 버린다!"

그러고는 하얀 손을 들어 단천상의 심장을 들이쳐 버렸다.

파콰작—!

단천상이 움찔거렸다.

눈을 떴다. 녹아내리는 눈꺼풀이 눈동자를 도로 덮으려 했지만, 힘겹게 초점을 맞추며 제갈청청을 보았다.

"쿨럭! 푸익—!"

원래는 어머니라고 말하려 했을 것이다. 그러나 입에서는 피만 쏟아질 뿐이었다.

제갈청청은 주저 없이 단천상을 끄집어내 내동댕이쳤다.

그리고 그 자리에 자신이 들어갔다.

제갈청청이 내공을 끌어 올리자 고치가 요란하게 떨었다.

그 진동이 강렬하게 서안까지 전달되었다.

*　　　*　　　*

요오오오오오오옹—

광겸과 곁에 있던 사람 모두를 놀라게 만드는 진동음이었다.

같은 소리였으되 전혀 다른 느낌의 진동음이 사람들의 귀를 자극하고 있었다.

광겸이 새로 받은 칼을 빼 들었다.

쇠가 생으로 깨질 것 같은 진동음이 들렸다.

찌—이이이이이이이잉!

광겸의 손에 잡힌 느낌은 바로 그랬다.

"다른 곳의 진동원이야! 그걸 잡아내고 진동과 공명하고 있어! 바로 여긴데?!"

놀라서 웅성거리는 사람들 사이로 광수의 눈이 가라앉았다.

손이 자동으로 움츠러들며 지옥불개의 발톱을 일으킬 각도로 고정되었다.

그러는 사이 광겸은 고개를 갸우뚱거렸다.

"이쪽이 아닌데……?"

칼이 요리조리 돌았다.

진원지의 파동, 조각을 생성하는 칼의 진동은 눈에 그려질 듯했다. 광겸은 이리저리 칼을 돌리다가 마침내 딱 들어맞는 방향을 찾았다.

"어? 여기가 맞는데."

그리고 칼이 향한 그 방향은…… 둘 다 화들짝 놀라게 하는 곳, 집이었다!

"광검이가?"

광겸이 신경질적으로 내뱉었다.

"아냐! 집 안의 누군가, 백선고에 감염된 다른 사람이 있을 거야! 재수 없는 소리 하지 마!"

말을 하면서 둘은 동시에 몸을 날리고 있었다.

*　　　*　　　*

어떻게 이런 생각을 했을까?

최초로 발상을 한 사람은 그야말로 먼 옛날이라 아무도 몰랐다.

제갈청청은 단천상을 고치에서 꺼내고 그 빈자리에 자신이 들어가 균형을 깼다. 그리고 양쪽을 잡아당겨 강제로 봉인했다.

백선고도 고통을 느낀다.

자연 만령충의 고치가 요동을 쳤다.

요동을 치면서 상처를 회복하기 위해 촉수들이 더욱 조여들었다.

아름다운 제갈청청의 몸 위로 마구 조여졌다.

예전 같으면 상상도 할 수 없는 일이었지만, 제갈청청은 그냥 내버려 두었다. 그러고는 자신의 정신을 만령충에게로 개방하기 시작했다.

숨을 쉬었다.

피비린내가 욕지기를 올려붙였다. 그러나 제갈청청 정도 되는 고수에게 구역질을 하게 할 수는 없었다.

고수가 일부러 길게 쉬는 숨은 평범하지 않다.

몸이 평소 일으키는 자잘한 움직임들, 생명이 유지되는데 필요한 모든 움직임들이 진동에 맞추기 시작했다.

"만령충의 파동과 맞춰라!"

제갈청청은 그것만 생각하려고 애를 썼다.

터무니없다고 비웃음당하며 버려졌던 이론이다. 그러나 제갈청청은 가능하다고 생각했고, 그것 때문에 이렇게 사악하며 더럽고 역겨운 일도 서슴지 않았다.

제갈청청의 눈이 활활 불타올랐다.

"천하를 내 손안에 움켜쥐리라!"

제갈청청이 고치 안에서 사투를 벌이는 동안, 바깥에서도 사투가 벌어졌다.

초희는 이를 악물었다.

눈물이 왜 이렇게 나오는지 자신도 몰랐다.

억지로, 억지로 조금씩 다가가 간신히 단천상의 손을 잡았다.

"소, 소교주님……."

단천상의 눈이 힘겹게 뜨여졌다.

피가 어느 정도 분출된 후라 오히려 말이 가능했다.

"너는…… 네가……!"

초희는 마지막으로 얼굴을 찡그렸다.

"저, 헉헉헉, 저는, 저는 틀렸어요……. 만, 만령충 위에 피를……. 소, 소교주님, 제, 제 피라도, 쓸데가 있다면…… 드시고, 기운을 차리세요…… 도망치세요…… 멀리…… 초화부인의 손이…… 닿지 않는…… 아주 멀리……."

그게 마지막이었다.

초희는 마지막까지 겨우 붙들고 있던 의지를 놓았다. 영혼이 그녀의 육신을 떠난 것이다.

끝까지 자신에게 의리를 다 지킨 그녀의 희생은 단천상의 닫힌 마음에도 눈물을 흘리게 만들었다.

으드득!

단천상은 이를 악물었다.

목이 말랐다.

만령충이 흡혈의 성질을 가졌다는 이야기는 듣지 못했다. 그러나 지금은 피를 너무 많이 흘렸다.

제갈청청에게 비교할 바는 아니지만, 자신도 명색이 고수였다. 어지간한 상처쯤은 잠시 이를 악물고 버틸 수 있는 고수.

단천상은 초희의 시신을 끌어당겼다.

피를 들이마셨다.

일어서지는 못하고 벌벌 기어 고치에게로 다가갔다. 바깥의 촉수 하나를 잡고 안을 열기 위해 살폈다.

자신이 십 년 넘게 달고 살던 것이었다.

파동을 맞추는 것은 금방이지만, 안에서는 정말 놀라운 일이 행해지고 있었다.

"이럴 수가?"

*　　*　　*

광겸과 광수가 한달음에 도착한 집은 이미 난리가 나 있었다.

광겸을 감싼 고치는 이미 달을 향해 촉수를 활짝 벌린 상태였다.

그러나 그 촉수는 마구 떨리고 있었다. 그에 맞춰 강북련 본부에서 나온 무사들 중에서도 경련을 일으키는 자들이 있었다.

탁명옥과 강북련주의 경악은 이만저만한 것이 아니었다.

"우웨엑!"

"크웨에에—!"

무사들 입에서 가느다란 뱀의 굵기만 한 만령충의 촉수가 마구 쏟아져 나와 꿈틀거렸다.

엄자령이 발을 동동 굴렀다.

호위무사 중에서도 수뇌였다. 그런 만큼 음식물도, 몸을 씻는 것도, 심지어 뒷간에 가는 것도, 숨 쉬는 것도 당연히 특별 관리했다.

그런데 감염되었다.

"대체! 제갈청청은 세상 전체를 만령충으로 채우려는 건가요?"

종남일기와 녹진자가 마당에 꽂힌 칼을 바라보았다.

광검이 직접 건네준 칼이었다.

잘못되면 자신을 죽이라며.

찌이이이이이잉—!

그때, 광겸이 들고 온 칼에서 울리는 진동에 두 노고수는 갈등했다.

"저 칼을 집어야 하나?"

"그럴 일은 절대 없을 겁니다."

광겸이 소리를 질렀다.

"어머니! 누워 계시라니까!"

대답을 한 것은 현화부인, 광겸의 생모인 모용석화였다.

심상치 않은 사태에 연미의 부축을 받아 힘겹게 걸어 나온 것이다.

모용석화의 눈은 단호했다.

확고한 믿음이 담긴 눈이었다.

"저는 아이들과 어릴 때 헤어졌습니다. 어미라고는 해도 아이들을 잘 모릅니다. 하지만 제 남편은 믿습니다. 제 남편의 원정 내단은 분명히 검이를 바른 정신으로 깨어나게 할 겁니다."

그 말에 종남일기는 침음성을 흘렸다.

"나도 그리 믿고 싶구나. 하지만 나는 이십 년 전, 그 악몽 같은 전쟁에서 절대 잊을 수 없는 기파를 몇 마주했다. 똑바른 것 같으면서도 저 깊은 곳에서 요사스러운…… 지옥불 같은 탐욕이 보이는…… 들끓는 욕망을 더 큰 욕망으로 내리누르는 듯한 심리를 내비친 기파가 있었지. 그런 기파를 가진 사람은 세상의 절대악이 될 가능성이 많았다. 힘도 그만큼 강해질 것이 분명했지."

그러자 녹진자가 퉁명스럽게 맞장구를 쳤다.

"그건 듣도 보도 못한 경지의 엄청난 탐욕이었으니까."

노고수의 경험담은 광검의 주변인들을 애태우게 만들었다. 이십 년 전이라고는 해도 종남일기와 녹진자, 둘 다 이미 탈속한 지 오래된 때였다.

그때도 이미 탈각이나 우화등선만을 바라보고 있었다고 해도 과언이 아닌 사람들이었다.

그런 사람들이 치를 떨 만큼의 탐욕은 과연 얼마만한 크기일까?

얼마만한 집념일까?

상상하기조차 힘들었다.

"지금 광겸이 가져온 칼이 떨린다. 진동은 바로 그 사람의 기파를 말해 주고 있다. 그게 바로……."

말을 길게 늘인 종남일기가 몸서리를 부르르 쳤다.

녹진자가 인상을 있는 대로 썼다. 그러고는 씹 듯이 내뱉었다.

"제갈청청……."

순간, 모든 사람들의 입이 다물어졌다.

*　　　*　　　*

불이 있음으로 천지 창조가 시작되었다. 불이 모든 것의 근원은 아니지만, 그로 인해 녹고 뭉치며 다시 거세게 흩어지는 일이 반복되며 세상이 이루어졌나니.

화도를 가르치는 경전.

누구나 코흘리개 때 배우고 무심히 넘어가는 저 케케묵은 글귀에 매달린 지 벌써 삼십 년째였다.

'흩어져야 한다!'

제갈청청은 이를 악물었다.

어마어마한 내공을 지닌 육신.

그것뿐만이 아니었다. 목숨도 내놓아야 한다.

목숨은 아깝지 않았다.

'어차피 세상을 내 손안에 가질 수 없다면 살고 싶지 않다!'

자신의 생명을 담보로 실험을 하는 것이다.

고치는 아직 살아 있었고, 치명상을 회복하고 살아남으려 필사적으로 정신 파동을 멀리 보냈다.

멀리, 또 다른 백선고의 여왕고치인 광검에게로.

육신을 흩어 놓는다는 것을 어떻게 행할 수 있을까?

행하기는커녕 이해할 수도 없는 문구였다.

이십 년이 조금 넘는 과거.

단천상을 낳으면서 제갈청청은 문득 아이를 낳는 고통 중에 찾아온 번뜩임을 보았다.

고통은 고수인 그녀에게도 똑같았다.

불로 타는 듯한, 녹는 듯한, 살점이 갈가리 찢어지는 듯한, 그래서 허공에 먼지로 날아가는 듯한 고통.

그 와중에 그녀는 불현듯 어떤 생각을 하게 되었다.

그래서 이 무서운 계획을 그때 마음먹은 것이었다.

자신의 자식을 제물로 삼는 것.

만령충의 여왕이 쏘아 내는 정신 파동을 이용한다면 그 조각들이 허공에 흩어지지 않고 무사히 도달할 수 있지 않을까? 그리고 만령충의 생존을 위한 몸부림에 다시 육신을 되돌릴 수도 있지 않을까?

원영신의 경지를 포기하더라도 얻어내고 싶었던 영생불사의 육체는 그렇게 제갈청청의 산고에서 시작되었던 것이다.

어쨌든…….

단천상은 입에서 피를 흘리며 고치 안으로 손을 쑤욱 밀어 넣었다.

"같이, 같이 가요, 어머니."

중요한 순간이었다.

제갈청청의 육신이 막 흐릿해지려는 순간이기도 했다. 하필이면 어떻게 그때인지는 하늘만이 아는 일이기도 했지만, 단천상의 손은 제갈청청의 발 부위를 투과해서 같이 흩어졌다.

대법은 실패했다.

제갈청청의 육신이 흩어진 것이다.

그러나 너무도 강한 진기가 그녀의 혼과 백을 감싸고 보호하는 상태가 되었다.

원영신을 이룬 것이다.

제갈청청은 잠시 멍하게 허공을 떠돌아 다녔다.

너무도 많은 깨달음, 너무도 많은 환상, 너무도 많은 양의 지식들이 한꺼번에 쏟아져 들어왔다.

그리고 허탈감.

모두가 부질없고 모두가 헛되다는 선현들의 이야기가 이제야 가슴 깊이 마음에 와 닿은 것이다.

제갈청청의 원영신은 파르르 떨었다.

그래서 더 분노했다.

그 수많은 깨달음은 이제 제갈청청의 가슴에 들어오지 못했다. 밀려났다.

"네, 네놈이 감히! 네놈 따위가!"

원영신 그 자체만 해도 천하가 감당할 수 없는 경지다. 원영신이 감정을 가지고 반응한다는 것은 있을 수 없는 일이지만, 제갈청청이 이룬 원영신은 지옥에서 올라온 귀신의 그것이었다.

악귀의 분노가 만령충의 고치를 산산조각 냈다. 단지 기세만으로.

초희의 마지막 바람은 도망치는 것이었지만, 단천상은 어머니에게 다가가 죽음을 맞았다.

"커, 허—!"

단천상은 손을 뻗었다. 자신의 가슴을 뚫고 심장을 움켜쥔 손을 내버려 두고 그의 손은 제갈청청의 얼굴을 만지려 했다. 그러나 제갈청청은 허용하지 않았다.

"불효막심한 것! 어미의 원을 이렇게 망가뜨리다니!"

그녀는 단천상의 손이 지글거리며 녹아들 듯 흩어져 사그라지는 것을 노려보았다. 마지막 힘을 쥐어짜 어머니의 얼굴을 만져 보려는 자식의 손을 그렇게 날려 버린 제갈청청은 결국 단천상의 머리도 부숴 버리고 말았다.

퍼억—!

머리를 잃은 단천상의 육신이 초희의 몸 위로 넘어졌다.

하지만 제갈청청의 분노는 그래도 풀리지 않았다.

"끼아아아아아아아악—!"

그녀의 손이 빛을 뿜었다. 초희와 단천상의 몸이 폭발하며 흩어졌다.

동시에 그녀의 몸에 변화가 일었다. 둥둥 떠 있던 반투명한 몸은 검은색으로 물들었고, 얼굴도 점점 더 흉측하게 변해 갔다.

중요한 깨달음의 순간에 자식을 죽이는 행위를 했으니 몸이 마음을 따라가는 것이었다.

사십을 넘으면 얼굴 근육도 그 사람의 성격에 맞춰 표정과 인상이 굳어진다.

하물며 원영신의 형태가 결정되는 때는 두말할 나위도 없었다.

제갈청청은 아름다웠던 자신의 몸이 추악하게 변해 가는 것을 보며 더더욱 분노했다. 그리고 분노할수록, 분노가 더 강해질수록 그녀의 몰골은 더욱 흉측해져 갔다.

제갈청청은 그렇게 괴물이 되어 갔다.

실로 수십 년 만에야 외모가 그 마음을 표현하게 된 것이다.

"끼아아아아아악! 천하, 그 자체를 다 죽여 버릴 테다!"

마교의 광명전이 무너졌다.

원로원도 몰살당했다.

제갈청청을 막을 수 있는 것은 이제 아무것도 없었다.

그런 그녀의 끔찍한 눈이 번득이며 다시금 저주할 대상을 기억해 냈다.

그놈, 광검. 자신의 첫 자식.

그가 태어나던 날 느낀 산통으로 인해 모든 음모가 시작된 것이 아니던가. 그는 이제 두 번째 여왕의 고치에서 깨어나기 직전이다. 제갈청청은 오늘만을 위해 참고 또 참은 것이다.

견자단 삼 형제를 철저하게 관리하고 살려 둔 것도 바로 오늘을 위해서였다.

광검의 몸은 마교 내에서 가끔 일어나는 사고로 인해 백선고로 감염되어 있었다.

백선고의 감염은 마교 내에서 일어나는 것이 더 흔했다. 워낙 그렇게 다루니까.

하지만 제갈청청은 일부러 그렇게 꾸몄다.

제갈청청의 눈이 희번덕 뒤집히며 반대쪽이 비춰졌다.

서안에서 자신의 고치와 공명한 여왕 고치, 바로 광검의 고치였다.

번쩍!

제갈청청의 눈이 빛났다.

광검을 먹어치우면 아직 희망은 있다.

그녀의 입에서 불길이 토해졌다.

"너도 내가 낳았으니 다시 내 뱃속으로 들어가거라! 크크크크크크크!"

이미 여자의 음색이 아닌, 쇠를 긁는 음성이 원로원 시체들 위를 맴돈 순간, 그녀는 사라지고 없었다.

쩌저저저저저적!

고치가 갈라졌다.

모용석화도 이때만큼은 긴장을 감추지 못했다.

"검아!"

광겸의 손은 요사하게 울어 대는 칼의 손잡이를 꽉 쥐고 있었다.

광수의 눈은 아예 감겨져 있었다.

그때였다.

귀에 익은 욕지거리가 들려왔다.

"왜, 칼을 겨누고, 지랄이냐. 너…… 이, 만, 만령충이 맛좋은 횟감으로 보이디……?"

광검이었다.

김이 모락모락 피어오르는 만령충의 진액을 상관 하지 않고 아현이 달려들었다.

"둘째 삼촌!"

"쳇, 돌아올 거면 빨리 나오지, 왜 뜸은 들이고 난리야!"

광검은 아현을 쓰다듬으며 웃었다.

"반갑지 않은 모양이지?"

광수의 눈이 떠졌다. 그러고는 희미하게 웃음이 번지는 곡선을 만들며 말했다.

"고생했다."

그렇게 화기애애한 분위기가 만들어질 때였다.

허공에서 빛의 구체가 생겼다.

강렬한 빛의 구체는 거대한 사람의 형상을 만들었다.

그리고 그게 만들어진 후에야 강렬한 마기가 장내를 휩쓸었고, 여자들이 쓰러졌다.

그 직후, 제갈청청이 그 공간에서 나왔다.

놀라서 뛰쳐나온 종남일기와 녹진자도 주춤거리게 만들

만큼 원영신이 뿜어내는 마기는 가공스러웠다.

"아수라냐? 세상에 현신한 것인가?"

정말 제갈청청은 아수라처럼 보였다.

휩쓸리는 공기가 죄다 마기였다. 숨을 한 번 들이쉬면 마기가 허파를 타고 그대로 몸을 점령해 버릴 것 같은 공포가 온몸을 휘감았다.

종남일기와 녹진자가 서로 눈짓을 했다. 곧바로 둘의 합공이 터져 나왔다. 녹진자의 가루가 제갈청청의 몸을 감싸며 불꽃을 티딕거리며 해체하려 들었고, 종남일기의 구체가 광검에게로 뻗어 나가는 손을 절단 내려 했다.

동시에 광겸과 광수도 기세를 뻗어 냈다.

하나하나가 천하를 뒤집을 기세로 제갈청청의 몸과 부딪쳤다.

콰콰콰콰쾅—!

폭음이 일었다.

그러나 피를 토하며 물러선 것은 공격한 네 명이었다.

울컥!

녹진자의 얼굴이 일그러졌다.

부딪친 파동에서 눈앞의 존재가 누구인지 알아챘기 때문이다.

"설마…… 제갈청청?"

괴물로 화한 제갈청청의 손이 광검의 목을 틀어쥐었다.

동시에 찢어지는 비명이 울려 퍼졌다.

"안 돼요! 검이는 당신 아들이에요, 청청!"

제갈청청은 슥, 모용석화를 돌아보았다. 그러고는 귀찮다는 듯 손을 내저으려 했다. 그때, 광검의 눈이 떠졌다.

"그러면 후회하게 될 겁니다, 어머니……."

그러자 제갈청청이 고개를 뒤로 젖히며 웃음을 터뜨렸다.

"크르르롸롸악! 누가 날 막을 것이냐! 감히!"

제갈청청은 광검의 몸에서 진기를 빼 흡수하기 시작했다.

"안 돼!"

다시 몸을 일으킨 광검과 광수, 종남일기와 녹진자가 한꺼번에 두들겨 댔지만, 제갈청청은 요지부동이었다.

요란한 천둥이 쳐 대고 뇌전이 여기저기서 집과 나무를 박살 냈다. 그렇게 맞는 와중에도 제갈청청은 광검의 기를 계속 흡수했다.

그에 비례해 제갈청청의 얼굴이 다시 원래의 미모를 되찾아 가기 시작했다. 광검의 마른 얼굴은 더욱 말라 갔다.

일행들은 안타깝게 발만 동동 구를 수밖에 없었다. 제갈청청을 막을 수 있는 수단이 아무것도 없었다.

죽어라 두들겨 대도 제갈청청의 강막은 흔들릴 줄을 몰랐다. 때리던 넷이 점점 더 내상을 크게 입는 판국이었다.

광검의 눈이 다시 한 번 떠진 것은 그때였다.

"후회하실 거라고 분명히 말씀드렸습니다, 어머니."

기가 빨려 나가는 상황이었다. 그런 상황에 광검은 담담하게 말했다. 그리고 그때, 변화가 일어났다.

"……?"

제갈청청의 강막이 처음으로 흔들린 것이다.

"어억?"

제갈청청의 얼굴이 다시 흉측하게 일그러졌다.

"이, 이게 뭐야?"

제갈청청을 때리려던 넷의 움직임이 멈췄다.

광검은 눈을 감은 채 천천히 말했다.

"아버지께서 유품으로 남기신 이것은 백선고가 모아 준 진기덩어리입니다."

요오옹—

구슬이 광검의 몸 안에서 떠올랐다.

순간, 제갈청청의 눈빛이 표독스러워졌다.

"이리 가져와!"

제갈청청이 손을 뻗은 순간, 구슬은 화악— 흩어지며 점으로 화했다. 제갈청청은 허공에 흩어진 그 점들을 게걸스럽게 빨아들였다.

그 모습에 광검은 고개를 흔들었다.

"잊으셨군요, 어머니. 이 백선고의 원래 이름은 흡선충이었다는 것을."

그 순간, 제갈청청의 입술이 멈췄다.

"……!"

광검의 눈이 다시금 떠졌다.

"마교에서는 가끔 괴물이 탄생합니다. 누구도 막을 수 없는 지옥 괴물을 막는 방법은 바로 그 힘을 빼앗는 것. 진기를 몸 안에 많이 쌓아 놓은 자를 찾아 그 진기를 빨아먹고 다시 자연으로 되돌리는 벌레! 그래서 이름이 흡선고였던 그것을 마교에서 백선고로 바꾸어 놓았고, 이젠 백선고에 밀려 사라졌다고 알려진 그 흡선충이 바로 아버지가 남기신 유물입니다!"

제갈청청의 눈이 부릅떠졌다.

"내단이 아니라고?"

종남일기가 묻자 광검의 고개가 저어졌다.

그의 눈은 더없이 슬퍼 보였다.

모용선화가 이십 년 내내 몸에 숨기고 살았던 그것은 백선고의 원형, 흡선충이었다.

흡선충은 자연스럽게 흘러 다녀야 할 기가 막힌 곳으로 모여든다. 막혀서 쌓이고 고인 기를 빨고 다시 흩어 부스러진다. 그 과정에서 기는 다시 자연으로 흘러 들어가는 것이다.

흡선충은 그야말로 기가 막힌 자연의 안배라 할 수 있었다.

자연은 글자 그대로 자연스러워야 한다. 기의 순환이 자유롭지 못하면 흡선충이 흐름을 원활하게 지키는 것이다.

그래서 가운데 글자에 착할 선 자가 들어가는 것이었다.

또한 그렇게 남겨진 기를 사람 몸에 풀어놓는 것이 바로 흡선충의 변형, 만령충이다.

백선고는 탐욕의 화신이었다. 하루가 다르게 불의 도가

약해지는 것을 염려한 전대 교주는 흡선고 일부를 살려 구슬처럼 뭉쳐 놓고 이를 모용석화의 몸에 숨겼다.

모용석화는 무공을 익히지 않았으니 당연한 선택이었다.

무공을 익힌 자는 그것을 가질 수 없고 가까이 하지도 못한다.

그래서 자연과 가까운 원영신으로 화해 구슬로 만든 것이다. 흡선충은 자연에 반응하지 않으니까.

그러나 제갈청청은 육신을 지닌 채 신의 힘을 얻으려다 반신반악의 불완전한 원영신이 되었다. 모든 것이 당연한 자연의 이치처럼 그렇게 당연한 것을 제갈청청만은 당연하게 받아들이지 않았다.

"카케에— 크아아아아악!"

제갈청청이 광검을 손에서 떨어뜨리고 미친 듯이 괴로워했다. 얼굴이 죽죽 말라 갔다. 제갈청청이 빨아들인 흡선충은 그와 반비례해서 몸집이 커져 갔다.

수많은 점들이 손가락만 한 벌레로 부풀었을 때, 제갈청청은 뼈와 가죽이 붙을 만큼 말라 버렸다.

수많은 흡선충들이 제갈청청의 몸을 감싸고 꿈틀거렸다. 입으로 들어간 벌레가 제갈청청의 눈을 밀치고 기어 나왔다.

육신이 온통 기의 덩어리였으니 당연했다. 생살을 먹는 벌레가 아니라 기를 먹는 벌레인 것이다, 흡선충은.

"끼에에에에에에에에—!"

소름 끼치는 비명을 끝으로 제갈청청의 형체는 완전히

다 먹혀 버렸다.

그제야 수만 마리의 흡선충들은 일제히 동작을 멈추고 조용히 산화되기 시작했다.

부스스스스스스—

도대체 얼마나 기를 먹고 흡수해 쌓아 놓은 것인지 알 길이 없었다. 제갈청청에게서 나온 기는 서안 일대에 찬란한 서광을 비추며 허공을 맴돌다 이내 흩어졌다.

실로 어마어마한 양이었다.

그 누가 제갈청청에게 맞설 수 있었겠는가.

이것이 불의 도를 균형 있게 지켜야 하는 마교주의 숨겨진 한 수였다.

흩어져 가는 기운에 대고 광검이 절을 했다.

"안녕히 가십시오, 어머니."

슬픈 만큼 눈물이 나오지는 않았다. 아들을 먹어 치우려던 어머니, 세상을 먹으려던 그 어머니는 가 버렸다. 그녀의 욕심만큼이나 많은 흡선충과 함께.

"삼촌!"

아현이 쪼르르 달려 나와 광검의 손에 매달렸다. 그 모습이 일행에게 숨을 제대로 쉴 여유를 주었다.

한숨이 내쉬어지자 모두들 그 자리에 주저앉았다.

"이제 어쩔 거냐?"

종남일기가 물었다.

"뭘요?"

"불의 도를 따르는 녀석들이야 말썽 부리는 것들이 아니니 그렇다 치자. 하지만 그걸 따르지 않는 녀석들 어쩔 거냐고."

광겸이 머리를 긁었다.

"그건 우리더러 마교주에 오르라는 거예요?"

"그 방법 아니면 그놈들 통제할 길이 없잖아!"

그러자 엎드렸던 광겸이 드디어 일어서며 투덜댄다.

물기가 가시지 않은 떨림이 있었지만, 그래도 욕쟁이는 한입했다.

"마교주 등극을 밀어 주겠다고요? 이런 젠장, 대종남파의 신선이 뭐 그런 걸……."

그 말이 끝나기도 전에 녹진자가 눈을 부라렸다.

"이 모자란 놈들아! 사냥 끝나면 개 삶아 먹는 거 몰라? 툭하면 공적으로 몰려 죽는 세상에 업보를 걸머지고 그냥 살려고? 그리고 우리 입장에서도 말귀 통하는 네놈들이 마교를 쥐어야 그나마 낫지!"

광겸이 머리를 긁적이며 말했다.

"밥 먹고 생각해 보면 안 돼요?"

녹진자가 픽, 웃었다.

"그래, 그러니 네놈들이 견자들이지. 에이고, 허리 쑤셔."

녹진자는 그대로 마당 바닥에 벌렁 누워 버렸다. 검은 구름이 물러가고 햇살이 짱짱하다. 따뜻했다.

광겸이 외쳤다.

"여보! 밥 줘!"

호통이 따랐다.

"에라이, 지금 마교 잔당이 어찌 흘러갈지 통제가 안 되는 상황에 밥이 목으로 넘어가냐!"

"개잖아요. 멍멍!"

더 이상의 투닥거림은 없었다.

햇살이 그렇게 오래도록 따뜻했으면 하는 것이 그들의 바람이었다.

다들 그렇게 쓰러져 있었지만, 사실 그게 문제의 시작이라는 것을 그때까지는 아무도 몰랐다.

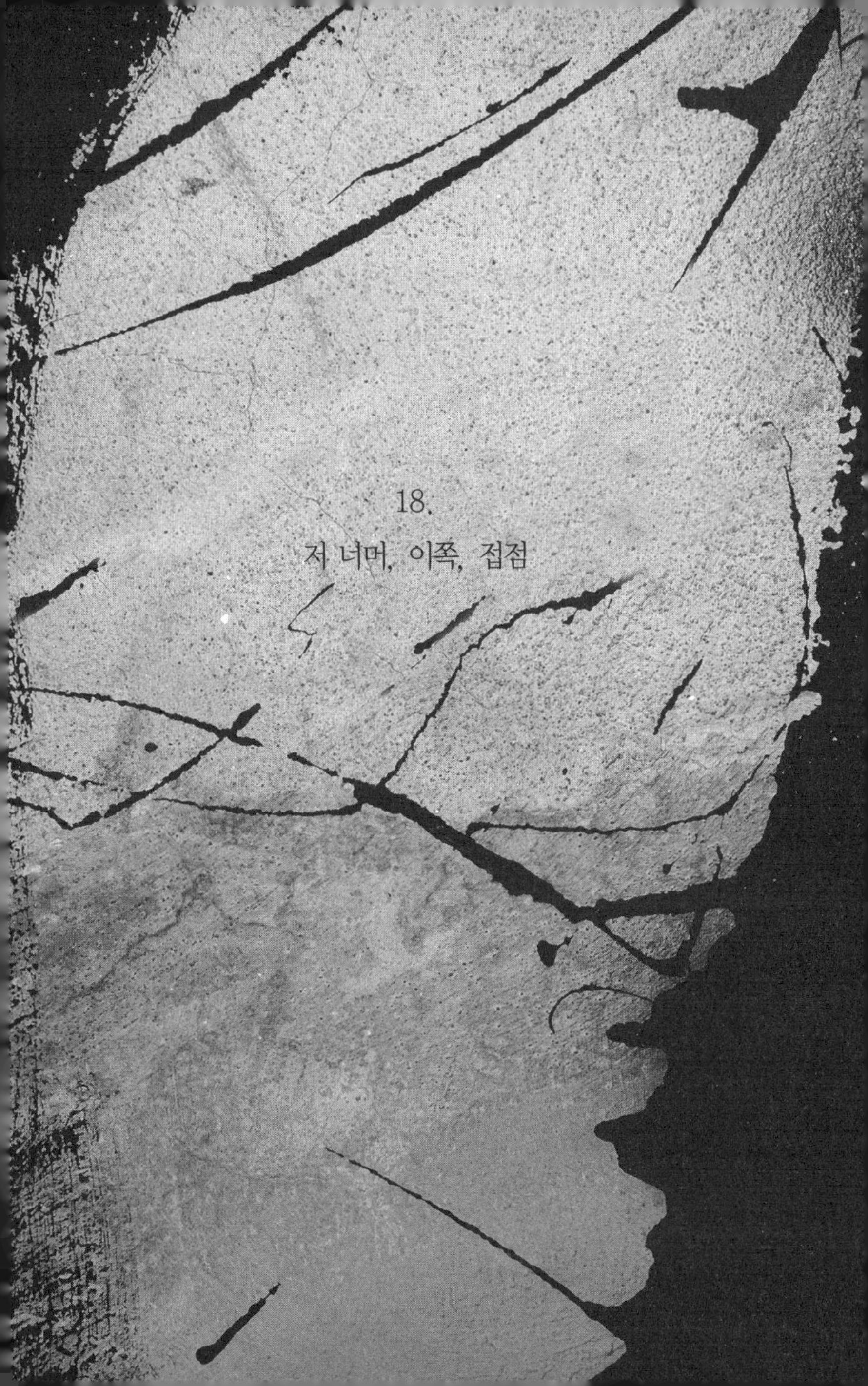

18.
저 너머, 이쪽, 접점

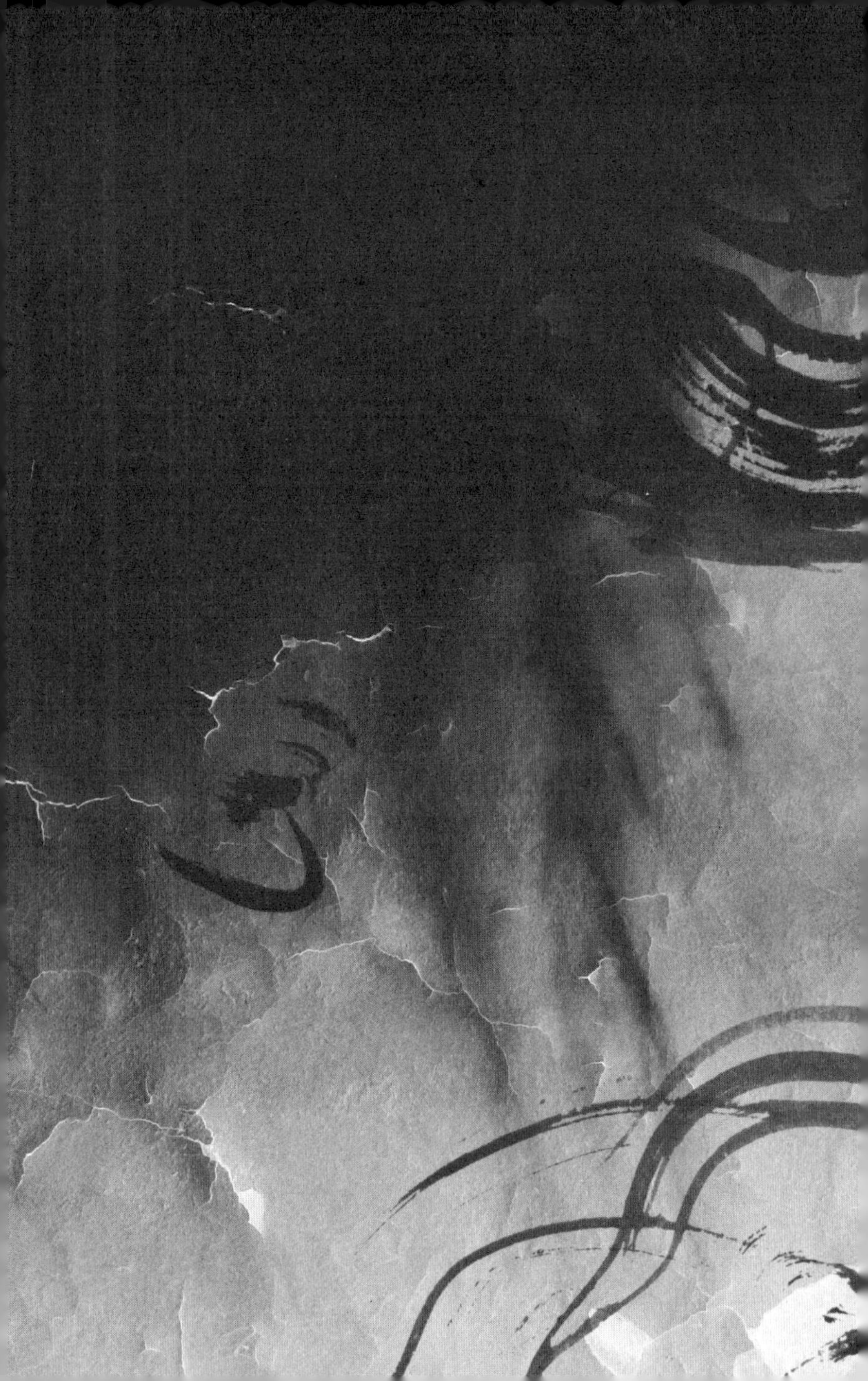

제갈청청의 거대한 기는 흩어지지 않고 하늘을 직진해 나아갔다.

흡선충이 먹어 치운 기는 원영신의 본체만 흐트러뜨렸다. 담겨져 농축된 기는 하늘로 올라가 구름 위로 쏘아졌다. 원래대로라면 흩어져야 정상인 기였다.

한데 저 바다 쪽에서 기현상이 일어났다. 그 기를 끌어들이는 힘이 생긴 것이다.

제갈청청의 기운은 그래서 자연으로 돌아가지 못하고 뭉쳐 날아갔다.

그것이 바다 위의 먹구름과 부딪쳤다.

콰르르르릉—

뇌전이 쳤다. 번쩍거리는 구름 사이사이 제갈청청의 기

운이 섞이며 구름의 형태가 서서히 소용돌이로 변해 갔다.
그것은 곧 거대한 구름의 웅덩이를 형성했다.
그리고…….

바닷바람이 돛을 부풀릴 만큼 불었지만, 배는 돛을 접었다.
닻도 내려 고정시킨 상태였다. 그 가운데 갑판 위에서 사람들이 한 사람을 빙 둘러쌌다. 중앙의 사람이 말을 시작했다.
"조상들이 스스로를 지구인이라고 칭하던 시절에 뉴트리노 천문학이 있었습니다. 저 먼 우주의 별을 연구하는 마법이었지요."
"오오!"
설명을 듣던 사람들이 동요했다.
아주 고대 시절의 이름이었다.
지구, 지구인.
그 시절의 마법 학문은 굉장히 어렵다. 그러나 말을 시작한 사람은 그 어려운 것을 쉽게 풀어내기로 유명한 사람이었다.
"뉴트리노는 핵물리학이라는 어려운 마법을 연구한 대마법사가 붙인 이름입니다. 워낙 작아서 물질의 기본 구성 입자들 사이를 그냥 투과한다는 물질인데, 무량의 성질을 가진 것이죠."
주변의 사람들, 그들은 선원이 아니라 학생이었다. 마법

수업을 오늘은 특별히 바다로 나와서 듣는 중이었다.

"그분의 학문을 이어받아 후대의 핵물리 마법사들이 더 정리했죠. 해는 빛과 열만을 뿜는 것이 아닙니다. 여러 가지 물질도 같이 쏟아 내죠. 그중에 뉴트리노도 있습니다."

그때, 검은 구름이 몰려오고 있었다. 바다 위에서의 검은 구름은 두려움을 불러일으키지만, 오늘은 특별했다.

이 특별한 구름은 전혀 위험하지 않다고 그들은 확신하고 있었다.

"눈을 들어 해를 보면, 거기에는 빛과 함께 눈에 보이지 않는 많은 물질들이 쏟아지고 있다는 겁니다."

학생들은 잠잠했다.

초빙받은 강사는 유명했고, 위대하다고 칭송되는 대마법사이기도 했다.

대마법사는 배를 끌고 직접 현장까지 와서 학생들을 가르치는 중이었다. 학생들을 둘러보더니 손가락으로 옆을 가리켰다.

거기, 검은 구름이 거대한 소용돌이를 이루는 부분이 보였다.

학생들은 숨을 죽였다.

바다 위에서 먹구름은 소용돌이의 중앙을 거대하게 벌렸다.

대마법사의 설명이 감정을 좀 더 실었다.

"그 물질들 중에 아주 작아서 우리 세상의 기본 입자들 틈을 투과 하는 것들도 있지요. 뉴트리노, 무량 물질(無量

物質)입니다. 해를 바라보면 수십억 개의 무량 물질이 내 눈을 투과해 뒤통수를 뚫고 나오죠."

검은 구름을 힐긋 바라본 대마법사는 혀를 돌려 입술에 침을 발랐다. 머지않았다. 이제 검은 구름은 확실하게 소용돌이의 형태를 이뤘다.

"그 뉴트리노는 다시 내가 밟은 땅을 투과하고, 내가 사는 별의 반대편으로 뛰쳐나와 우주 저편으로 날아가 사라집니다. 그런데 그 무량 물질의 극히 일부가 내가 사는 별의 물질과 반응해 변화하면서 머무르는 일이 생깁니다. 수백 조 개 중의 하나 정도는."

학생들의 눈이 일제히 빛났다. 대마법사의 설명이 조금 감이 잡히기 시작한 것이다.

"지구 시절에는 '나사(NASA)'라는 마법 회의에서 우리가 숨 쉬는 대기권 바깥에 마법의 망원경을 띄우고 그것으로 우주에서 날아온 뉴트리노를 통해 멀리 떨어진 별을 관측했다고 합니다. 그게 바로 뉴트리노 천문학으로, 굉장히 어려운 마법 학문이지요."

대마법사가 지식을 전수하며 예를 든 것은 학생들의 상상력을 자극시켰다. 학생들이 점점 구름을 열광적으로 바라보았다.

"그렇습니다. 우리가 사는 세상뿐만이 아니라 수백억 개의 다른 차원 세상은 이처럼 서로를 건드리지 않고 투과하고 스쳐 갑니다. 하지만 그 수십억 개 중의 하나는 우연히 반응해 접점이 생기고……."

거기까지 말했을 때였다.

바다 저편에서 거대한 빛무리가 날아왔다.

번쩍!

대마법사, 율리아가 소리쳤다.

"방금 위대한 존재가 소멸했습니다! 그 기운이 이리 날아오는 것이 느껴지십니까, 여러분?"

"예—!"

학생들이 우렁차게 대답했다.

율리아는 설명을 마무리 지었다.

"두 개의 세계가 만나는 현장입니다, 여러분! 그 어느 기록에서도 발견하지 못했고, 어느 누구도 경험하지 못한 역사적인 현장에 바로 여러분이 있는 거예요!"

빛이 소용돌이치던 구름에 들어가며 섞였다.

구름의 소용돌이는 더욱더 굉렬해지고, 결국 빛을 그 중앙에서 뿜어냈다.

소용돌이 밑의 바다가 통째로 거울처럼 빛을 반사해 올렸다.

번쩍!

율리아가 외쳤다.

"태양에서 쏟아진 뉴트리노처럼 우리를 스치기만 하던 다른 차원이, 다른 세상이 아주 우연히 우리와 투과되지 않고 머물렀습니다! 여러분! 놓치지 말고 보세요!"

빛이 바닷물을 동시에 뿜어 올렸다. 거대한 물보라가 솟구쳤다가 물방울들을 광범위하게 뿌렸다.

물방울들이 무지개를 여기저기 그려 주었다.
바다와 연결된 구름 기둥.
다른 차원으로 연결해 주는 문.
두려움도 있지만 그들은 보통 학생이 아니었다. 제국을 좌지우지하는 가문들의 후계자들인 것이다.
그들의 배 뒤로 여러 척의 범선들이 도열해 있었다.
대마법사 율리아가 손에서 빛을 쏘아 허공으로 올렸다.
그게 신호였다.
학생들의 뒤에 도열해 있던 탐사용 범선들이 일제히 구름 기둥을 향해 다가가기 시작했다.
설레임과 두려움을 가지고 그들은 구름 기둥 속으로 들어갔다.
그 구름 기둥의 반대편…….
그곳에는 견자단 삼 형제의 세상, 중원이 있었다.

* * *

제갈청청의 기운은 우연의 산물로 율리아의 이론에 닿은 그 접점에 돌입했다.
이곳에서도 그곳과 같은 현상이 일어났다.
검은 구름, 소용돌이.
그 중앙, 소용돌이의 움푹 파인 곳에서 거대한 빛무리가 뿜어졌다.

번쩍!

빛무리에 닿은 바다가 솟아올랐다.

츠솨아아아아—

물기둥의 굵기가 백삼십여 장에 높이는 오 리(五里)에 달했다. 남해의 항구에서도 수평선 너머로 솟은 그 물기둥이 보였다.

순식간에 흩어진 물기둥은 비가 되어 바다로 뿌려졌다.

항구에도 비와 함께 물고기가 쏟아질 정도였다.

투두두두둑—

쏟아지는 물고기가 마치 비 같았다. 수평선에 관을 대놓은 듯 머무르는 검은 구름을 보며 항구 주민들은 불안에 떨었다.

도대체 무슨 일인지를 모르는 데서 나오는 공포가 더 컸다. 어부들은 감히 배를 띄우지 못했다.

그렇게 며칠이 지났을까.

항구 사람들은 그 구름에서 뭔가를 보았다.

구름 사이를 헤치며 수평선 위로 나타난 그것은 범선이었다. 그 범선이 항구에 닿았다.

피부가 하얀 서양인들이 그 배에서 내렸다.

그들은 꽤나 험한 행해를 거친 듯했다. 그들은 통하지 않는 말로도 물건과 물건을 바꾸었고, 신기한 물건들을 보여 주었다. 먹을 것과 마실 물을 구한 그들은 다시 구름 속으로 들어가 버렸다.

다시 나타났을 때는 배가 다섯 척으로 늘어나 있었고,

여러 가지 신기한 것들을 더 가지고 와서 물물교환을 해 갔다. 단순히 해로로 교역을 하던 서양인들과는 전혀 다른 사람들이었다. 그러나 일단 의사가 통하게 되자 그들은 똑같이 관청에 세금을 냈고, 황법을 지키는 이상은 기존 서양인들과 다른 것이 없는 사람들로 취급되었다.

그들은 그렇게 중원에 모습을 드러냈다.

하지만 항구 사람들은 '그들' 이 뭔가 다르다는 것을 알고 있었다.

말이 통하는 사람들 중 누군가가 '마법' 이라는 말을 흘렸기 때문이다.

게다가 고기잡이를 하던 사람들은 구름 뒤에서 접근하는 배가 없음을 증언했다.

배는 구름 안에서 나온 것이다.

심지어는 구름 안으로 들어간 배도 반대편으로 헤집고 나온 적이 없었다.

하늘과 바다를 이은 구름은 그 정체가 더 수상해졌다.

소문은 곧 중원 각지로 퍼져 나갔고, 서안의 견자단에게도 전해졌다.

"대체 어떻게 된 거죠? 어르신들은 그래도 오래 사셨잖아요."

광겸의 물음에 종남일기와 녹진자는 꿀 먹은 벙어리가 되었다.

세수 백이십 세가 넘는 그들이지만 먹구름이 하늘과 바

다를 잇고, 이상한 사람들이 그 안에서 오간다는 상황은 접할 기회가 없었으니까.

하지만 몇 달 전의 상황을 미루어 볼 때, 제갈청청의 기가 완전히 흩어지지 않고 한 군데로 몰려간 시각과 일치하는 시점이라는 것만큼은 추측이 가능했다.

결국 종남일기가 말을 꺼냈다.

"직접 가 봐야 알겠구나. 제갈청청의 마지막이 어찌 된 건지, 그것과 관련이 있는 건지."

"……."

엄연히 광검의 생모였다.

그래서 '곱게 죽지도 않네, 고것' 이라는 투덜거림을 꿀꺽 삼킨 녹진자는 다시 강북련 무사에게 확인했다.

"분명 넉 달 보름 전에 생긴 일이란 말이지?"

"예, 한결같습니다. 항구 사람들의 증언이 일치합니다."

녹진자도 별수 없이 종남일기의 의견에 동의하고 말았다.

"가 봐야겠군, 제갈청청의 망령을 찾아서."

"일단은 그럼 내가 가 보죠."

광검이 나섰다. 아무도 말리지 않았다.

제갈청청이 보여 준 모정은 없었다. 때문에 광검의 심정을 모르는 사람은 아무도 없었으니까.

"하긴, 작은형이 가는 게 편해. 그…… 백선고는 없어도 자명고를 통해 연락이 되잖아. 우리도 금방 달려갈 수 있고."

광겸의 말에 광수도 고개를 끄덕였다.

"그도 그렇군."

짐 챙길 것은 별로 없었다. 광검은 원래 뭘 싸 들고 다니는 성격이 아니었으니까. 마교의 내부 정리는 꽤 복잡했고, 그래서 셋이 다 몰려갈 수도 없었다.

"조심해. 그러고 보니 우리 떨어지는 게 처음이잖아."

광겸의 말에 광검은 픽, 웃었다.

"내가 무슨 애냐! 아현이나 잘 돌봐."

광수가 눈을 밑으로 향하며 다시 당부했다.

"무슨 일 있으면 그 즉시 연락해야 한다. 그걸 전제로 보내는 거니까. 알았냐?"

광검은 담담하게 고개를 끄덕였다.

속이 어떨지 굳이 표현하지 않았고, 보내는 둘도 굳이 묻지 않았다. 마무리는 확실하게 하는 견자단이니까.

광검은 그렇게 혼자 구름 기둥으로 향했다. 가면서 그 구름으로 들락거리는 서대륙인들에 대해 좀 더 상세히 정보를 끌어모았다.

넉 달 동안 그들은 꽤 많은 소문을 뿌렸다. 실제 그 의문의 서대륙 사람들은 항구를 떠나 북상하는 중이었다.

심지어는 광검이 집을 나서자마자 서안의 저잣거리에서 곧 마주칠 수 있었다. 그러나 서둘러 접촉하지는 않았다. 광검은 차근차근 근접했다.

그래서 그는 거지 소굴로 먼저 향했다.

물론 구박받았다.

"아니, 왜 바쁜 사람한테 일거리 던져 주고 난리냐!"

광검이 무작정 밀고 들어가 면담을 청하자 황안걸개는 성질부터 냈다.

"어, 도 분타주 어디로 갔어요?"

능청맞은 표정이라니!

황안걸개는 어이가 없는지 콧방귀를 팩 뀌었다.

"어제 네놈들 둘이 새벽까정 술 처마시더니 뭘 들은 게냐? 남쪽의 서대륙인지 신대륙인지 그 구름에서 나온 사람들 보고 자료 분석한다고 처박혔잖아! 마교 도발 안 하게 책임져야 할 놈이 뭐 하는 게냐? 네놈들 믿고 마교 해체 안 시켜도 되겠어, 이거?"

광검은 눈을 반짝 빛냈다.

"흠, 개방에서도? 그럼 벌써 그…… 서대륙이라 부르는 게 정식 이름이었군요. 호오."

견자단의 둘째, 욕 보따리 광검답지 못한 태도에 황안걸개는 불안해했다.

"아니, 이놈이 왜 안 하던 짓을 하고 난리야? 너, 죽을 때 됐냐?"

"아니, 그게 아니고…… 저도 뭐 아쉬운 게 생길 때도 있고 그래서."

그제야 황안걸개의 눈이 좀 누그러졌다.

아무리 그래도 그는 견자단, 천하의 영웅인 것이다.

내버린 아들이 잘 크자 다시 먹어 치우려던 독한 어미, 제갈청청.

'아니, 지가 무슨 식인종도 아니고, 아무거나 안 가리고 막 주워 처먹는 우리 같은 거지도 아니고. 나원.'

그러던 제갈청청이 화려하게 끝났다. 그것도 막 먹히려던 아들 광검이 끝냈다.

광검의 심정이 어떨지 굳이 머리 안 굴려도 척 나왔다.

그런 광검의 심리가 좀 안정되었다는 사실.

개방으로서는 쌍수를 들고 반겨야 할 입장이었다. 그만큼 지금 광검의 태도는 확실히 넉 달 전에 비해 부드러워져 있었다.

"천하인들이 알면 놀라 심장마비를 일으킬 일이군. 헐헐헐."

황안걸개가 광검의 달라진 정도를 보기 위해 내친김에 한 가지 더 물었다.

슥, 손을 내민 것이다.

"뭐요? 손 주름 사이의 찌든 때는 나도 못 밀어요."

황안걸개가 인상을 썼다.

"맞을래?"

"아니, 맞아 봐야 종남일기 녹진자 정도지, 내가 무슨 동네북이에요? 나 견자단 둘째요, 견자단 둘째! 거지한테 맞고 다닐 정도는 아니라고. 이런 젠장!"

그제야 황안걸개는 완전히 안심하며 픽 웃었다.

"원래 우리끼리 이러지 말아야 하지만…… 뭐, 거지가 돈이 어디 있냐. 그런데 그 먼 거리를 발로 뛰어 소식 전하는 조직 운영하려니 죽겠다. 얼마라도 돈 좀 줘 봐. 정보

이용료 같은 거."

광검의 눈이 끔뻑였다.

다시 그 입에서 욕이 터질까 어쩔까를 염려하던 황안걸개는 뜻밖의 사태를 맞이했다.

그럼 진즉에 말하지, 라고 중얼거린 광검의 손이 품으로 슥 들어가더니 전표를 떡 꺼내 놓는 것이었다.

황안걸개는 그 전표를 보고 입이 떡 벌어졌다.

강북련 도장이 찍힌 어음은 무려 은자 만 냥짜리였던 것이다.

"뜨에?"

어음을 들었다가 눈에 가까이 대 보더니, 다시 내려놓고는 이번엔 고개를 가까이해 노려보고 확인하는 것이다.

황안걸개는 물론이고, 수발들던 이결 제자 하나와 멀리서 흘끔흘끔 지켜보던 거지들도 몰려들어 구경하느라 난리였다. 은자 만 냥이라니!

황안걸개가 여전히 어음을 노려보는 채로 물었다.

"야, 너 마교랑 싸우다 내상 크게 입었냐?"

광검이 눈을 들어 기억을 헤집는 듯하더니 고개를 저었다.

"아님 사실은 백선고 영향에서 벗어난 게 거짓말이지? 벗어나지 못했지? 죽을 날짜 받아 놨니?"

"아니오."

그마저도 부정하자 황안걸개는 고개를 갸웃거렸다.

"그럼 너 머리 세게 맞고 돌았지?"

"아, 나참. 섬서 분타주를 길러 내신 분의 말씀이 그게 뭔……."

"아니, 그럼 도대체 네놈이 이렇게 인간성이 확 변한 이유가 뭐야?"

그러자 광검이 눈살을 찌푸리며 확 내뱉었다.

"아, 돈 줘도 난리요, 영감!"

그제야 황안걸개는 안심했다는 듯 고개를 끄덕였다.

"그래, 그런 반응이 나와야 진짜 네놈이지. 미친개 광검."

광검의 입이 얼마나 일그러졌는지는 전혀 염두에 두지 않는 황안걸개였다.

"가다가 군데군데 분타 들러서 최신 정보 확인하면서 내려가라."

그러면서 황안걸개가 내준 것은 손가락 크기만 한 패였다.

"이거 보여 주면 군말 없이 자료 보여 줄 게다. 뭐, 사실 네놈들 삼 형제는 물론이고, 식구들까지 다 용모파기가 내려갔으니 굳이 필요하지도 않을 거다만, 꽉 막힌 놈들 있으면 보여 주라는 거지."

광검은 눈살을 찌푸렸다.

"아무리 개방이라도 그렇지, 개인 정보를 그렇게 막 뿌려요……!"

황안걸개가 호통을 쳤다.

"시꺼! 너네 집 안 팔아먹어! 이거 뭐, 거지라고 무시하냐?"

"아놔, 돈 뜯기고 개인 정보 공개당하고. 이거 뭐 하는 거야, 천하의 광검이가."

투덜대는 광검의 등 뒤에 황안걸개가 웃어 주었다.

"마, 너는 이미 '사회 공인' 이잖아, 똥 겁은 많아 가지고선!"

그렇게 광검은 서대륙 사람들에 대한 정보를 최대한 확보하면서, 눈으로 보기만 하고 건드리지는 않은 채 천천히 내려간 것이다.

그렇게 한 달이 지났다.

* * *

서대륙과 이쪽 세계가 접촉을 한 지 오 개월째.

구름 기둥이 나타난 항구.

투둑, 툭, 툭.

비는 그치고 지붕에서 떨어져 내리는 물방울이 진창에 튈 무렵이었다.

광검이 객점으로 들어섰을 때 흙탕은 더 심해져 있었다.

철벅대는 신발 밑창을 대충 문질러 닦고 한 발 안으로 디뎌 보니 사람들의 시선이 저마다 탁자로만 향해 있었다.

고개를 처박고 음식만 먹는 것이다.

광검의 뒤를 따라 들어온 인물들 때문이었다. 한 여자와 두 남자인데, 서대륙의 인물들이다.

사실 광검은 너무 배가 고픈데다 원래 이 항구에는 서대륙 사람들이 많은 동네이기도 했다.

눈앞의 구름 기둥을 직접 눈으로 보자 골치가 지끈거리고 아파 왔다.

어떻게든 제갈청청의 기운이 연결되어 있다는 느낌이 강하게 다가왔다. 그거 하나만으로도 다른 데 신경 쓸 겨를이 없었다.

그런 이유로 신경을 안 썼던 인물들인데, 객점 안 사람들의 분위기는 세 사람에게 대해 알싸했다.

그제야 기를 둘러 느껴 보니 심상찮은 감각이 스멀스멀 전해져 왔다.

'개방에서 들려준 그 마법사인가?'

마교와 박 터지게 싸워 봤던 광검조차도 마법사라는 것들과 부딪쳐 본 적은 없었다.

여자는 얌전하니 별다른 분위기를 풍기지 않았다.

다만 좀 걸리는 것이라면, 이런 거친 항구에 나다니기에는 지나치게 예쁘다는 점이 특이했다.

한데 오른쪽의 사내놈은 촐랑대며 어깨를 으쓱이는 게, 힘자랑하려는 모양새가 분명했다.

광검은 일단 피하고 보자는 입장이었기 때문에 그냥 옆의 빈자리에 앉았다.

"여기, 저, 저거."

손가락으로 가리키기만 하고 말을 더듬거린 것은 객잔의

음식 차림표에 이런 게 쓰여 있었기 때문이다.

비천승룡만두
개벽천지쌍검소면

이런 유치찬란한 허풍식의 음식 이름이었다.
"비천승룡?"
물론 잉어랑 꿩인지 닭인지를 넣고 그걸 '용봉' 탕이라고 허풍을 치는 관습이 자연스럽긴 하다.
하지만 개벽천지쌍검은 또 뭐란 말인가.
먹는 음식에!
"저게 뭐요?"
점소이가 쪼르르 달려와 설명했다.
"아, 손님. 그…… 여기 이 항구에 살아 있는 전설입죠, 어느 대협께서 남기신 검무를 보고 저희 할아버님께서 직접 개발하신 소면입니다요, 네."
젓가락 두 개가 소면을 휘젓는 것을 두고 천지를 개벽하는 쌍칼에 비유하는 걸 재치라고 해야 할지 뭐라 해야 할지를 잠시 망설이다가 광검은 결국 만두를 시켰다.
"비천……."
나머지는 말로 내뱉기가 참으로 민망하지 않은가. 광검은 한숨을 내쉬었다.
"하여간 만두."
"오, 이 항구의 북쪽 강 어귀에 작은 폭포가 있는뎁쇼,

거길 오르는 연어를 잡아 만든 것이 이 만두입죠, 네."

"하지만 지금은 봄인데 무슨 연어가 있나? 가을에 잡았던 연어도 다 썩어 문드러졌겠구만."

그 말에 점소이가 손사래를 쳤다.

"에이, 손님. 훈제로 말리고 소금에 절여 보관한 고기죠, 당연히."

조금 애매모호한 분위기였다.

서양인들 셋은 이제 노골적으로 광검만 쳐다보고 있었고, 그중 마법사 분위기를 풍기는 놈은 손가락을 뚝뚝 꺾으며 씨익 썩은 미소를 날려 보내고 있었다.

객잔은 그럴수록 더 조용해져 갔고, 점소이는 그럴수록 더 열심히 떠들어 댔다.

"저희 집만의 특별한 비법으로 보관하는 생선입죠, 네."

광검도 쓸데없이 쌈박질을 벌이고 싶지 않아 맞장구 쳐줬다.

"설마 진짜 썩은 건 아니겠지? 일단 가져와 보쇼."

점소이가 냉큼 인사하고 주방으로 달려가는 사이, 얼굴이 서대륙 사람 같지 않게 까만 오른쪽 사내가 뭐라고 입을 열려 했다.

광검이 애써 상황을 외면하려고 잔머리를 굴리는 사이…….

턱.

믿기지 않게도 만두가 나왔다.

"아니, 벌써?"

점소이가 자랑스럽게 또 주절주절 늘어놓았다.

"연어 고기를 쌓아 놓고 있기 때문에 아침마다 항상 만두 이천 개 정도는 준비하고 있습죠, 네."

너무 빨리 나온 만두에 피식 웃으며 살펴보니 점소이가 다소 안심 하는 듯한 눈치였다.

그래서 광검은 대충 짐작했다.

'음, 이 서대륙 놈들도 먹는 사람은 안 건드리나 보구나.'

"손님, 그럼 저희 특제 훈제 연어 만두 맛을 느껴 보십시오."

점소이가 인사하고 돌아서자 광검이 막 젓가락을 들어 만두 하나를 집어 올리려는 순간이었다.

슥.

발이 하나 올라왔다.

'……?'

비가 와 진창이 된, 그것도 그냥 진창이 아니라 어시장에서 굴러다니는 생선과 야채 쓰레기로 징하게 범벅이 된 진창이 묻은 신발.

그 썩은 비린내의 농축이 탁자 높이보다 살짝 더 올라갔다가 그대로 광검의 탁자에 도장을 찍었다.

물론 콱! 소리가 아니고 다른 소리가 났다.

철벅.

소리 효과만큼 튀어 오른 진창은 만두로 퍼져 나가 묻었다.

막 한입 깨물려던 광검의 입이 묘하게 일그러졌다. 입에 문 만두에서 비린내가 풍겼다.

비린내 왕짜증.

아무리 동서 간의 문화 차이가 크다 해도 남이 밥 먹는데 이따위 짓거리를 가르치는 밥상머리 교육은 없다.

'이 새낄 한 대 줘어 팰까?'

드디어 객점 안이 조용해졌다.

하나둘 자리에서 일어나더니 급하게 계산대로 가 계산을 하고 빠져나가기 시작하자 그제야 마법사로 보이는 사내가 입을 열었다.

"유! 나! 퐈이트! 오케이?"

하나 광검이 쳐다본 곳은 사내가 아닌 점소이였다.

"얘 지금 뭐라는 거요?"

점소이는 고개를 푹 처박고 계산대 밑으로 기어 들어가며 외쳤다.

"싸우자 그러잖아요! 이 눈치 없는 손님아!"

광검은 그래서 젓가락을 탁, 소리 나게 내려놓았다.

"아, 나참, 별……."

재수 진짜 옴 붙었다.

개방의 정보에 의하면, 가끔 흑마법 같은 걸 익힌 놈이 저주를 걸고 조금씩 빠져나가는 진기에 당황해 정말로 당했다는 보고도 들었다.

하지만 캐스팅이니 스펠이니 하면서 주문을 외우는 것이 대단히 길고, 팔을 휘두르거나 마법 지팡이를 쓰는 동작

자체는 일반인이 근골을 쓰는 속도와 별 차이가 없다고 했다.

듣기로는 무슨 특수한 약물이나 마법 걸린 도구 없이는 아예 무공 모르는 일반인과 다름없는 인간들도 있다고 했다.

그따위로 느려 터진 인간들에게 당하는 칼잡이가 있을 수 있단 말인가.

그런데 광검은 그 까불거리던 놈의 기세가 심상치 않음을 느꼈다.

그때, 까불거리던 놈이 중얼거리는 소리를 들었다.

기가 모여들고 있었다.

그런데 희안한 성질의 파장이었다.

'……?'

기의 파장은 둥근 원의 형태를 가진다. 물에 생긴 파문이 원의 형태를 가지는 것과 같은 이치였다.

그런데 이 마법사들의 것은 안 그랬다.

'뭐냐, 이거?'

기가 가진 파장의 성질은 휘두르고 베고 찌르는 동작에 운용하는 순간, '아, 저거 어느 문파 어느 검법' 이라고 알아보는 단서가 되기도 한다.

'아, 이 사람!', '아, 그 검법!' 하고 알아볼 수 있는 것이다.

한데 얘네들, 서대륙 마법사의 것은 그게 없었다.

까불대며 주접떨던 놈의 입에서 주문이 그다지 길지는

않게 끊어졌다. 그 순간, 광검에게로 그냥 직선처럼 찔러드는 형태로 가공된 기운이 밀려들었다.

"……!!"

광검의 기 파장에 슬슬 왜곡되기는 했지만, 일단 주문이 완성되어 쏘아진 마법사의 기는 무섭다는 말을 그제야 광검은 실감할 수 있었다.

광검의 호신진기가 강한 탓에 직접 타격하지 못하고 구부러져 바로 옆, 그러니까 광검이 든 칼에 맞았으니 다행이지.

맞는 순간 칼은 배탈이 난 속처럼 꾸르륵거리는 심한 기 파장의 진동을 울렸다.

대단히 심각한 변화였다.

일단 무게부터 확 가벼워졌지 않은가!

안색이 변한 광검이 칼을 쓱 뽑았다.

"이런……."

참담했다.

광검이 천장을 쳐다보며 어이없다는 심정을 토로했다.

"하아……."

고양이 꼬리였다, 칼집에서 나온 것은.

계산대에 머리를 처박은 채 사태를 구경하던 점소이 꼬마 놈이 그 모습을 보고 킬킬거리며 웃기 시작했다.

칼을 뺐는데 고양이 꼬랑지가 나오다니!

웃음을 자제하려고 입을 손으로 막아 보지만, 한번 터진 웃음이 멈춰 주질 않으니 점소이는 결국 소리를 다 막지 못하고 흘렸다.

"크크크크크크큭! 크크큭! 꼬리가…… 크크크크큭!"

쪽팔렸고, 어이가 없고, 그래서 오히려 소름이 확 끼쳐 왔다.

무공으로 물질을 바꾸는 경지에 나아간 사람이 이 동쪽에 아주 없지는 않았다.

하지만 그건 지옥의 아수라를 세상으로 진짜 강림시켜 몸에 빙의시킨 마교주라든지, 아니면 그런 아수라 마교주를 때려잡을 정도의 신선이나 부처님하고 동기동창 먹는 전설 급 인간, 서넛뿐이다.

솔직히 인간도 아닌 존재로 원영신에 오른 제갈청청조차 못했던 일이다.

구름 너머 서대륙 마법이 이런 쪽으로 정말 대단하다는 소리를 듣기는 했지만.

'설마 축기가 얼마 되지도 않고 마음 수양도 덜되어 처먹은 까불이가 이런 식으로 기를 운용하는 게 가능할 줄이야.'

각설하고, 광검은 식탁에 여전히 올려진 까불이의 발에 그 고양이 꼬리를 휘둘렀다.

툭.

그 까불대던 놈의 신발에 묻은 진창, 그리고 만두 접시에까지 이어졌던 냄새나는 진창이 굳어 생긴 진흙 정도는 조금 쓸고 나갔다.

아무래도 '털' 이니까.

그러나 원래 칼의 용도가 이런 것이 아니지 않은가?

원래대로라면 칼은 이 얼빠진 까불이 녀석의 발목을 동강내야 정상이었다.

그러나 털은 놈의 발을 씻어 주는 봉사만 베풀고 말았다.

정말 경악을 금치 못할 일이었다.

눈속임도 아니고, 칼이 정말 고양이 꼬리로 변한 것이다.

지금의 중원에서는 화산의 녹진자만이 가능한 일이었다. 아니, 그조차도 가루를 만들어 낼 뿐, 이렇게 명확하게 물질을 재조합하는 일은 할 수 없었다.

그야말로 가공할 능력이었다.

'……어쩐다, 이거?'

광검은 손가락으로 탁자를 두들겨 도도독, 소리를 내기 시작했다.

조사만 하러 내려왔다.

그나마 제갈청청이 천하에 저지른 악행의 마무리가 걸린 문제만 아니었으면 그냥 신기한 놈들 나타났군, 하며 그냥 넘길 일이었다.

그런데 정말 무시무시한 것을 마주치고 만 것이다.

물질을 그냥 확 바꾸다니!

'개방의 그 수많은 보고 자료에도 분명히 없던 일인데.'

지금껏 만나 본 거지들이나 분타 책임자들도 이런 일에 대해서는 말이 없었다.

이런 능력을 알았다면 그냥 내버려 둘 턱이 없는 것이다.

모르고 있는 것이 확실했다.

광검은 문제가 그리 단순한 것이 아님을 깨달았다.

'이건 정말 우연히 내가 먼저 발견한 것인가?'

만약 항구의 흑도 방파 같은 곳에서 이들을 먼저 발견했다면?

탐욕스런 마음에 뭘 어쨌을 것인지, 상상하기도 싫은 사태가 일어났을 것이 분명했다.

천하가 뒤집힐 것이다. 마교가 사람들 썰고 다닐 때보다 더한 혼란이 올 수도 있었다.

결국 한 번 더 화를 참기로 했다.

'이건 무조건 따라붙어 캐내 봐야 한다.'

결심을 굳힌 광검이었다.

아무리 대단해도 결국 어린놈 아닌가. 공명심에 굴복해 이런 중요한 것을 사람들 눈에 꺼내 놓다니.

광검은 마음을 가라앉히고 점소이를 쳐다보며 물었다.

"서대륙 말 좀 아는 것 같은데, 이거 통역되나? 이 칼, 비싼 건데 어떡할 거냐고 물어봐 봐."

그러자 여태 웃고 있던 점소이의 눈이 확 커지며 고개를 도리도리 내저었다.

"저, 전 서대륙 인간들 성깔에 휘말려 비참한…… 개구리 같은 걸로 변해 터져 죽고 싶지 않습니다요!"

고개를 아주 열심히 내젓는 점소이.

흠칫 놀란 광검이 다시 물었다.

"사람이 동물 같은 거로 변하기도 한다고? 여기서 그런 일이 실제로 있었나?"

그러자 점소이의 눈이 얼굴을 가린 손가락 사이에서 도로록 굴러갔다. 그 눈길을 따라가 보니 서양 여인이 있었다.

역시 예뻤다.

게다가 옷은 어깨 라인, 거기에 여인의 쇄골 라인을 그대로 드러냈다.

공맹을 따지는 동네에서 보기에 이건 뭐 홍등가 창녀보다 더한 옷이었다. 일부러 찢은 것도 아니고, 옷이 원래 그렇게 만들어진 것이다.

노총각 광검의 눈이 다른 곳으로 돌려지지 못하고 멍하니 바라보는 것이 당연했다.

그런 쪽팔린 속마음을 감추려 짐짓 중얼거렸다.

"저런 옷을 만들면서 민망하지도 않나? 대체 어느 변태가 만든 옷이야, 저게?"

그런다고 여자의 맨살을 그렇게 바라본 면죄부가 주어질…… 턱이 없었다.

괜스레 인상을 빡, 쓰며 칼 손잡이를 들어 올렸다.

그러자 슥, 문제의 고양이 꼬리가 늘어져 흔들렸다. 생선 비늘 섞인 진흙이 묻은 채.

손가락으로 그걸 가리키며 물었다.

"이거 어쩔 거요?"

물론 알아들으리라고 기대를 하고 물은 건 아니었다.

그렇다고 남의 칼을 이렇게 만든 주제에 경고 없는 공격을 또 하리라고는 생각도 못했다.

까불이 녀석의 발이 슥, 들어 올려지더니 그대로 식탁을 횡단해 들어오는 것이었다.

한데 그게 일반인들의 근골이 내는 속도보다 빨랐다.

그와 함께 발바닥에서 기 파장이 퍼져 나왔다. 그 면적이 공기를 좀 더 흔들었고, 그래서 소리도 제법 날카롭게 났다.

쉬익—

광검의 눈살이 찌푸려졌다.

'아나.'

격투술에 이런 식으로 기를 담는 것은 마법사가 아니라 기사인지 뭔지 칼잡이라고 들었는데, 얜 대체 뭐야?

'……가 아니라 이놈의 예의범절 세계는 대체 어디서 놀고 있는 거냐.'

여하튼, 빗속에 십여 리를 쫄쫄 굶으며 걷고 나서 고인 진흙탕을 살살 지나 썩은 생선 냄새가 진동하는 쓰레기 속을 간신히 피해 다니며 찾은 밥집이다.

그런 인내를 발휘해 들어온 밥집에서 만두도 못 먹고, 덤으로 경매에서 제법 소리소리 지르며 낙찰받은 비싼 칼도 못 쓰게 된 광검은 그제야 열이 받았다.

발길질을 손바닥으로 받았다.

광검의 주 무기는 칼이지만, 명색이 마교 교주의 신물을 지니고 있는 몸이었다.

반신의 경지로 기를 끌어모은 제갈청청만큼은 아니라도 지옥 마귀 같은 자들을 꺾고 백선고의 저주를 이겨 내며 살아남은 광검인 것이다.

까불이 녀석의 발길질은 그대로 막혔고, 막힌 힘 때문에 자신의 무릎이 굽혀질 시간도 얻지 못했다.

반탄력은 그만큼 찰나에 일어난 일이었다.

"꾸엑!"

까불던 금발의 청년인지 소년인지 애매한 까불이가 뒤로 튕겨져 우당탕— 식탁과 의자를 뒤엎으며 넘어졌다.

그 순간, 같은 일행인 서양 여인이 노, 라고 외치며 광검과 까불이 사이에 기의 벽을 쳤다.

보고 느낄수록 희한한 기 운용법이다.

서양 애들의 사고 체계가 어떻게 생겨 먹은 것인지 이들의 기 파장은 정말 구체라든지 원이라든지 하는 것들하고는 거리가 영 멀었다.

여인이 쳐 놓은 기의 장벽은 공기의 일렁임을 보여 줄 정도였다.

얼굴이 허여멀건하니 예쁜 서양 여자가 순간적으로 쳐 놓은 기막(氣膜)의 상태가 그랬다.

그러니 그 위력을 감안할 때 거기에 맨손을 쑥 넣는다는 것은 내 손을 갈아 없애고 싶어요, 라는 뜻이다.

주문도 없이 그냥 숨을 내쉬었다가 내뱉는 순간에 생성된 벽. 그걸 신기해할 틈도 없이 광검은 손을 부딪쳐 갔다.

쩌쩌쩍!

광검의 활짝 펴진 손은 아무런 기교도 없이 그냥 기벽을 부수고 들어갔다.

광검은 여전히 의자에 앉은 상태였다.

여인이 의자에서 튕겨지며 쓰러졌다.

공기의 일렁임이 둘로 갈라져 쓰러진 까불이를 스쳐 지나갔고, 양쪽의 식탁과 의자를 밀고 나가 벽에 부딪쳤다.

퍼콰곽—!

벽이 무너지며 바깥으로 파편이 쏟아졌다.

부서진 벽의 파편이 진창이 된 바닥에 쏟아지자 밖으로 피했던 사람들의 놀란 얼굴들이 보였다.

"으아아아악! 사람 살려! 아이고!"

비명은 계산대 밑에서 터져 나왔다.

수그린 고개를 팔로 감싸 안고 점소이가 소리를 질러 대니 놀란 사람들이 부서진 벽을 통해 이리저리 기웃기웃했다.

까불이의 얼굴이 새파랗게 질렸다. 그리고 여자의 얼굴도 새파랗게 질렸다.

"푸웨익!"

여자가 입에서 피를 토하고 고개를 숙였다.

앞섶이 붉게 물들었다.

깊이 파인 새하얀 가슴 사이, 그리고 쇄골 라인에 적셔진 피가 광검의 본능을 자극했다.

사실 가녀린 여인이긴 했다. 그 가녀린 여인이 피를 토하며 쓰러져 노우, 플리즈라는 말소리를 연달아 내뱉었다. 광검은 고개를 이리저리 꺾으며 일어섰다.

그에 따라 고양이 꼬리가 흔들렸다.

"그래서 이거 어떻게 할 거냐고. 이거!"

광검이 손가락으로 가리키자 여인의 고개가 다시 들려지

며 입이 열렸다.

"보상해 드릴게요, 잠깐만!"

순간, 광검은 어이가 없었다.

"우리말을 하네? 니네, 여태 나 가지고 논 거니?"

여인이 대꾸도 못할 정도로 서두른 것은 원래 이 사단을 만들어 놓은 까불이 녀석이 눈을 꼬르륵 까뒤집으며 기절했기 때문이다.

토해 낸 피가 옷과 몸을 더럽혀도 상관없다는 듯이 여인은 재빠르게 그 까불이를 부축했다. 그러고는 까불이의 목에 손을 대고 기를 주입하는 것이었다.

'확실히 사람 치료할 때만큼은 기 파동이 똑같군.'

문득 광검의 눈이 가늘어졌다.

여러 가지 사실들이 머릿속에 한꺼번에 들어와 혼란스러웠다.

서대륙 사람들이 나타난 것은 불과 오 개월 전의 일이었다.

한데 거의 완벽한 발음으로 나오는 중원의 말이라니.

언어는 몇 년 동안 참오해야 한다.

그 사실을 깨닫자 광검의 속이 뜨끔해졌다.

'설마 몇 년 전부터 준비를 했던 것인가?'

잠시 뒤, 까불이의 정신이 돌아오자 여인이 안도의 한숨을 쉬며 주문을 외웠다. 그러자 여인의 몸과 옷을 처참하게 물들였던 피가 싹 부스러져 바람에 날리듯 사라졌다.

이런 세탁법 또한 광검에게는 충격이었다.

내공을 써서 때를 날리려면 여인이 운용한 기만 가지고

는 어림도 없었다.

하지만 여인은 주문을 외우는 정도의 힘, 말 한마디 내뱉는 힘밖에는 쓰지 않았다.

중원의 무공으로는 불가능한 일이었다.

광검은 뭔가 거대하고도 새로운 세상의 일각을 보는 듯한 기분이었다.

'이것들은 뭐냐, 대체? 여기 왜 온 거냐?'

광검의 속을 알 리 없는 여인이 눈치를 보며 조심스럽게 말했다.

"일단…… 여기서 다른 곳으로 옮기게 해 주세요. 우리 왕자님이 기운을 회복하셔야 해서……."

순간 광검의 입이 일그러지며 벌어졌다.

뜨억.

"왕자……? 이 싸가지가?"

광검은 도무지 이해할 수가 없었다.

도대체 왕궁 안에 있어야 할 왕자가 이 먼 동쪽 대륙까지 올 일이 무엇인가.

듣기로는 사기꾼이 이 세상 수준으로 많이 있는 곳 같기도 하다고 했다.

물론 자신이 겪어 본 기 파장은 사기나 치며 사람들 등이나 후려 먹고 다니는 족속들의 수준을 훨씬 넘어서 있긴 했다.

하지만 그렇다고 해서 덥석 믿을 수도 없지 않은가.

항구다.

훌쩍 떠나면 그만인 사람들 때문에 별별 일이 다 벌어지는 것이다.

게다가 서대륙 사람들의 위험한 능력은 광검의 머리에 경고등을 켜도록 했다.

강호상에 최대 내공, 최고 진기 덩어리라는 어른들, 더 나아가 제갈청청도 못하는 일을 까불이가 하다니.

이 땅의 탐욕덩어리들이 그걸 알게 되면 무슨 일이 벌어질지 상상도 못할 일이었다.

여하간 객점 바깥의 구경꾼들이 몰려들자 광검은 얼른 만두 하나를 더 집어 들고 웅얼거렸다.

"객점은 댁들이 부순 거 알지? 난 책임 없다구."

그러자 지금껏 가만히 있던 서양인이 몸을 일으켰다.

일어서는 분위기가 심상치 않았다. 아무런 기세도 운용하지 않는데 광검이 움찔해서 칼을 움직일 정도였다.

물론 손잡이 외의 부분은 고양이 꼬리가 축 늘어지며 흔들거렸다.

"……."

그 모습을 보자 새삼 성질이 났다. 고양이 꼬리라니!

그래서 숨을 좀 고르려던 찰나였다. 자리에서 일어선 그 사내는 계산대로 갔다. 그러자 계산대 밑에서 점소이의 비명이 터졌다.

"으아악! 사, 살려 주세요! 헬프 미! 헬프 미! 아, 아임 낫띵 어…… 어, 하여간 헬프 미! 으아악!"

점소이의 목소리가 원래 가늘었던데다가 겁을 얼마나 먹

었는지 고음 부분에서는 꺽꺽 튀기기도 해서 애처롭기 짝이 없는 비명이었다.

슥, 로브의 소매 안에서 꺼내진 사내의 손은 거칠었다. 큰 흉터도 새겨진데다 손가락도 하나 없었다.

그때, 사내의 손에 들려진 것이 계산대에 뿌려졌다.

좌르륵—

또르르르르르륵 굴러가는 소리가 점소이의 귀를 정확하게 자극한 모양이었다. 과연 점소이는 직업의식에 투철했다.

그래서 그 와중에 굴러 떨어지는 것을 파악하고 계산대 밖으로 손을 내밀어 그것을 잡았다.

그래 놓고는 자기 자신이 더 놀란 모양이었다.

"허, 허억! 헉! 이, 이런……!"

점소이는 손으로 입을 막고서 상황을 살폈다.

잠시 로브 입은 사내의 분위기를 좀 재는 것 같더니, 이내 내밀었던 손을 살살 끌어당겼다. 그러더니 손을 펴보고 눈을 확 떴다.

그것은 분명 진품의 금두였다.

한 돈짜리.

점소이가 엉겁결에 계산을 받기 위해 일어서다 머리를 쿵, 박았다.

그래 놓고 외쳤다.

"으아아아악! 강도야! 사람 살려! 으아아아악!"

광검은 그 꼴을 보고 속으로 한숨을 삼켰다.

살랑살랑, 고양이 꼬리.

한순간의 방심으로 칼을 이렇게 만든 자신이나 저 점소이나 다를 바가 없는 것 같았다.

'모자란 놈 되기도 순식간이군…….'

여자는 왕자라는 까불이를 부축해 일으키며 점소이에게 말했다.

"손해배상이에요. 금두 열 개면 되겠죠?"

빛나는 금두!

곁눈질로 확인한 점소이가 고개를 숙이며 외쳤다.

"안녕히 가십셔!"

방금 전까지 비명을 지르며 얼굴이 싯노래진 인간은 온데간데없었다.

광검이 그들을 따라 나가자 의무감에 활활 불타는 점소이가 얼른 붙들고 말했다.

"저기, 저 만두 값은 주고 가셔야……."

광검의 열 받은 고양이 꼬리가 점소이의 코를 훑었다.

"같이 계산되고도 남잖아!"

그러고는 목소리를 낮춰 점소이의 귀에 협박했다.

"자네도 저 벽처럼 되고 싶나?"

점소이의 표정이 갑자기 비굴해지며 다시 부드러운 어조로 변했다.

"헤헤헤, 안녕히 가십셔!"

19.
롯데

광검은 그렇게 다시 진창길로 나섰다. 서대륙 사람들은 부두로 향했다. 거기엔 서양에서 들어온 크고 화려한 범선들이 정박해 있었다.

그들은 그중 한 배로 들어갔다.

광검은 살펴보기만 하고 일부러 접근하지 않았다.

사실 배와의 거리가 오십여 걸음 정도 되었을 때부터 상당한 기세를 느꼈기 때문이다.

'마법사로군…….'

누군가 충격적인 능력을 가진 인간이 배에 있었다.

까불이 정도의 능력으로도 물질을 변화시킬 수 있다면 저렇게 존재감이 큰 능력자는 도대체 어떤 것을 보일 수 있을지 감이 잡히지 않았다.

광검의 심장이 두근두근 뛰었다. 만약 그렇다면 그자의 기세는 정말 위험한 것이었다.

'마교보다 훨씬 더 위험할 수도 있다.'

어쨌든 광수와 광겸에게 연락이 먼저였다.

저 까불이의 능력 하나만이라도 이쪽 세계의 악한 누군가가 알게 된다면 그땐 마교 대전이 문제가 아니었다. 될수록 빨리 불러와야 했다.

며칠씩 객잔에 묵기도 하면서 천천히 내려왔기 때문에 한 달이 걸렸지만, 광수와 광겸은 단 며칠 만에 도착해야 했다.

'어째 인생이 이렇게 흘러가냐? 이젠 좀 살 만하다 싶었는데…….'

광검은 돌아서서 도로 객잔으로 돌아왔다.

"어서 옵……?"

점소이의 눈이 동그래졌다.

광검의 손이 계산대를 탁, 내려쳤다가 올라가는 순간, 은자가 빛났기 때문이다.

"방 있지?"

점소이의 벌어진 입이 도로 일그러졌다.

"아, 저…… 손님, 혹시 이층 방마저 다 때려 부순다거나 하시지는……."

"차나 좀 넣어라. 며칠 있을 거니 네놈이 신경 좀 쓰고."

다시 계산대로 떨어진 은화에 점소이의 고개가 굽신 숙

여졌다.

"헐, 팁을 이렇게나 많이!"

"팁?"

점소이의 말에 광검이 눈썹을 특이하게 세웠다.

"그게 뭐야?"

점소이가 머리를 긁으며 웃었다.

"아하하, 손님들 상대하다 보니 서대륙 사람들 말이 조금…… 그 사람들이 이런 봉사료를 팁이라고 하더라고요. 하하……."

점소이가 서대륙인을 상당히 많이 상대했음을 깨달은 광검이 새삼 물었다.

"너 이름이 뭐냐?"

"옥삼이라고 부르시면 됩니다, 대인."

"옥삼?"

특이한 이름이었다.

강호의 칼잡이와 서대륙의 마법사를 상당히 많이 겪어본 듯한 점소이, 옥삼이 어쩌면 쓸모가 있을 것 같다는 생각이 들어 광검은 은자 하나를 더 꺼냈다.

옥삼의 눈이 본능적으로 은자를 쫓았다.

"아까 그 사람들 말이야, 이런 쌈박질 자주 하나?"

"아, 그게…… 무슨 사람을 구하는 것 같더라고요. 그런데 사람 하나 쓰는데 아까처럼 그렇게 싸움을 걸어서…… 그나마 당하지 않고 오히려 박살 내는 경우는 대인이 처음이었지요, 예."

광검이 턱을 쓰다듬었다.

다짜고짜 싸움을 걸어온 것이 그런 이유라면, 좀 특이했다. 아마 더 알아보면 강호의 특정 방파라든지 이름 좀 있는 낭인에 대해서도 알 수 있을 것인데, 굳이 이 항구에서만?

곧 광검은 생각을 그만두었다.

“성질에 안 맞는군.”

“예?”

옥삼이 눈치를 보며 말했다.

광검이 픽 웃었다.

“아니, 썀박질 안 하고 이리저리 계산하는 성질이 아냐, 난. 어쨌든 한식경 정도는 조용해야 하니까, 그 이후에 문을 두들겨라.”

“예, 대인.”

나무 계단을 오르면서 휜하게 뚫린 벽으로 오가는 사람들을 보았다. 벽이 부서진 객점 안을 힐끔힐끔 구경하는 것이, 놀라는 표정들은 아니었다.

아마 저 서대륙 사람들의 소란을 한두 번 겪은 것이 아닌 듯했다. 그래서 옥삼이 할 수 있을 것이라는 확신을 가졌다.

광검은 은자를 옥삼의 손에 떨궈 주고 귀에 속삭였다.

“아까 그 까불이가 탄 배로 가서 칼 값 얘기를 하잔다고 전해라.”

“헉! 대, 대인, 저, 저는 그 배로 가기 싫…… 싫…….”

더듬거리던 말이 삼켜진 것은 점소이의 눈에 은화 하나가 나타났을 때였다.

"싫…… 대, 대인 소인에게 이러시지 마십……."

광검의 손이 옥삼의 코앞에서 이리저리 흔들렸고, 그 손가락 사이의 은화를 따라 옥삼의 눈동자도 이리저리 굴렀다.

"그들이 거칠게 대하지는 않을 것 아니냐?"

"대, 대대대인, 그, 그게 저저저저저, 으으으으!"

말을 더듬거리다 못해 신음마저 흘린 것은 광검의 손가락 사이에 은화 하나가 더 나타났기 때문이다. 무려 두 개의 은화! 손바닥에 이미 받은 것까지 세 개!

"전하기만 하면 돼. 알았지? 아무것도 얘기하지 말고 그냥 칼 값 얘기만 하잔다고. 간단하잖냐. 바로 조오기, 여기서도 보이는 저 배."

은화 두 개를 낀 손가락이 부서진 벽 너머, 유난히 하얀색의 돛에 화려한 붉은 독수리가 그려진 범선을 향했다.

옥삼이 질끈 눈을 감았다가 떴다.

"간단하잖아, 그렇지?"

"아니, 저…… 대인, 그그그, 그게……."

옥삼의 손을 쥐어 들더니 그 위에 은화 두 개를 마저 올려놓은 광검이 웃으며 말했다.

"이러면 자네 반년치 봉급이지?"

광검은 악마의 유혹처럼 속삭였다.

"그 배에서 사람이 찾아오면 이만큼을 더 주지."

"허, 헉!"

점소이의 에라 모르겠다는 표정을 살며시 무시한 광검은 방문을 닫아걸었다.

"후욱―"

숨을 크게 들이마신 광검은 바로 몸 안의 진기를 돌렸다.

옥삼은 결코 기대를 배신하지 않을 것이다.

고수가 타인을 제압하는 방법은 위세를 크게 발하는 것만 있는 것이 아니었다. 기파를 읽고, 그걸 조금 교란시키기만 해도 되는 것이다. 최면과는 다르게.

옥삼은 영문도 모른 채 그저 은자 유혹에 휘말렸다고 생각할 것이다.

사실 옥삼은 최면을 걸기 좀 어려운 인간이었다, 의외로.

그래서 고단수를 쓴 것이다.

광검은 백선고가 남긴 정신 세계의 연결을 끌어 올렸다. 이렇게 빨리 연락할 줄도, 그리고 그 연결을 계속 이어 놓은 짓을 하게 될 줄도 몰랐다. 하지만 서대륙인들의 능력이 너무 황당하니 어쩔 수 없었다.

곧 몰아지경에 들었다.

원래 옥삼은 스스로를 '조심스럽다'고 생각해 왔다.

항구는 거칠다. 그 서대륙인들이 사람을 함부로 죽이지 않는다는 것은 알고 있었지만, 그들의 배로 접근하는 것은 꿈도 꾸지 말아야 할 일이었다.

그러나…….

'받고 말다니!'

자신의 돈에 대한 집착이 불러온 재앙이었다. 손바닥 위의 은자 세 개를 내려다보았다. 객점에서 숙식을 해결하기 때문에 객점 주인이 주는 급여는 일 년에 두 번, 은자 두 개.

그러니 광검이 말한 반년치가 넘는 액수인 것이다.

옥삼은 벌써 은자 열 개를 모았다.

삼 년간 용돈을 은자 두 개만 쓰는 혹독한 절약으로 인해 가능한 일이었다.

옥삼은 열심히 더하기를 계속했다.

'계산대에 놔두셨던 것 중에 하나도 내 거고. 그건 팁이니까.'

그리고 손에 쥐어진 은자 세 개.

은자는 이제 열네 개로 불어났다.

그리고 전해 주기만 하면 세 개가 더 생긴다.

'열일곱 개!'

그렇기 때문에 옥삼은 오히려 머리를 감쌌다. 무서웠다.

'왜 나에게 이런 일이!'

옥삼은 뚫린 벽을 보고 머리를 살래살래 흔들었다가 다시 광검의 방문을 바라보았다.

뉘엿뉘엿, 해가 지고 있었다.

옥삼의 몸이 으스스하게 떨렸다.

항구의 뒷골목에서는 밤이 되면 사람 한둘 죽어 나가는

일이 일 년에 두어 번 벌어지기도 했다. 작년에 끔찍하게 난자당해 걸레처럼 변한 시체를 직접 목격한 것은 옥삼이 절대 밤에 바깥으로 나다니지 않는 이유가 되었다.

돈을 아껴야 하는 이유로 술집을 들락거리지 않은 것이 더 크긴 했지만.

결국 옥삼은 한숨을 내쉬고 부두로 나서고 말았다.

은자 열네 개.

스무 개가 채워지면 옥삼은 하고 싶은 것을 할 수 있었다. 아른거리는 환상을 눈에서 지우지 못한 채 옥삼은 '그들' 이 오른 배에 조심스럽게 발을 딛고 말았다.

그때, 옥삼의 눈에 얼핏 초록색의 불빛이 보인 것 같았다.

"……?"

분명히 물에도 반사광이 비쳤다.

"……!"

그 순간, 착각처럼 그것이 사라졌다.

옥삼은 순간 무서움이 와락 자라나는 것을 느꼈다. 초록색의 광망이 배의 선체에 달라붙었다가 그대로 스며들 듯 사라졌기 때문이다.

꼴깍.

자신의 침 삼키는 소리가 이렇게 무섭게 들린 적이 없었다. 초록색의 광망은 사람의 소름을 좌악 돋아 오르게 하는 무언가가 있었다.

옥삼이 어릴 때 들은 이야기 때문이었다.

중원 사람이니 당연히 무공을 알고, 당연히 마공의 종류에 대해서도 들었다. 그중 특히 무서운 것은 폭록광공이었다.

초록은 자연의 색이자 생명의 색.

한데 마인이, 마공을 익히는 자의 눈깔에서 녹색의 빛이 흘러나온다는 것이었다. 그것도 폭발하는 수준으로!

그건 마공을 익혔음에도 거의 신선이라 불릴 만한 경지로 올랐다는 뜻 아니겠는가.

마공의 한계를 극복한 마공이라는, 말도 안 되는 이치의 무지막지한 마공이 바로 폭록광공이었다.

한데 그런 원초적인 공포를 자극하는 열 줄기 초록 불빛이 눈에 잠깐 보였다가 배의 몸체로 스며든 것이다.

옥삼은 그대로 얼어붙었다.

꼴깍.

침 넘어가는 소리가 천둥처럼 들려왔다. 한껏 긴장된 기분이 심장을 더욱 옭죄어 왔다.

이미 밤으로 기울어버린 으슥한 저녁.

자신 또한 갈가리 찢겨지고, 그것도 모자라 점점이 흩어진 시체처럼 되지 말란 법도 없지 않은가. 기억 속에 시체의 영상이 스멀스멀 옥삼의 근육을 굳게 했다.

"왓 잡?"

그 순간, 갑판 위에서 선원의 목소리가 들려오지 않았다면 옥삼은 움직이지도 못할 뻔했다. 겨우 올려다보니 눈이 파란 선원이 우락부락한 얼굴로 몽둥이를 탁탁, 손으로 두

드리는 중이었다.

옥삼은 그 무시무시했던 초록 손톱 같은 광망을 금세 잊고 떨리는 눈으로 이리저리 몽둥이를 쫓았다.

광검의 손가락과 같이 흔들리던 은화를 쫓듯, 그 눈동자가 몽둥이의 방향을 열심히 쫓는 것이다.

“에에에, 플리이즈, 에에에…… 디스 레터, 에…….”

그러면서 떨리는 손에 쥔 종이 쪼가리를 힘겹게 내밀었다.

미리 개발새발 써 가지고 오길 잘했다.

한데 선원이 와락 인상을 썼다.

‘이게 뭐?’

배 째라는 표정이 역력했다.

옥삼이 고개를 갸웃거렸다. 저번에 그 여자 일행이 들렀을 때 호기심에 물어본 알파벳이다.

‘틀리지 않을 텐데?’

Sword.

칼이라는 간단한 단어.

그러나 선원은 다시 말을 내뱉었다.

“아이 돈 노우 레터. 아이 돈 노우 알파벳. 노우.”

옥삼의 목소리는 한순간 멎었다.

열심히 머리를 굴려 더듬더듬 이해하자니, 대략 자기들 글자를 모르는 까막눈이라는 얘기가 아닌가.

그럼 알파벳을 열심히 배운 자기는 뭐야, 대체?

"에……."

그다음 말이 안 나왔다.

'뭘로 더 진행을 시키지?'

꼴깍, 침을 삼키는 순간, 천만다행하게도 '그녀'의 목소리가 들려왔다. 행운이었다.

"무슨 일이죠?"

옥삼이 한순간에 긴장이 풀린 듯 외쳤다.

"아, 저기 선녀처럼 아름다우신 레이디! 에, 아까 그분이 칼 값 얘기를 좀 하고 싶으시다고……!"

그 말에 그녀는 흠칫하더니 고개를 돌려 좌우를 살폈다. 그러더니 옥삼에게 물었다.

"그분, 지금 어디 있죠?"

옥삼의 손가락이 해가 져서 까매진 탓에 더욱 시커멓게 보이는 구멍을 가리켰다. 객잔의 벽에 뚫린 구멍.

옥삼을 더욱 서글프게 만드는 광경이었다. 목소리가 그래서 축 처졌다.

"저희 객잔 이층에 계십니다만……."

여인이 고개가 끄덕여졌다. 그녀의 눈치는 여전히 배 안의 선실을 향한 채였다. 아까 광검이 느낀 그 사람을 염두에 둔 것이지만, 영문을 모르는 옥삼으로서는 그저 아까 다친 그 까불이를 걱정하는 것으로 보일 뿐이었다.

그녀가 옥삼에게 가 보라는 손짓을 했다.

"알았어요. 좀 있다 들르도록 하죠."

옥삼은 그녀에게 고개를 꾸벅 숙이더니 그대로 줄행랑을 쳤다.

그녀의 눈길이 옥삼의 등에서 객잔으로 옮겨졌다.

뜻밖이 아닌가.

따로 연락을 취할 줄은 몰랐다.

여인의 얼굴에 결심의 빛이 섰다. 아직 이름도 모르는 동양의 그 검객은 강했다. 백작만큼 강했다.

그리고 아까 왕자 저하께서 일부러 인간적인 실수를 했을 때도 반응이 특이했다. 보통 인간 군상의 상식적인 반응을 뛰어넘었다.

살인 같은 걸 좋아하는 사람은 분명히 아니었다.

이 세계의 사람을 끌어들이는 것은 위험했지만, 지금은 그런 것을 따질 때가 아니었다. 일단 밤만 되면 감각이 위험을 경고해 왔다. 더 이상 왕자 저하를 배 안에 모시기가 찜찜했다.

백작은 얼마 못 가 발톱을 들이밀 것이다. 그럼 다 죽는다. 여인으로서는 달리 선택의 여지가 없었다.

눈에 서린 결심이 곧 비장하게 굳어졌다. 광검에게 목숨이라도 내줄 것 같은 눈빛이었다.

'일단 만나 보자.'

만약 제갈청청에 대한 사연을 알았다면 어떻게 변했을지 모르지만, 어쨌든 그녀로서는 기막힌 우연을 만났을 뿐이라고 생각할 뿐이었다.

옥삼으로서는 겨우 한숨을 돌릴 수 있었다.

'휴우—!'

믿어지지 않을 정도로 무서웠다. 그걸 자신이 해냈다는 것도 믿어지지 않았다.

손바닥을 펴 보았다. 은자 세 개.

현실이었다. 은자가 몸에 안심을 가져다주며 긴장을 풀어 주었다.

옥삼은 흐흐, 웃었다.

서대륙 사람들이 좋아하는 형태의 요리를 알아냈다. 의외로 그들은 간단한 요리를 좋아했다. 그러니 돈이 모이면 수레를 하나 구입하고 거기서 즉석요리를 팔 생각이었다.

손님들이 서서 먹을 수 있을 정도로 간단한 음식.

처음엔 멋모르고 돈을 모았지만 이제 목표가 생겼고, 점점 가까워진 것이다.

옥삼은 광검의 방문을 두드렸다.

"뭐냐?"

역시나 이 손님, 엉덩이가 무겁다. 문도 안 연다.

옥삼은 최대한 현실감 나게, 무서웠다는 감정을 쥐어짜내 덧입히고서 전달했다.

"어휴, 간신히 전달했습니다. 얼마나 살 떨리던지……."

그러자 문 너머에서 대답이 들려왔다.

"그래? 고생했군. 그 일행이 찾아오면 내일 은자 세 개, 약속대로."

그 말에 옥삼은 허리를 넙죽 구부렸다.

"편안한 밤 되십쇼, 대인."

옥삼의 발소리가 계단을 내려가자 광검은 피식 웃었다.

"대인은 무슨. 개뿔이."

광검은 일부러 그 방을 잡았다.

창문을 통해 배가 보이는 곳이고, 상황이 위험해지면 나서기 위해 잔뜩 긴장한 상태였다. 옥삼이 좀 멀어지자 지체 없이 몸을 날리고 뒤를 따라갔던 것이다.

옥삼을 계속 추적하던 광검.

그러나 옥삼은 예상한 대로 아무런 일도 당하지 않은 채 살아 돌아왔다.

광검의 눈이 빛났다.

'일단은 접근하는 자를 아무나 다 토막 치지는 않는단 얘기고…….'

서대륙 사람들의 능력을 좀 더 지켜봐야 했다.

그래야 그들의 성향, 탐욕의 정도를 유추해 낼 수 있다. 그래야만 무슨 계획이고 나발이고 나오는 것이다. 물론…… 개방의 보고서에 쓰여진 내용에 기반한 행동이었다.

문제는 그렇게까지 추측한 개방조차도 이들이 물질을 변화시킬 능력이 있다는 것을 모른다는 점이었다.

까불이, 아니, 왕자라는 그 애송이가 저렇게 설쳐 대고 다니는데 아무도 몰랐다는 것은 이해 불가능이었다.

그들도 그게 알려지면 위험한 능력이라는 것을 알 텐데, 왜 드러낸 것일까?

사실은 개방에 즉시 알리지 않는 일만 해도 위험할지 몰랐다.

똑똑.

그때, 문을 두들기는 소리가 났다.

광검의 눈이 가늘어졌다.

"들어오시오."

문이 열리자 과연 금발의 여인이 서 있었다.

광검이 손짓을 했다.

"앉으시길."

여인은 잔뜩 긴장한 상태였다.

몸 주변의 공기가 일렁이는 것이 보일 지경이었다. 광검은 픽 웃었다.

"낮에 그렇게 당하고도 모르나? 그 정도 힘으로는 날 어쩔 수 없어."

"잠시만요."

여인은 입으로 컷트 보이스, 라는 음절을 뱉었다. 그러자 기파가 사각으로 죽 늘어나며 방을 뒤덮었고, 자연 광검의 눈이 동그래졌다.

"허?"

서대륙인들의 마법이란 것이 정말 이런 식으로 대단할 줄은 몰랐다.

일정 공간 안에 소리를 담아 바깥으로 들리지 않게 차단하는 수법. 중원에서는 웬만한 고수들도 할 수 없는 일이었다.

그게 이토록 쉬우면 전음이니 각종 밀마니 하는 것이 왜 생겼겠는가.

'역시 마법이란 알려지면 큰일 날 것들이 많아.'

광검이 놀란 눈을 뜨고 돌아보자 여인이 한숨을 내쉬었다.

"아까 일은 미안하게 됐군요."

광검은 멀쩡한 칼 손잡이에 달린 '꼬리'를 탁자에 내려놓았다.

그러고는 고개를 이리저리 꺾으며 물었다.

"대체 무슨 생각이지?"

여인은 고양이 꼬리를 보더니 손에 든 주머니를 내려놓았다.

"열어 보세요."

"……."

이미 소리로 짐작은 했지만, 그 안에는 정말 화려한 보석이 가득했다. 돈으로 얼른 계산하기가 힘들 정도였다.

여하튼 수식어는 어마어마, 아주 아주, 같은 것들이 붙을 만큼의 액수가 나올 듯했다.

그래서 광검이 뚱하게 물었다.

"무슨 뜻인데, 이거?"

여인은 광검을 똑바로 쳐다보았다.

눈동자가 파란색이었다. 하얀 피부, 딱 적당한 입술 두께, 얌전한 콧날, 말 잘 듣는 순종형 외모, 그것도 대단한 미인의 시선.

그것은 광검이 마주 받기 가장 싫어하는 것이었다.

노총각의 지저분한 욕정이 쉽사리 드러나는 것 같지 않은가.

자격지심이긴 했지만, 그것까지 일일이 다 염두에 둔다면 쓰러질 거다. 어쨌든 광검은 예쁜 여자의 눈을 맞받는 것이 불편했다. 사실…… 뭔가 눈치가 있던 강북련주 엄자령이 생각나기는 했지만, 그거야 그거고.

엄자령도 과연 그렇게까지 자신을 생각할까?

'남들은 안 그렇고 나만 쓰레기일지 몰라도, 하여간…….'

슬쩍 눈길을 돌리자 여인의 얼굴에 득의의 표정이 잠깐 스쳐 지나갔다. 그러고는 노골적으로 협상을 유리하게 끌고 갈 의도를 비쳤다.

"도와주세요."

약한 여자처럼 들리는 말로 일단 기선을 제압하려 들었다. 말뿐만이 아니라 눈빛도 그랬다.

동생 광겸의 부인, 그러니까 제수씨 연미. 그녀는 지금 뱃속에 광겸의 아이를 가졌다.

그녀가 광겸을 처음 만나 도와달라고 사정할 때도 꼭 이런 눈빛, 이런 표정을 지었지 않은가.

그때는 광겸 당사자가 아니라 잘 몰랐는데, 마주 앉아 그 눈빛을 직접 접해 보니 외면하기가 정말 어려웠다.

그래서 슬쩍 반항을 했다. 반항하지 않으면 광검이 아니니까.

"대단한 보수인데, 그럼 목이라도 내걸라고?"

목이라는 광검의 말에 여인이 흠칫했다.

"혹시…… 그렇게나 멀리 떨어져 있었는데도 백작의 포스를 느끼신 건 아니겠죠?"

광검은 손가락을 흔들었다. 무심결에 튀어나온 정보를 물고 늘어지는 것이 중요했다.

"오잇, 오잇, 백작이라……. 흐흠, 그리고 포스라……. 흐흠."

그제야 여인은 광검이 아무것도 모르고 있다는 것을 깨달았다. 그러더니 말을 이었다.

"왕자님은 고향으로 이곳의 강자를 데려가고 싶어 하십니다."

광검의 표정이 뚱해지며 손가락이 귀로 올라오자 여인은 재빨리 덧붙였다.

"백작 몰래."

광검은 한숨을 쉬었다.

"이야기가 길어지네. 백작이 무슨 지위를 가리키는지는 몰라도, 어쨌든 그 백작이 알면 안 되는 이유는?"

"왕자님에게 정말 실력이 강한 사람이 붙은 걸 알게 되면 백작은 왕자님을 죽일 겁니다."

광검의 얼굴이 조금 일그러졌다.

원래 참을성도 그렇게 대단한 구석이 없다는 것을 본인도 가끔 망각하는데, 설명도 없이 다짜고짜 이게 뭔 개소리인가.

조금 머리를 굴리려 노력하다가 광검의 얼굴이 완전히 어이없다는 쪽으로 바뀌었다.

“그래? 왕실의 권력 다툼이야 다른 줄에 매달린 놈이 경쟁자를 죽일 수 있다 칩시다. 백작이란 자가 다른 왕자를 밀고 있다는 얘기인가? 그럼 다른 왕자를 미는 백작하고 같은 배를 타고 왔다는 거야? 제정신이야? 아니, 그걸 날더러 믿으란 얘기야?”

여인은 고개를 흔들었다.

남의 입장을 참아 줄 정도의 인내심이 없는 광검의 입장에서는 성질 안 내는 게 다행이었다.

‘부정하는 건 또 뭐냐!’

한데 여인은 전혀 다른 의미로 부정을 한 것이었다.

이어 충격적인 말이 흘러나왔다.

“현재 국왕 폐하께 후계자는 단 한 분뿐입니다. 다른 후계자는 없어요.”

“엥?”

스스로도 ‘생각 없음’ 이라고 분류하는 광검의 눈조차 동그래졌다.

“뭐야, 이건? 그럼…… 하나뿐인 후계자를 죽여 지가 왕이 되기라도 하겠다는 거야, 뭐야?”

순간, 여인의 눈이 일시지간에 표독해지며 일견 비장해졌다.

고개가 끄덕여졌다.

“네, 맞아요. 그는, 백작은 반역을 기도하고 있습니다.”

"어라……?"

도무지 앞뒤가 맞지 않는 뒤죽박죽의 정보들만 던진 그녀는 다시 한 번 말했다.

"도와주세요."

광검은 잠시 침묵했다.

그 말이 사실이든 아니든 광검은 상당히 복잡한 사정을 헤쳐 나가야만 했다.

'뭐냐, 니네? 그냥 사기꾼이니, 아님 마법이 그만큼 복잡한 거니?'

광검의 얼굴이 찌푸려졌다.

그냥 박살 내 놓고 그다음에 자초지종을 물어보는 것이 견자단이다.

광검도, 광겸도, 그나마 셋 중 점잖다는 광수도 복잡하게 머리 굴리는 일은 딱 사절이었다. 그래서 광검은 그냥 바로 본론을 찾았다.

"나를 그만한 가치가 있다고 보는 이유가 뭐야?"

그 질문이 나오자 여인은 고개를 푹 숙였다.

"사실은…… 왕자님은 당신을 고양이로 만들고, 그래서 백작의 눈을 속여 우리 왕국으로 데려간 다음에 일을 해결하려 하셨…… 던 것 같아요."

광검의 손가락이 검집을 토도독, 두드렸다.

"고양이?"

어이가 없어 저도 모르게 흘러나온 말이었다.

'사람을 고양이로 변화시킬 수 있다고?'

그러나 여인의 반응을 보면 정말 그게 가능하다고 온몸으로 표현하고 있었다.

"칼이 고양이 꼬리로 변한 이유가 그럼……."

문득 소름이 끼쳐 왔다.

목표가 정말로 광검이었다!

게다가…… 고양이라니!

'개도 아니고.'

광검은 그래서 더 중요한 것을 물었다.

"뭐든 변화시킬 수 있다고?"

"네."

"거꾸로 고양이 꼬리로 칼을 만들기도 하나?"

"네."

광검의 얼굴이 조금 더 심각해졌다. 그리고 자신이 말도 안 된다고 생각하면서도 방금 떠올린 생각을 물어보았다.

"혹시…… 돌을 금으로도?"

"네."

답이 정말 간단했다.

너무 간단해서 너무 황당했다.

광검의 손가락이 다시 토도독, 검집을 두드렸다. 정말 심각했다. 이건 절대 알려져서는 안 될 일이었다.

마교가 사람들을 다 죽여 주마라고 날뛰는 것과는 정반대의 혼돈이 일어날 것이다. 그건 미친놈이 세상을 죽이려는 것이고, 세상이 스스로를 죽일 만한 혼란이 일어날 수도 있었다.

돌을 금으로 만들다니!

광검은 설마 하는 심정으로 하나 더 물었다.

"그럼 혹시 흙으로 곡식을 만들 수도?"

"지금 여기 단위로…… 음, 지금 당장은 열 가마니 정도는 가능하세요."

입이 떡 벌어지는 얘기였다. 정말 현실적인 표현 아닌가.

흙 내지는 그냥 땅.

그 땅을 파서 곡식을 만들다니.

열 가마니? 이거, 너무 현실적이다. 완전 개사기 아닌가?

'이런 말도 안 되는?!'

부지런히 일해야 올바른 사람이라는 도덕 기준을 회까닥 뒤집는, 어처구니없는 세상을 만들 수도 있다는 얘기 아닌가.

백성들이 농사를 안 지어도 먹여 살리는 왕?

왕에게 바라는 것은 농사를 잘 짓게 해 달라는 것이지, 농사 안 지어도 먹고살 수 있게 해 달라는 것이 아니다.

'뭐, 이런 황당한 인간들이 다 있나?'

광검은 마지막으로 확인을 했다.

"지금은 열 가마…… 라고? 그럼 댁이 모시는 왕자님은 지금 성장 중이신가? 그 능력이? 나중엔 백 가마, 천 가마도 가능하다고?"

여인이 고개를 끄덕였다.

“네. 왕자님께서 백작만큼만 성장하시면 왕국은 구원받을 수 있을 겁니다.”

광검은 벌어지려는 입을 다물기 위해 무지 노력을 해야만 했다. 돈이고 밥이고 마음먹은 대로 쏟아 내는 왕이라니! 정말 신으로 모셔도 될 만한 왕이잖은가!

그런 나라는 가난도 없고, 아니, 아니, 아예 탐욕을 부릴 일 자체가 없을 것이다.

왕자가 무사히 자라 주기만 한다면.

물론 그런 나라가 천국이 될 것인가, 아니면 모양만 그럴듯하게 흉내 낸 지옥이 될 것인가에 대해서는 광검도 뭐라 할 말이 없었다.

그 누구도 경험하지 못한 세상이 될 테니까!

그러다 광검의 귀에 ‘구원’이라는 말이 퍼뜩 당겨져 들어왔다.

“왕국에 무슨 일이 있나?”

여인의 고개가 숙여졌다.

“말하자면 길어요…….”

광검은 금방이라도 울 것 같은 그녀의 얼굴을 보고 입맛을 다셨다.

광검은 그녀에게 제갈청청의 이야기를 하지 않는 게 좋겠다는 판단을 했다.

그래서 한 번 더 겁을 주었다.

“만약, 내가 당신들 왕자를 납치하면 어떻게 되는 거야?”

그러자 여인, 운명이 롯데라 이름 붙인 여인의 눈이 휘둥그레졌다.

"그, 그런……!"

광검은 짐짓 고개를 저어 보였다.

"항구에서 싸움이 흔히 일어나는 건 사실이지만, 서대륙인들과의 싸움은 흔한 게 아니지. 소문이 난단 말이야. 당신들 왕자. 소문이 안 날 거라 생각하나?"

그에 롯데가 눈을 가늘게 떴다.

이어 그녀가 손을 움직이려는데 광검이 기세를 내보내 경고했다.

"아, 뭐, 진짜 그런 생각이 있다는 건 아니고, 여하튼 조심하라는 얘기야."

그러자 롯데는 속이 뜨끔하기는 했지만, 광검이 솔직하게 나오자 오히려 마음을 놓았다.

그러고는 숙인 고개 밑으로 눈을 반짝였다.

왠지 이 남자에게는 먹힐 것 같다는 생각을 하며.

한편, 광검은 또 다른 생각 하나를 더 정리하는 중이었다.

약점 잡힌 여자를 괴롭히는 것은 자신의 성격상 안 어울린다고 생각했는데, 막상 내놓을 것은 술뿐이었다. 남자의 방에 들여놓고 단둘이 술을 마신다는게 뭣했지만, 달리 할 게 없으니 어쩔 수 없었다.

광검은 술병 마개를 뽁, 열었다.

"가슴 아픈 사연이라면…… 뭐, 이거라도 한잔해 볼 텐가, 마법사 여인?"

롯데는 잠시 망설였다.

그러더니 입술을 꼭 깨물었다가 고개를 들고는 손을 내밀었다.

"주세요."

잔이 건네지면서 손가락이 닿았다. 오히려 광검의 손가락이 움찔했다. 롯데의 손가락은 아무렇지도 않은데 광검은 쓰읍, 소리를 내며 술을 따랐다.

쪼로로록—

그런 후 광검은 자신의 잔에도 술을 채웠다.

"당신 왕자님을 위해 건배."

광검은 당연하게 마셨지만, 롯데가 정말 마시리라고는 생각하지 않았기에 정말 놀랐다.

"크으읍—!"

롯데는 얼굴을 찡그리며 손으로 가슴을 턱, 쳤다.

그러더니 턱턱턱, 더 세게 치다가 겨우 숨을 들이마셨다.

옥삼이 좀 아까 가마솥에서 쪄 준 육포와 신선한 과일을 들이밀자 그걸 받아 먹고 숨을 좀 가라앉혀 훅훅댔다.

"독하네요."

머리를 절레절레 흔드는 여인을 보고 광검이 웃었다.

"금방 깨긴 하지만, 술에 쩔쩔매는 모습이 역시 귀엽군."

그러자 여인은 오기가 발동한 모양이었다.

"귀엽다고요?"

그러더니 잔을 다시 내밀었다.

"한 잔 더 줘요. 이번엔 도도하게 버텨 줄 테니까."

예쁜 여자가 술 달라는데 거절하는 멍청이가 어디 있겠는가? 광검은 또 따라 주었다.

"당신도 마셔야 공평하죠."

광검이 픽 웃었다.

"그러지."

두 잔째, 여인은 결국 참던 숨을 터뜨리며 또다시 기침을 했다.

껙껙대는 숨을 터 주느라 등을 두들겨 진정시키고 나니 여인의 볼에 발그레 술기운이 올라왔다.

"이름이 뭐야?"

"롯데. 그냥 롯데라고 부르세요."

여인의 눈이 광검을 쳐다보는 순간, 광검은 건강한 노총각으로서 그녀를 당겨서 가슴에 품고 말았다.

뜻밖에 롯데는 가만히 있었다. 고개를 숙이더니 수줍게 물었다.

"당신 이름은요?"

광검은 그녀를 침대에 눕혔다.

롯데의 얼굴로 자신의 얼굴을 끌어내리며 말했다.

"광검. 견자단의 둘째지."

도대체 누가 누구에게 말려들었는지 모를, 전혀 계획에도 없던 묘한 동침이 그렇게 이루어졌다.

"아……."

장강변이 보이는 객잔.

광수와 광겸이 거기 있었다.

서안에 있어야 할 둘이 왜 장강에 있느냐. 사실은 광검을 혼자 보내 놓고 둘은 업무 처리를 일부러 남쪽으로 가야 하는 것들만 골라서 해 왔다.

그나마 교의 수습 문제는 삭풍당과 오씨에게 일임해 두었다.

"종남의 큰 어르신과 화산의 큰 어르신이 원로원과 눈싸움으로 맞서며 애들 일하기 좋게 계신단 말이지. 흐흐흐."

광겸은 음흉하게 웃으며 서안을 탈출했다.

그럭저럭 원활하게 돌아가는 편이었다. 그래서 둘은 이제 제대로 손을 뗄 준비를 마친 참이었다. 아수라마교에서도, 화도에서도.

어쨌든.

분노한 광겸은 꽥액, 소리를 질렀다.

"여기서 자명고를 끊다니! 여자 옷을 벗기는 와중이었잖아! 이런 비겁한 인간 같으니!"

그랬다.

광수와 광겸, 둘은 롯데와 광검이 주고받는 이야기를 다 눈앞에서 듣는 것처럼 이해하고 있었다. 낙랑의 정신 술법, 자명고의 놀라운 공능이었다.

광수는 그런 광겸의 머리통을 한 대 후려갈기려다가 참

았다.

연미가 임신을 했다. 광겸도 이제 엄연히 자식을 둔 아버지가 되니 예전처럼 뒤통수나 후려 맞을 수는 없었다. 사실 '아버지 된 자'의 뒤통수를 때리는 자신이 막가는 인생으로 보일 것 같아 안 하는 것이지만, 하여간 최대한 점잖아 보이는 것이 좋은 거니까.

그래서 광수는 점잖게 잔소리만 했다.

"그걸 뭐 하러 보나. 제수씨한테 이야기해 줄까?"

그러자 광겸은 손가락을 들더니 광수의 입을 가리키며 한마디 하는 것이었다.

"뭐 하러 보냐니? 큰형의 아쉬워하는 소리가 심장 바깥으로 얼마나 천둥처럼 들렸는데 그런 오리발을!"

그래서 광수는 별수 없이 광겸의 머리통을 후려갈겼다.

쩍!

광겸의 머리가 확 흔들렸다.

머리카락이 폭풍을 만난 듯 흔들렸지만, 비듬은 날리지 않았다. 연미가 그래도 제 서방 머리는 열심히 감기고 관리를 해 주는 덕분이었다.

"마, 제수씨가 니 아이를 가졌어, 지금 조심해야 하는 때인데 너 머리 감기느라 쪼그리고 앉아서 허리나 굽히고. 그게 뭐냐! 철 좀 들어라, 철 좀. 이제 애 아빠 될 놈이. 쯧쯧."

사실 밥도 누워서 아, 벌리고 연미에게 받아먹던 판이었으니 대꾸할 말이 있을 턱이 없었다.

광겸이 대답 대신 발딱 일어났다.

"빨리 가야겠지?"

광수의 고개가 끄덕여졌다.

"둘째 어머니의 흔적이 꽤 복잡하게 이어진다. 서대륙이 요상한 곳이군."

광겸의 입가가 씨익 올라갔다.

"다섯 달이면 견자단치고는 꽤 오랫동안 사고 안 치고 산 거야. 그렇잖아?"

광수는 인상을 썼다.

"뭘 꼭 그렇게 때려 부수고 신나게 뛰어다니는 일만 좋아라 하는 거냐, 넌."

광겸은 방을 나가면서 유쾌하게 웃었다.

"안 그럼 견자단이야, 그게? 멍멍!"

광수는 웃지 않았다.

그렇게 스스럼없이 광검의 품에 안긴 여인, 롯데는 과연 순수한 것인지 의심하지 않을 수 없는 것이다.

광수는 고개를 이리저리 틀면서 몸을 푸는 광겸을 보고 생각을 접었다.

그랬다.

자신들은 견자단이다. 일단 부딪치고 보는 것이다.

"빨리 가자, 최대한."

파파팍—

순간, 그들이 방에서 사라졌다.

다음 날.

햇살이 벌써 밝았다.

롯데는 눈을 떴다. 맨살에 부대끼는 이불이 느껴졌다. 본능적으로 이불을 쥐고 잠깐 움츠렸다.

숙취가 머리를 깨부수는 것 같았다.

'금방 깬다더니, 거짓말쟁이. 이게 무슨 술이야, 독이지.'

간단한 주문으로 기운을 끌어 올려 술기운을 다 해독했다.

그러고 나니 방 안의 다른 공간, 욕조에서 몸을 씻는 물소리가 들려왔다.

철벅, 광검은 나오며 익숙하다는 듯 말을 던졌다.

"좀 씻어. 새로 물 받아 뒀으니까."

이불을 들어 몸을 가리며 롯데가 기어 들어가는 소리로 말했다.

"알았어요. 나 씻게 어서 옷 입고 비켜 주세요."

광검이 비켜서자 롯데는 두 손에 옷을 쥐고 얼른 욕조로 뛰어갔다. 문을 콩 닫고서 몸을 물에 담그고 한숨을 쉬었다.

'어쩌지?'

광검. 약간은 이기적으로 느껴지기도 하는 그 사내와 살을 섞었다. 있을 수 없는 행동이지만, 그래도 어쩔 수 없었다.

왕자님의 예상이 맞았기 때문이다.

왕자는 말했다.

"아마 이 구름 기둥이 일어난 항구 주변에 강한 능력자가 있을 거야. 이 구름을 조사하기 위한 능력자들을 보냈을 테지. 저쪽 세상도 그렇다는 게 보여. 항구 주변에서 의외로 강한 능력자를 찾을 수 있을 거야."

그 말대로 정말 찾았다.

광검은 정말 강한 사내였다.

왕자님을 멀리서 감시하던 백작의 기사들도 광검이 강하다는 것을 알아보지 못할 만큼 강했다.

정말 순수한 칼잡이. 마법 수련도 없이 어떻게 그런 경지까지 오를 수 있는지 이해가 되지 않았다.

광검은 기사로서 마법사를 누를 수 있는 강자였다.

이곳 사람들이 모두 그런 것이 아님을 알지만, 왕자가 이용만 당하다 해를 당하지는 않을까 두려웠다.

그리고 하나 더.

롯데의 얼굴이 붉어졌다.

사실 취기를 날려 버리지 않아 그런 것이기도 했지만, 롯데는 그와 관계를 가지다가 쾌감을 느꼈다. 그녀는 숫처녀였다. 그런 그녀가 처음 본 사내 밑에서 신음을 지르고 그를 끌어안았다.

물론, 마법사로서 기본 훈련을 하니 운동을 열심히 해서 건강한 몸을 유지했다.

그랬으니 여성으로서 성관계 때 정상적으로 쾌감을 느낄 수도 있다. 하지만 첫 경험인 여자가, 그것도 사랑하지도 않는 남자와의 관계에서 쾌감을 느끼기란 하늘의 별 따기였다.

광검은 정말 강한 사내였다.

롯데는 자신이 음탕한 것인가를 몰래 웅얼거리다 얼굴을 붉히고는, 이내 고개를 흔들고 광검을 어떻게 왕자의 사람으로 만들 것인지 궁리하기 시작했다.

한편, 광검은 광검대로 머리가 터질 것 같았다.

롯데가 몸을 씻는 물소리가 하나도 들리지 않을 지경이었다.

'아직도 뭐가 뭔지 하나도 모르겠네, 이런 젠장, 잘난 어머니 덕택에 이게 뭐야!'

다시 차근차근 생각을 정리하기 시작했다. 처음부터.

흡선충이 제갈청청의 원영신 외부기를 먹어 치웠다.

그 순간, 응축되어 있던 내부 기가 폭발하듯 흩어지기는 했는데, 그게 도로 모여 먼 남쪽 항구까지 직선처럼 쏘아지듯 날아갔다. 그리고 구름. 그 구름에서 서대륙 사람들이 나왔다.

그리고 백작이니, 왕자니, 반역까지…….

'아, 머리 아파.'

고민하는 사이, 롯데가 옷을 다 입고 나왔다. 광검은 가장 궁금하게 생각하는 한 가지를 물었다.

"대체 백작이 나보다 약하다는 건 무슨 근거로 이야기를 하는 거지?"

롯데는 망설이지 않고 그냥 말을 했다.

"왕자님의 물질 변환 마법은 누구도 피할 수 없어요. 하지만 당신은 그걸 피하지도 않고 그냥 기파만으로 구부러뜨려서 당신의 칼에 맞췄잖아요. 순수하게 힘만으로 그렇게 하는 것은 백작이 할 수 없는 일이니까 그런 거예요."

아직 광검 자신의 능력을 끝까지 다 본 것은 아니라는 얘기다.

'일단 안심이군.'

그렇다면 기를 다루는 양에 따라 능력이 성장하는 듯했다. 자신의 눈에도 롯데의 경지가 눈에 훤히 보이니까.

하지만 마법은 변수가 너무 터무니없었다. 거의 같은 경지의 무인들은 하지 못하는 것을 너무 쉽게 척척 해 냈으니.

기파로 세탁하는 것도 그렇고, 소리 차단도 그렇고.

게다가 아무리 물질 변화 마법이라고는 해도 까불이 정도의 수준이 광검의 능력을 읽고 알아낸다는 것은 경악적인 일이었다.

까불이는 정확하게 알아보고 광검을 선택한 것이다.

'기를 다루는 효율의 차이란 얘기인데, 어떻게 그런 게 가능하지?'

광검은 고개를 갸웃거리다 이내 포기했다.

제갈청청의 기가 어쩌다 이 세계와 그 세계를 연결하는 점에 닿았느냐만 생각해도 머리가 지끈거렸으니까.

롯데가 광검을 향해 손짓하며 방을 나섰다.

"일단 같이 가요. 아무래도 왕자님이 혼자 계시니까요. 지금처럼 떨어져서 하룻밤을 보낸 적은 없어요."

광검이 창문으로 롯데의 배를 바라보았다.

"흠, 그 무시무시한 기세를 가진 인간하고 드디어 얼굴을 마주하는 건가."

무엇이 있을지는 아직 알 수 없었다.

일단 만나서 얼굴을 보기만 하는 거니까.

물론, 단순히 보기만 하는 일도 무시무시한 일인 건 확실했다, 백작이란 작자는.

'화대 한 번 엄청 비싸게 치르는군, 젠장.'

광검은 그렇게 마음먹고 롯데를 따라 나섰다.

광검의 등장에 옥삼이 아래층에서 주춤거렸다.

"아, 아침 식사는……."

"잠시 나갔다 와서 먹지."

순간, 옥삼이 쭈뼛거리며 눈치를 살폈다.

그제야 광검은 기억을 떠올렸다.

"아, 이거."

광검의 손에서 은자 세 개가 나왔다. 옥삼의 입이 쫘악 벌어지며 고개를 팍, 꺾었다.

"얼른 다녀오십쇼! 맛있는 걸로 준비하겠습니다!"

그 모습에 롯데가 고개를 갸웃거렸다.

"이 항구에서는 점원에게 봉사료를 그렇게 후하게 주는 걸 못 봤는데요? 여기서만 그런 건가요?"

'널 데려온 보상으로 주는 거야' 라는 소리를 어떻게 할 텐가. 게다가 숫총각이었다는 엄연한 사실을 의심받는 상황에!

광검은 화제를 돌리려 다른 질문을 했다.

"음? 대체 이 항구에서 굴러먹은 게 얼마나 된 거야? 그런 봉사료 시세도 알다니."

그러자 롯데의 얼굴이 빨개졌다.

"굴러먹다니! 당신 어떻게 그런 단어를……!"

광검이 피식, 웃었다.

"아니, 처음 본 남자한테 겁도 없이 혼자 와서 술도 같이 마시고 몸도 허락하고…… 그래서 오해했어. 막상 살을 섞을 때 보니 생각했던 것과는 달리 처녀여서 놀랐지만 말이야."

"헉!"

롯데는 얼굴을 찡그렸다.

"그걸 어떻게 알죠?"

여자를 얼마나 많이 안아 봤길래! 새삼 몸서리가 쳐졌다. 처녀라면 보통 첫 경험 때 하혈을 하는데, 롯데는 그게 없었다.

몸 수련을 철저히 하느라 운동량이 많았고, 그래서 처녀막이 소녀 시절에 상했기 때문이다. 그런데 광검은 그것을 알아본 것이다.

롯데의 반응을 보며 광검은 유들유들하게 웃어 주었다.

"당신도 알 텐데? 당신보다 한참 아래 경지에 있는 사람들의 기파로 뭘 좀 읽어 낸 경험 같은 거. 없어?"

롯데의 입술이 꼼지락 움직였다.

"알죠. 그래서 그런 수법으로 얼마나 많은 여자들을 울리셨나요?"

다분히 화가 난 어조였다. 광검은 그런 롯데에게 어깨를 으쓱해 보이며 간단히 말해 주었다.

"난 당신이 첫 경험이야."

롯데가 기가 막혀 입을 딱 벌렸다. 그러고는 손가락을 하나 펴면서 광검의 코앞에 찌르듯이 가리켰다. 저도 모르게 소리쳤다.

"거짓말!"

"진짜야."

"그렇게 여자를 놀리기나 하면서! 그것도 능글거리면서!"

투닥거리는 둘이 멀어지는 것을 옥삼이 헤, 입을 벌리며 웃음으로 배웅했다. 손바닥 위에는 은자 세 개가 빛나고 있었다.

옥삼은 곧 서대륙 음식으로 우뚝 서는 자신의 모습을 그리며 황홀해하고 있는 중이었다. 둘의 대화 내용이 들릴 턱이 없었다.

어차피 남녀가 객잔에서 하룻밤 같이 자면 그사이가 그 사이고, 물 건너 저승길도 같이 가는 사이가 될 만큼 다 아는 사이인데 자신이 그걸 신경 쓸 필요도 없지 않은가.

자신은 꿈이나 꾸면 되었다.

20.
이계 반역자

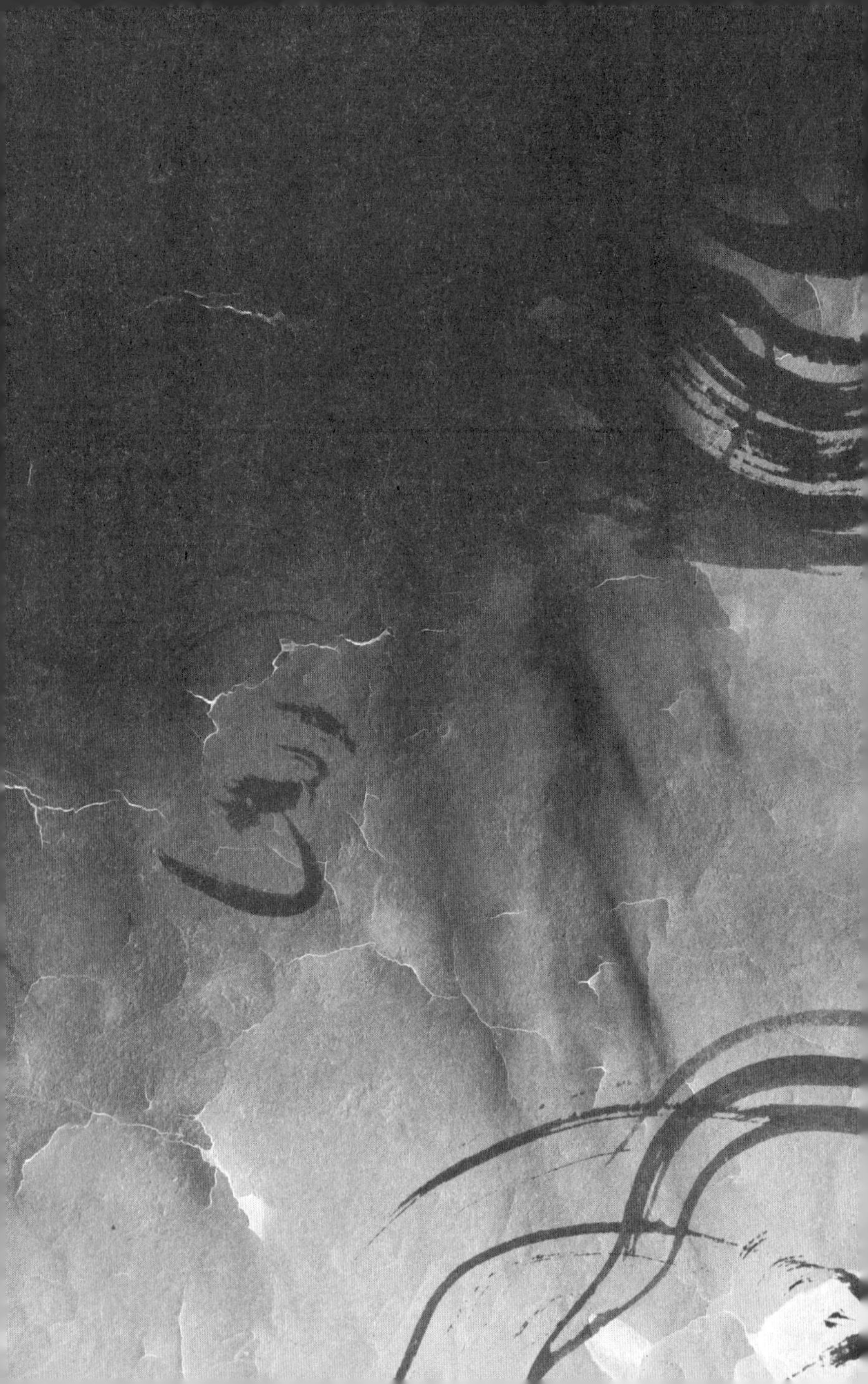

광수와 광검은 동시에 걸음을 딱 멈췄다.

후와아악—

두 사람의 뒤로 바람과 먼지가 엄청나게 휩쓸려 지나쳐 옷자락을 흔들었다. 정말 신기한 광경이었다. 그러니 멈추지 않을 도리가 없었다.

사람이 없는 길만 골라 뛰다 보니 주위가 으슥했는데, 한 사당에서 순간 빛이 터져 나왔다. 이어 빛 안에서 시커먼 구멍이 아가리를 벌리듯 벌어졌다. 그러더니 사람이 나오는 것이 아닌가.

서대륙인이 분명했다.

'……?!'

개방에서 전해 준 정보가 아니었다면 둘은 그걸 유추해

내지 못했을 것이다.

사람이 사라지는 것을 목격한 이가 있다고 했다. 그런데 반대로 사람이 나타난 것이다.

마법이란 것이 그 정도로 황당한 능력이 있을지에 대해서는 다들 반신반의했다.

광수와 광겸은 광검이 롯데로부터 들은 얘기를 알고 있는 상태였다. 그랬으니 망정이지, 그러지 않았다면 눈앞의 현상을 이해하지 못했을 터다.

격허, 허공을 뛰어넘는 종류의 수법이다.

정식 명칭인 '텔레포테이션'까지는 몰라도, 어쨌거나 원리는 그게 그거니까.

얼마나 장거리까지 가능한지는 알 수 없지만, 그들은 몸에 쌓은 기만 가지고 하는 것이 아니고 마법을 담은 도구를 들고 한다고 했으니 이쪽보다는 훨씬 더 멀리 격허를 행할 수 있는 것이 틀림없었고, 아직은 서대륙인들의 근거지라고 할 수 있는 곳은 항구뿐이었으니 어디로 갈지는 안 봐도 빤했다.

광수가 서대륙인의 앞에 뛰어내려 섰다.

그러자 서대륙인의 눈이 왕창 커졌다.

마법 도구도 없이 그냥 맨몸으로 그 높은 곳에서 뛰어내리다니! 경악이 곧 두려움으로 변했다. 광수와 광겸의 기는 서대륙인에게 괴이한 형태의 파장으로 다가온 것이다.

마교에서의 극심한 실험체 생활과 혹독한 고련을 겪은 견자단의 기가 가진 파동은 약한 사람들은 그 크기조차 짐작하기 힘들었다.

그랬기에 당연히 겁먹은 사람이 행하는 반응을 불러왔다.

서대륙인이 본능적으로 막대기를 꺼내 들었다.

그러고는 그걸 휘둘렀다.

광수와 광겸에게 불덩이 하나를 날리고는 다시 나온 곳으로 도로 들어갔다.

"쟤들 원래 이렇게 사람 낯을 가리나?"

파팡!

불덩이를 막아 낸 광수가 신기하다는 듯 고개를 갸웃거렸다.

"야, 막내야. 이 불덩이, 이거 피하는데도 찍어 놓은 듯이 계속 따라와. 대단한데?"

추적 마법이었다. 하지만 광겸이 코웃음을 쳤다.

"어딜!"

그러고는 빛의 구멍으로 같이 따라 뛰어들었다.

"야! 막내야!"

광수가 기겁을 했지만 결국은 뒤를 따르는 수밖에 없지 않은가.

광수마저 뛰어들자 빛의 구멍은 곧 닫혔고, 크기마저 줄어들더니 곧 사라져 버렸다.

주변에 남은 것은 없었다.

산새가 짝을 구하는 소리를 내며 울었다.

소쪽쪽쪽쪽쪽쪽—

소쩍새였다. 사람 셋이 있던 자리는 아무도 없었다.

광검이 근처로 다가가자 다시 기세가 느껴졌다.

자연 광검의 눈살이 찌푸려졌다.

"이거, 너무 강한데, 저 백작. 내가 손해 볼 것 같아."

그러자 롯데가 속삭였다.

"착하고 예쁜 처녀의 순결을 강탈해 놓고도 손해라니, 왜 그래요?"

평범한 여자의 입에서 나올 말은 아닌지라 광검이 쳐다보았더니, 그녀의 눈은 긴장을 넘어서 굳게 고정되어 있었다.

절대로 비밀을 들키지 않겠다는 굳은 결심이 훤히 드러나는 눈빛.

그래서 광검은 롯데가 새삼 부담스럽게 느껴졌다. 뭔가 비밀이 있다고 실토하는 눈빛을 이끌어 내는 기세였다.

왕자를 보호하기 위해서라면 자신의 순결마저도 덜컥 내줄 정도의 롯데가 보이는 굳은 반응.

말도 안 되는 위세였다.

아직 갑판으로 오르는 계단을 밟기도 전이었다. 그럼에도 이렇게 쪼그라드는 것이다.

혀를 찼다. 이건 아니다. 안전제일. 그래서 물었다.

"저기, 우리 형하고 동생이 도착한 후에 만나면 안 될까?"

롯데가 한숨을 가늘게 쉬었다.

"당신마저 이런 반응이라니. 좋아요, 하지만 왕자님부터 확인하고 돌아가요. 같이 모시고 나오는 걸로. 거기까지만."

광검이 고개를 끄덕였다. 백작의 기세는 심상치 않은 감정 변화를 보여 주고 있다.

내버려 두면 왕자가 위험하다.

그때, 검은 로브를 입은 사내가 까불이, 왕자와 같이 갑판 위에 나타났다.

광검이 입술을 뒤틀어 한쪽을 비릿하게 올렸다.

'양반 되기는 글렀군.'

롯데가 막 입을 열어 말을 하려는 순간, 한 기사가 칼을 슥, 빼 들었다. 그러고는 왕자와 검은 로브의 사내를 배 안으로 다시 밀어냈다.

검은 로브의 사내와 롯데가 동시에 외쳤다.

"세자 저하께 이게 무슨 짓이냐!"

그러나 불경을 저지른 기사는 아랑곳하지 않았다.

그저 뒤쪽을 흘끔 바라볼 뿐이다. 그러자 뒤에서 누군가의 말소리가 들려왔다.

목소리를 듣자마자 상대가 백작이라는 느낌을 강하게 받았다.

"뭐래, 쟤?"

롯데가 굳은 얼굴로 통역했다.

"당신의 기를 느꼈나 봐요. 그런 강자를 왜 데리고 오느냐는 질문이에요. 곁에 두면 왕자님께 위험하다고, 당신을 접근시키지 말래요."

그러면서 위를 쳐다보는데, 눈동자가 불타오르고 있었다.

그들의 세계에 포함되지 않은 광검으로서는 어이가 없는 일이었다. 자신의 왕, 그 후계인 왕세자에게 칼을 들이미는 자.

저게 무슨 보호인가. 왕자의 곁에 강한 사람이 모여드는 것을 막는 행동일 뿐이었다.

광검은 그래서 자신의 성질대로 했다.

손을 뻗었다.

순간, 피어난 기세는 광수의 지옥 신물, 격허의 장법이다.

기사의 칼이 밑으로 튕겨지며 휘청 뒤로 물러났다.

롯데의 눈이 커졌다.

"맙소사!"

이내 선원들이 우르르 흩어지며, 그 자리로 기사들이 몰려들었다.

광검이 싸늘하게 말했다.

"말해. 나 당신네 왕자한테 고용됐다고. 내 눈앞에서 왕자한테 칼 빼는 놈은 모조리 다 죽는다고."

롯데의 입이 좀 일그러졌다.

"그건 좀 오버인데…… 다 죽이겠다는 건, 마왕도 아니고, 그게……."

"오버는 또 뭐야? 나한테는 우리말로 해, 우리말로."

하기야 마법만 아니라면 서대륙 사람들이 더 순진할 수도 있었다.

마교. 세상에 정말 아수라를 강림시키려는 작자들이 하는 일들을 그녀가 알겠는가. 그 마교주의 아들이 바로 자신이었다.

마교주를 버리고 딴 남자에게 붙어 반역을 일으키고 광검을 버린 어머니도 두었다. 버린 척하고 지켜보다 커지니까 먹어 치우려 했던 어머니다.

그 모든 걸 다 이겨 낸 광검이었다.

자존심만 센 백작이 광검의 심리를 상대하려면 좀 더 악랄해질 필요가 있는 것이다.

어쨌든 왕자 일행은 백작에게 오랫동안 눌린 기를 좀 펴야 할 필요가 있었고, 광검은 그걸 본능적으로 한눈에 알아보았다.

그래서 본능이 시키는 대로 했다. 오만하게, 그리고 그 오만함이 익숙한 것으로 보이도록 싸늘하게.

광검은 웃었다.

왕자를 향해 여유롭게 인사를 했다. 왕자가 조금은 감동한 얼굴을 했다. 그러면서 손을 내밀어 계단을 내려오려 했다.

그러자 배위에서 결국 '그'가 얼굴을 내밀었다.

백작은…… 잘생겼다.

금발. 키가 훤칠하고, 권력욕이 강하게 생겼다. 그만큼 아랫사람을 잘 다루게도 생겼다.

광검이 사는 이쪽 세계에서도 흔히 보던, 반역의 영웅들처럼 생긴 당당함.

그리고 예상한 대로의 그 드높은 자존심.

백작이 낮은 목소리로 뭐라고 했다.

"뭐래?"

롯데의 얼굴이 굳어졌다. 화가 난, 그러나 아직은 두려움이 가시지 않은 목소리였다.

"당신을 인정하지 않겠대요. 세자 저하께 배에서 나가지 마시라고……."

그러자 광검이 기세를 끌어 올렸다.

백선고의 여왕. 그것을 잠들게 하기 위해 별별 방법이 다 쓰여졌지만, 결국은 실패해 북쪽의 빙궁에서 얻어 온 얼음으로 얼렸다. 그 차가운 냉골의 기운이 아주 오랜만에 광검의 몸에서 확 뛰쳐나온 것이다.

광검의 눈동자가 투명해질 정도였다.

광검이 롯데에게 다시 말했다.

"알아듣지 못한 모양이군. 다시 전해."

광검의 음성도 얼음이 풀풀 날리는 것 같았다.

순간, 백작의 입이 좀 꿈틀거렸다.

기사들이 광검의 기세에 눌리지 않도록 막는 것이 감각에 잡혔다. 그래서 광검은 서둘러 롯데에게 말했다.

"세자 저하의 앞을 막는 놈도 다 죽는다."

그러나 시급한 이 순간, 롯데는 오히려 광검에게 따졌다.

"아니, 그건 악마들이나 하는 짓이죠. 훈도의 길을 걸으셔야 할 왕자님, 세자 저하께서 어떻게 그런 끔찍한……! 말도 안 돼요!"

산통을 다 깨는 순진함 아닌가. 말 한마디로 분위기가 갈리는 순간인데!

광검은 설득을 포기하고 그냥 몸을 날렸다.

한달음에 뛰어들자 백작이 입으로 경고성을 내뱉었고, 기사들의 칼이 왕세자의 몸과 광검에게로 향해졌다.

"아앗!"

롯데의 비명이 일었다.

그것 말고는 할 수 있는 것이 없었다.

백작의 단 한 음절이 내뱉어진 순간, 거대한 기의 벽이 일어났다. 롯데의 기파와는 비교도 할 수 없을 만큼 강한 벽.

그것이 왕세자의 몸을 찔러 들어가는 칼과 광검의 사이를 갈라놓은 것이다.

광검의 손에서 피어난 공기의 일렁임이 그 벽을 맞이했다.

콰쾅—!

롯데의 눈이 커졌다.

백작은 이미 왕자를 죽일 생각이었다. 광검 같은 강한 자가 왕자에게 붙은 것을 안 순간에 바로 지시를 내린 것이었다.

"악독한 인간!"

그러고는 다시 놀라 소리쳤다.

비틀대는 것은 왕세자가 아니었기 때문이다.

왕세자의 몸에 칼을 박아 넣던 기사 둘이 뒤로 넘어가고 있었다.

광검의 손에서 김이 모락모락 피어올랐다.

기사들의 가슴은 마치 폭발이라도 한 듯 너덜너덜해진 채 피와 살 조각들을 뿜어내고 있었다. 왕자에게 피와 살 조각이 튀려는 것을 검은 로브의 사내가 감싸 간신히 막았다.

백작의 얼굴이 일그러졌다.

광검의 장법 공세가 순간적으로 공간을 넘어 실드 안쪽, 기사들의 가슴에서 터진 것이다.

백작이 놀라 소리쳤다.

"마나의 타격을 텔레포트시키다니!"

쇠로 만든 갑주고 나발이고 한꺼번에 터져 나갔다. 볼 것도 없이 즉사였다.

기사들이 쓰러지며 갑옷에서 요란한 쇳소리가 나자 롯데가 손으로 입을 막았다. 갑주만 그렇고, 사람의 몸이 그 안에서 두 동강 난 것이다. 갑판 위로 피와 살점이 확 퍼져 나갔다.

롯데의 눈이 오그라들었다.

'마, 맙소사!'

그 난리를 피운 광검이 태연하게 말했다.

"그러니까 머뭇거리지 말고 다시 전달해. 세자 저하의

앞을 막는 놈도 무조건 죽인다. 무조건. 그게 몇 명이든 모조리 다. 백이든 천이든 만이든 혹은 십만일지라도 무조건 다 죽인다."

광검의 입에서는 한기가 풀풀 날리다 못해 입김이 보이는 듯했다.

광검은 대체 어떤 사람일까?

롯데의 눈에 눈물이 고였다가 곧 흘러내렸다.

그녀가 말을 전달했다. 그러자 백작이 어이가 없다는 듯 헛웃음을 치는 것이 보였다.

백작의 분노가 범선의 팽팽한 밧줄들을 진동시켰다.

파르르르르—

뱃바닥과 몸체의 나무들도 삐걱거렸다.

백작의 위세는 커다란 범선 하나를 통째로 박살 낼 만큼 대단했다.

겁에 질린 선원들은 아예 엎드려 절을 했다. 기사들이 그 위세에 다시 칼을 빼 들었다.

광검도 기세를 더욱 끌어 올렸다. 배의 계단, 광검이 밟은 부분이 얼어붙었다. 서리가 끼면서 얼음이 되었고, 출렁이는 바닷물도 얼어붙었다.

그 상태에서 광검은 고개를 약간 숙이며 손을 쫙 펴서 부두를 가리켰다. 공손한 것은 아니지만, 그럭저럭 윗사람을 대하는 태도였다.

왕자가 결심한 듯 입술을 굳히더니 계단을 밟았다.

그리고 내려왔다.

기사들이 움직이려 했지만 광검이 다시 고개를 들어 바라보자 더는 움직임이 없었다. 백작도 얼굴을 굳히기는 했어도 더 이상의 조치를 취하지는 않았다.

왕자와 검은 로브의 사내가 계단을 다 내려오자 롯데가 서둘러 기의 벽을 촘촘히 둘러쳤고, 왕자의 상태를 확인했다.

광검이 백작을 한 번 노려봐 주고는 중얼거렸다.

"똥개도 자기 집에서는 반을 먹고 들어가는데 말이야, 이 자식이 남의 동네 와서 거드름 피우는 수작질이야, 이거."

롯데가 그걸 실시간으로 통역했다.

그 말에 왕자가 결국 피식, 웃고 말았다.

광검에게 몸서리를 쳤던 롯데가 말했다.

"당신, 원래 그런 성격이에요?"

광검은 아직도 제자리에 서 있는 백작을 한 번 노려보고는 돌아섰다.

"사람 죽이는 거 좋아하진 않아. 하지만 감이 딱 왔어. 저놈은 제 아가리에 든 걸 내놓는 부류의 인간이 아니야."

롯데의 통역에 왕자가 몸을 흠칫 떨었다. 그 말을 통역해 주면서 롯데도 깨달았다. 왕세자는 방금 죽을 뻔했다는 것을.

아까 롯데가 알아차렸듯이 백작은 왕세자를 정말 죽일 셈이었다. 광검이 그걸 알아차리고 엄포를 놓은 것이다. 건들면 각오하라고.

'백작!'

그녀는 이를 악물었다. 왕세자도 같이 이를 악물었다. 그러나 끝내 돌아보지는 않았다. 그저 까불이라고 생각했는데 제법 강단이 있어서 광검은 마음에 들었다. 픽 웃고는 슬쩍 뒤를 돌아보았다.

롯데는 그런 광검의 모습을 찬찬히 눈에 새겼다.

'믿어도 되나요? 당신은, 대체 어떤 사람인가요?'

물론 대답은 없었다.

그 자리에 그대로 서 있는 백작의 눈동자가 무감각했다. 감정이 느껴지지 않는 그 눈은 뒤돌아보며 마주친 광검의 눈을 그대로 쫓고 있었다.

그야말로 무시무시한 눈빛이었지만, 자신보다 강한 자들의 눈빛조차도 독기로 이겨 낸 광검이다. 광검의 눈이 둥글게 휘었다. 입가는 거의 그대로였지만 보여 주는 것은 명백한 비웃음이었다.

순간, 백작의 눈 안에서 평정심이 깨졌다.

눈동자가 불타오르는 광채를 머금었다. 광검의 얼굴이 도로 홱 돌아 왕세자를 쳐다보았고, 왕세자의 고개를 끄덕이자 앞으로 걸어 나갔다.

백작, 아틸라는 손을 꽉 움켜쥐었다.

난생처음은 아니었다. 자신을 거부하는 사람들이 있는 것은.

그러나 정말 오래간만이기도 했다. 아주 오래전, 자신에게 힘이 없을 때 비웃으며 죽이려 했던 자들을 피한 이후,

아틸라는 무슨 짓을 해서든 힘을 키웠다.

자신을 능멸하고 죽이고자 했던 그자들을 힘으로, 때로는 공포로 굴복시켜 부하로 삼았다.

복수였다. 그 이후로 승승장구했다.

힘이란 그런 것이었다. 그게 자신의 힘이고, 그게 자신의 자존심이었다.

한데 절대라고 일컬어도 될 만한 힘을 얻은 후에 자신의 영향력을 거부하고 뿌리쳐 빠져나간 사람은 처음이었다.

최초의 실패를 다른 세계의 인간이 맛보게 해 준 것이다.

게다가 반항할 엄두를 못 내던 자기 세계의 사람을 끌어나가기까지 하면서!

아틸라는 광검의 등을 오랫동안 노려보았다.

그들이 옥삼의 객잔으로 들어가는 것을 확인하고 나서야 그의 입이 열렸다.

"저들에게 간다. 탈론들을 대동할 것이다. 저자의 굴복을 받아내야 하니까."

말을 들은 기사의 눈에 생기가 돌았다. 탈론은 이름 그대로 맹금류의 발톱이었다.

탈론이 아직 살아서 존재하고 있다는 것이 사람들에게 공개되는 것도 염려되지 않았다. 여기는 이세계, 그들의 왕국이 아닌 것이다.

"탈론이라면 확실하겠군요."

아틸라가 웃었다.

서글서글하고 진정성이 담긴, 선한 웃음을 짓는 얼굴.

그러나 눈만은 활활 타오르고 있었다.

진심으로 웃는 자는 절대 보여 줄 수 없는 불길이었다.

"내게 숙이거라…… 아니면 죽을 테니까. 널 고용한 왕자와 같이!"

광검과 왕자 일행이 객점으로 들어섰다.

"어서 옵…… 어?"

옥삼의 눈이 커지고 눈동자가 오그라들었다. 입도 벌어졌다. 광검이 어제의 그 서대륙인들과 같이 온 것이다.

벽을 부숴 버린 인원들 전부 다!

"아, 그, 이거, 어…… 그러니까 그게……."

옥삼이 뒷말을 잇지 못하고 계속 언저리만 돌자 광검이 손가락을 튕겼다.

"아침밥."

"아, 넵."

주방으로 들어가면서도 옥삼은 한껏 궁리했다. 대체 무슨 일이 벌어진 것인지는 궁금하지 않았다. 광검이 저 여인과 잤다. 명명백백하지 않은가.

그럼 광검도 저 서대륙인들과 일행이 되었다. 궁금한 것은 이들이 앞으로 '뭘' 할 것이냐는 것이다.

옥삼은 자신의 음식 사업을 떠올렸다.

그러고는 씨익 웃었다.

옥삼은 아주 간단한 요리를 만들기 시작했다. 야채를 썰고, 고기를 약간 두들겨 구운 다음 밀가루로 만들어 둔 발효 반죽을 구웠다.

그 발효 밀가루 떡 위에 구운 고기를 얹고, 야채를 얹었다. 문제는 양념인데, 그래도 서대륙인의 요리에 가장 근접한 냄새와 맛의 양념을 만들어서 넣었다. 먹어 보았다. 서대륙인들이 만들어 먹던 것과 좀 다르긴 했다. 하지만 분명히 그들은 먹을 것이다.

옥삼은 씨익 웃었다. 돈이 보였다. 아른아른.

후우웅—

빛나던 구멍이 작아지려는 찰나였다.

그 구멍에서 광수와 광겸이 튀어나온 것은 서대륙인이 텔레포테이션 에너지를 막 닫으려던 시점이었다.

서대륙인의 눈이 확 커졌다.

주춤거리는 서대륙인을 향해 광겸이 손을 번쩍 쳐들며 웃었다.

"안녕들 하세요?"

물론 안녕할 턱이 없었다.

빛의 구멍을 관리하던 서대륙인들이 뭐라 소리치며 마구 마법봉을 휘둘러 댔고, 광수와 광겸은 불이니 얼음이니, 혹은 간간이 터지는 뇌전이니 하는 것들을 자신들의 기로 뿌리치며 마구 뛰었다.

그러고는 뛰어내렸다.

거기 바다가 있었고, 그 바다에 첨벙 소리가 아닌 철벅 소리가 나며 판자를 디딘 모양의 물결이 일었다.

청정점수였지만, 서대륙인들이 이걸 알아볼 수 있을 턱이 없었다.

열심히 뛰며 물보라를 일으키는 광수, 광겸 형제에게 더 이상 공격은 없었다.

서대륙인들은 아연실색했다.

그들끼리 고함이 오갔다.

"저게 뭐요! 어떻게 마법을 저렇게 쓸 수 있지?"

"저들은 마법사가 아니오! 기사요!"

"그러니까 마법사도 아닌 사람들이 저게 어떻게 가능하냐고!"

애석하게도 아틸라가 광검을 부하로 거두겠다고 호언장담하며 나간 후였다.

그들은 우왕좌왕하다가 결국 저만치 구멍 뚫린 객점만 쳐다봐야 했다. 아틸라의 등 뒤로 심상치 않은 두 사람이 다가들고 있는 것이다.

이름도 모를 이곳 원주민, 왕자를 데리고 나간 광검의 무시무시한 능력을 떠올렸다. 이곳 원주민을 깔보았던 그들이 그제야 기사를 더 내보내느니, 마법으로 연락을 하니마니 난리들을 쳤다.

"햄버거?"

롯데가 놀란 얼굴을 했다. 항구의 작은 객잔에서 만든 것이다. 그것도 이 세계 사람이. 맛은 어떨지 몰라도 상당히 반가운 것만은 틀림없었다.

그러나 옥삼은 기뻐할 수가 없었다. 왕자는 뚱한 얼굴로 손을 대려고도 하지 않았다.

옥삼의 표정이 좀 묘해 보이자 롯데가 설명했다.

“아, 이건 궁중 음식이 아니라 왕자님은 모르셔요. 이건 저잣거리의 백성들이 먹는 음식이니까요.”

그러고는 한입 베어 물고 우물거리다가…… 표정이 변했다.

옥삼의 가슴이 철렁 내려앉았다.

‘헉? 입맛에 안 맞나? 이런!’

롯데의 표정은 마치 악마라도 만난 것 같았다.

그 표정 그대로 고개를 뒤로 돌렸다. 몸도 같이 돌렸다. 그제야 옥삼은 무너진 벽으로 누군가 다가오고 있다는 것을 알았다.

옥삼의 눈에 아주 멋진 금발의 중년인이 객잔으로 들어섰다.

아틸라였다.

그의 기사들도 같이 걸어오고 있었다.

옥삼의 눈은 점점 밑을 향했다. 항구의 시끄러움이 아틸라가 발을 내딛는 그 선에 맞춰 조용해지고 있었기 때문이다.

사람들은 아틸라를 확인하자 고개를 숙였다.

한참 침을 튕기며 물건 설명을 하던 장사치도, 물건 값을 흥정하려는 손님도, 모두들 입을 다물고 허리까지 구부리며 움츠러들었다.

항구의 어시장이 아틸라의 걷는 동작만으로 조용해지고 있었다.

그 대단한 위세는 옥삼의 심장도 조여 왔다. 옥삼은 부들부들 떨었다. 그는 광검을 향해 속으로 울부짖었다.

'왜 하필이면 여기로 오셨습니까, 대인! 당신 때문에 거대한 재앙덩어리가 객잔으로 들어옵니다, 대인!'

표정만 지을 뿐이지 말로 나올 상황이 아니었다. 혀가 얼어붙었다. 옥삼은 거북이처럼 엉금엉금 기어 계산대로 숨었다.

금고를 꼭 껴안고서 광검만 원망했다. 평가를 받으려던 서대륙 음식, 햄버거의 미래 따위는 생각할 겨를이 없었다.

객잔은 조용했다.

아틸라의 눈살이 찌푸려졌다.

부서진 벽, 그 너머로 보이는 광검이 음식을 아주 잘 처먹는 것까지야 그렇다 쳐도, 왕자를 호위한답시고 검은 로브의 사내, 롤리가 칼을 빼 들다니.

아틸라는 허, 웃었다.

그 미소는 아름다웠다. 그 점이 오히려 더 무시무시했지만, 무섭다고 외면할 수 있는 미소도 아니었다. 아름다운 자신감이 웃음과 같이 나왔다.

거의 최면 수준이었다.

"반항을? 내게? 저 원주민이 너희를 끝까지 지켜 줄 것 같나?"

그 말을 듣고 롤리의 칼끝이 부르르 떨렸다.

롯데가 긴장하면서 통역했지만, 광검은 여전히 일어서지 않은 채 손바닥을 펴고 휘휘 저을 뿐이었다.

"어서들 먹어. 식으면 맛없잖아."

그러더니 롤리를 가리키며 롯데에게 한마디 했다.

"저 친구한테 말 좀 해 줘. 그 칼로 밥 퍼 먹을 거냐고. 숟가락이 너무 큰데? 입 다 째지겠다. 빨리 집어넣고 앉아서 먹으라고 그래."

그 말을 들은 아틸라의 눈썹이 꿈틀거리며 깊게 주름을 팠다. 칼을 보고 밥숟가락이라…… 싸울 만한 가치가 없다는 오만함이 묻어났다.

그토록 오만한 광검은 순박하게 웃고 있었다.

순간, 아틸라는 인정했다.

광검의 모습에서 흘러나오는 기파는 없다.

하지만 그도 자신처럼 한 번 마음을 먹으면 그 순간, 거대한 힘이 휘몰아칠 것이다.

광검에 대한 느낌은 그랬다. 아틸라는 웃었다.

"그래, 넌 오만할 자격이 있지."

롯데의 전언을 들은 광검이 픽, 웃었다.

"자격? 누가 누구에게?"

광검이 햄버거라는 것을 다시 베어 물 때였다. 롯데와 롤리, 그리고 왕자까지 모두가 경악에 휩싸였다.

아틸라의 뒤에 시립한 기사들의 등 뒤에서 검은 형상이 스윽, 솟아오른 것이다.

롯데의 급한 외침이 두 번 들렸다. 한 번은 롤리와 왕자에게, 한 번은 광검에게.

"탈론이에요! 빨리 실드 안으로 들어와요!"

롯데가 왕자의 곁으로 바짝 붙어 기막으로 실드를 쳤다.

검은 로브를 벗어 던진 롤리도 실드 안으로 들어갔다. 하지만 여전히 광검은 그냥 앉은 채였다.

실드는 식탁을 채 덮지도 못할 정도로 작았다. 그만큼 밀집되어 있었다.

하나 광검은 여전히 그 안으로 들어가지 않은 채 웃었다.

"탈론이라……."

아틸라는 마주 웃었다.

손가락을 딱, 튕겼다.

그러자 계산대 밑에서 훔쳐보던 옥삼의 눈이 파르르 떨렸다.

어젯밤의 그 푸른 광망이었다. 열 줄기 빛의 손톱!

아틸라의 손가락이 튕겨진 순간, 검은 그림자 열두 개가 일제히 초록빛 손톱을 길게 튀어 오른 것이다.

옥삼은 그제야 어젯밤에 자신이 저승 문턱을 넘을 뻔했다는 것을 깨달았다.

'허, 헉!'

아틸라의 눈이 그제야 둥글게 휘었다.

"물론, 탈론의 손톱은 유일하게 롯데 너의 실드만 부술 수 없지. 이 우주에서 유일하게 탈론의 손톱을 막아 낼 수 있는 일족의 핏줄. 하지만 나는 그렇지 않다. 나는 롯데 너의 보호막을 부술 수 있지."

롯데는 탈론에게서 눈을 떼지 못한 채 통역했다. 그녀의 얼굴에는 벌써 땀이 흥건하게 흐르고 있었다.

광검도 놀라긴 마찬가지였다.

탈론, 저것들의 존재감은 전혀 없었다. 아니, 지금도 없다.

유일한 것은 저것들이 뿜고 있는 초록 광망, 중원의 표현으로는 강기에 속하는 손톱의 기운뿐이었다.

한데 그 외의 존재감은 없는 것이다. 검은 형상은 보이는 그대로 그림자였다.

기운이 아무것도 없는데 강기를 발하다니.

정말 말도 안 되는 서대륙이다.

하지만 광검은 또다시 웃었다.

"정말 재미있어지네, 재미있어. 서대륙이라……."

아틸라도 웃었다.

탈론의 초록빛 손톱이 위잉— 공기를 달구는 소리가 기분 좋은 느낌을 주었다.

"자네도 재미있군. 수준을 보니 저 탈론들의 손톱이 뭔지 모르는 것 같지는 않은데 여유라…… 이 원시 세계는 재미있어."

왕자가 외쳤다.

"당신이, 당신이 감히 아바마마를 속이고 탈론들을 살려 감춰 두다니! 게다가 탈론들을 거두고 부리다니!"

그 말에 아틸라가 어이없다는 반응을 보였다.

"허? 큰소리도 치시다니, 이럴 수가?"

그러더니 비웃음을 흘렸다.

"하하하, 여태 못난이인 척한 연기에 속았네? 왕세자 저하, 저를 속이시다니, 정말 대단하십니다."

일그러지는 왕자의 얼굴을 즐기며 아틸라가 덧붙였다.

"하지만 어쩌겠습니까? 그냥 없애는 것이 바보 같은 것이죠. 힘은 쓰는 것입니다, 버리는 것이 아니라."

왕세자가 분노에 차 외쳤다.

"저 탈론들을 멸절하기 위해 얼마나 많은 피를 흘렸나! 우리 왕국의 수많은 기사와 마법사들, 무고한 백성들이 수도 없이 죽었어! 아틸라 경! 경은 그 죽음들을 탐욕으로 가로채 욕되게 했다!"

아틸라는 피식거리며 웃기만 했다.

"죽은 건 그냥 죽은 것뿐이지 무슨 의미를 찾겠습니까, 왕세자 저하. 이렇게 간단한 방법을 놔두고 부하와 백성들을 수도 없이 죽게 만든 당신의 아버지가 정말 사악하고 무능한 것 아닙니까?"

순간, 왕자와 롯데, 롤리 모두가 몸을 부르르 떨었다.

롯데의 동시통역을 듣는 순간, 광검도 인정해야만 했다.

형식만 점잖을 뿐이지, 자신보다 더한 욕쟁이라는 것을! 아니, 말뿐만 아니라 의리는 어디 써먹는 것인지 전혀 인지를 못하는 작자였다.

'섬기던 왕을 두고 당신의 아버지라고?'

"탐욕자의 궤변! 탈론의 사악함을 어찌 사람이 감당한다는 것인가! 어리석다, 아틸라 경!"

왕세자의 고함에 아틸라 백작이 비웃음을 띠었다.

"오러의 빛이죠. 어떤 물질도 이 빛에는 저항하지 못합니다."

롯데의 통역을 들은 광검이 순간 생각했다.

'강기를 두고 오러라고 표현하는 건가?'

왕세자가 다시 고함을 질렀다.

"오러라니! 그건 살아 있는 생명체가 가진 특권이다! 탈론이 발하는 것은 오러가 아니야!"

왕세자는 그냥 소리치는 것이 아니라 화를 냈다. 아틸라가 득의, 즉 제 뜻대로 흘러가는 상황을 얻어냈다는 만족감을 그 입가에 올렸다.

"후후후, 물론 탈론의 몸체는 공격이 안 되죠. 하지만 그것만 가지고 이 탈론들을 무생물이라고 폄하하시는 겁니까?"

광검은 이 모든 상황을 웃으며 지켜보았다.

왜 웃는가. 오고 있기 때문이었다. 견자단, 형제들이 오는 것이다.

하지만 심각해진 롯데의 얼굴을 보니 표정이 조금씩 진지한 쪽으로 기울기 시작했다. 그래도 자신의 동정을 가져간 여자가 아닌가.

그런 롯데의 눈이 불타오르고 있었다.

거기에 아틸라가 기름을 부었다.

"이 탈론들은 제게 거둬진 후로 사람을 죽여 본 적이 없습니다, 세자 저하. 어떻습니까? 탈론 몇 마리 잡자고 오만 명 이상이 한꺼번에 죽은 그 처참한 시궁창 도덕론? 아니면 아무 피해도 없이 이들을 힘으로 거둔 현실? 누가 더 악하고 무능한 것입니까, 세자 저하?"

왕에 대한 모욕이 이쯤 되면 예술에 가까웠다.

왕세자의 표정이 어이없다는 듯이 바뀌자 아틸라의 턱이 움직였다.

그러고는 슥, 롯데의 방어막 쪽을 가리켰다.

이어 탈론 중 하나가 객점 안으로 진입해 들어왔다.

롯데가 찢어지는 비명을 토했다.

"어서 보호막으로 들어와요!"

그때, 아틸라가 손가락을 다시 튕겼다.

딱.

그 소리가 선택을 종용하는 신호가 되었다. 탈론들이 모조리 시퍼런 불의 꽃을 피우며 열 개의 손톱을 일제히 치켜들었다.

그저 약간 빛나던 방금 전과는 달랐다.

그 어떤 저항도 허락하지 않겠다는 날카로움의 기운, 무시무시한 예기가 피어나고 길이도 늘어났다.

아틸라는 웃었다.

"이 힘이면 동양의 검사, 네게 굳이 도움을 빌리지 않고도 해결할 수 있지. 하지만 네 힘이 아깝다. 여기서 날 도와 충성을 보여라. 그럼 널 살려 주고 네가 원하는 재물을 양껏 주지."

광검은 한쪽 눈썹을 치켜올렸다. 웃음은 유지했지만, 입은 틀어져 있었다.

"다 좋은데, 나에게 또 이래라저래라 하는군. 난 그런 걸 지독하게 싫어하는 사람인데 말이야. 댁이 내 마누라도 아니잖아."

마누라도 아니잖아, 말할 때 광검이 롯데에게 다가가 허리를 한 팔로 끌어안자 아틸라가 웃었다. 반면, 롯데의 얼굴은 황당한 표정이 되었다.

"그래, 그렇군. 하지만 세상은 결국 남의 말을 듣고 살게 되어 있는 것이다. 그걸 부정하는 자는 제 명대로 살 수가 없지."

어쩔 수 없다는 듯 아틸라가 손가락을 딱, 튕겼다.

"다 죽여라."

싸늘한 말이 흘러나온 순간, 탈론들의 손톱이 확 튀쳐나왔다.

광검의 반응이 채 나오기도 전이었다. 그러기는커녕 롯데의 허리에 두른 팔을 풀지도 않았다. 광검의 손은 움직이지도 않았다.

아틸라의 입에 걸린 미소가 진해지는 그때, 탈론의 손가락이 좌악 늘어나는 때였다.

"……?"

아틸라는 재빨리 몸을 피했다.

커다란 힘이 자신을 덮쳐들고 있다는 것을 느꼈기 때문이다.

롯데도 엎드렸다. 그러고 싶어서 그런 것은 아니고, 광검이 순식간에 눕힌 것이다. 롤리도 마찬가지였다.

그와 동시에 이유가 밝혀졌다.

빠콰작—

광검 옆쪽의 객실 벽이 또 터져 나갔다.

투두둑, 파삭—

강한 햇살이 쏟아져 들어왔다. 동시에 강한 바람이 객점 안을 휩쓸었고, 강한 기운이 바람에 섞여 있었다.

"끄윽!"

왕자와 광검을 덮쳐들던 탈론 중 세 마리가 한꺼번에 증발해 버렸다.

나머지 탈론들은 몸을 합쳐 위력을 증가시키는 중적을 하지 않은 채 롯데의 방어막을 각각 따로 공격했다. 그래서 방어막은 깨지지 않았다.

몇 마리가 같이 합쳐 중적을 하고 공격했으면 롯데의 보호막도 깨졌을 것이다. 하지만 백작이 탈론의 수를 너무 믿었다.

그래서 백작은 중적을 사용했다. 탈론 둘의 몸이 하나로 합쳐지며 손톱에서 뿜어진 오러 라이트가 두 배 이상 되는 파장을 내놓았다.

불의의 일격을 받아 소멸되기는 했어도 탈론들이 한 몸처럼 합체가 된다는, 그리고 힘도 그만큼 올라간다는 사실은 롯데에게도, 롤리에게도 충격이었다.

그럼에도 불구하고 위안이 되는 한 가지 사실.

여전히 광검은 앉아서 아무 짓도 하지 않은 채였다.

객점 벽을 박살 낸 바람과 함께 들어온 기운은 사라졌지만, 아직도 잔상을 남기고 있었다.

뒤에서 짓쳐든 붉은 열기는 기사 하나도 쓰러뜨렸다.

시뻘건 색으로 달아오른 뜨거운 열기. 두 줄기가 가로세로로 교차해 빛나는 잔상이었다.

강렬한 열기의 실체는 사라졌지만, 눈동자에 그 형상을 남긴 것이다.

아틸라의 입에서 믿을 수 없다는 심정이 담긴 말이 흘러나왔다.

"파이어 크로스……!"

소리는 바깥으로 울려 나갔고, 사람들이 달려왔다. 탈론들이 아틸라의 손짓에 따라 스륵, 바닥으로 꺼져 들어갔다. 사람들의 시선이 문제가 아니라 어이없게 탈론을 잃으면 안 되기 때문이었다.

아틸라가 새로 뚫린 객점 벽을 보았다.

객점 바깥.

두 사람이 빠른 속도로 달려오는 것이 눈에 들어왔다. 그중 마른 자는 말없이 달려오지만, 쌍칼을 휘두르는 사람은 이 세계 언어로 뭐라고 외치고 있었다.

롯데는 그 말을 알아들었다.

"어느 개자식이 우리 작은형 건드리는 거야! 죽여 버릴 테다!"

그 말에 롯데의 얼굴이 해쓱해졌다.

나라를 뒤엎으려는 무시무시한 역적이 개로 바뀌는 순간

이었다.

여하간 그 말에 광검이 아틸라를 가리키며 소리쳤다.

"애가 그랬다, 막내야!"

둘은 꽁무니에 거센 바람을 끌며 도약해 부서진 벽으로 뛰어들었다. 객점 안에 바람이 휘몰아쳤고, 부서진 벽의 파편들이 먼지처럼 휘돌았다.

계산대 밑에서 거의 울음 같은 소리가 흘러나왔다.

"대인…… 대체 저희 객점에 왜 이러십니까……. 왜 다들 여기서만…… 흐흐흑!"

옥삼의 망연자실한 소리였다.

광검이 롯데에게 신호를 했다.

하지만 롯데는 얼이 빠져 중얼거렸다.

"탈론, 탈론을 이리 간단히……."

롯데가 새로 나타난 두 사람과 광검을 번갈아 보면서 정신을 수습하지 못하자 광검이 독촉했다.

"뭐 해? 통역해 줘야지."

그러자 롯데가 왕세자에게 허리를 굽혔다.

"저하, 그걸 써 주십시오."

왕세자의 눈이 반짝였다.

광검을 쳐다보며 물었다.

"이들을 믿어도 되겠는가, 롯데?"

롯데가 광검을 쳐다보았다. 광검은 여전히 웃고 있었다. 이십오 년 고이 간직한 순결을 가져간 사람, 유들유들한 사내. 하지만 배신할 사람은 아니었다. 그리고…….

'강해.'

롯데의 고개가 끄덕여졌다.

"그러하옵니다, 저하."

그에 왕세자가 마주 고개를 끄덕였다. 여태 롯데가 고른 사람은 자신을 위해 목숨까지 내놓았다. 물론 광검과 새로 나타난 두 사람은 이 세계의 사람이라 그렇게까지 생각하면 바보다. 하지만 그들은 확실히 도움이 될 것이다. 왕자는 그만큼 롯데를 믿었다.

그래서 왕세자는 순간 눈을 감고 주문을 외웠다.

견자단 삼 형제는 눈을 멀뚱거렸지만, 그 주문을 듣는 순간 아틸라뿐만이 아니라 기사들까지 얼굴이 급변했다.

"왕가의 피! 그 전설을 이었구나!"

아틸라가 소리치는 것이 뭔 뜻인지는 모르겠지만 경악하는 모습을 보고 광겸이 칼을 스윽, 들어 진기를 불어넣었다.

그리고 후려쳤다.

가장 가까이 있던 기사가 막으려 칼을 빼 들었다. 휘둘러진 궤적의 가장 바깥, 칼끝에서 열 걸음 떨어진 곳임에도 칼을 빼 들었다.

공기가 일렁이며 확 짓쳐들어오니 막으려 했던 것인데, 기사의 검은 광겸의 기파를 막지 못했다.

터엉—!

둔중한 소리와 함께 기사의 갑주가 움푹 들어가며 우득거리는 소리가 갑주 안에서 흘러나왔다. 기사가 살짝 떴다가 쿠웅— 쓰러지면서 입에서 피를 토했다.

계산대 밑에 숨어 있던 옥삼의 비명이 다시 터져 나왔다.

"아이고, 객점 다 망하네! 대인! 제발!"

한 발을 객점 안으로 걸친 기사가 날아가 쓰러지며 객점 벽을 다시 건드렸다. 벽돌 서너 개가 또 빠져나오며 후두둑 구른 것이다.

"아이고, 난 망했다! 피가 나도록 사람도 다치고! 대인! 밖으로 나가시면 안 되십니까요?"

그런 소동의 와중에 일단 먼저 후려친 광겸이 변명을 했다.

"얘네 지금 모시던 주인 물어뜯으려고 개지랄한 거 맞지?"

그걸 들려준 롯데의 동시통역에 아틸라와 기사들의 얼굴이 밥 먹다 벌레 씹은 듯 변했다.

그 표정들을 보던 광검이 한마디를 덧붙였다.

"아니. 막내야, 개가 주인 배신하는 거 봤냐? 이것들은 개만도 못한 거잖아. 개는 우리지."

아틸라의 얼굴이 창백해졌다. 이를 악물고 얼굴을 부들거리며 간신히 분노를 참는 듯했다. 그때, 왕세자의 긴 주문이 끝났다.

기파가 흘러나왔다. 살기나 그 어떤 악의도 없으니 그냥 내버려 두었다. 그 순간, 견자단 삼 형제는 머리가 띠잉— 한 충격을 받았다. 머릿속으로 뭔가가 마구 쏟아져 들어오는데, 앞이 깜깜할 정도의 충격이었다.

막대한 정보가 머릿속에 자리 잡히는 순간에야 앞이 밝아졌다.

세 사람은 놀라 말을 잇지 못했다.

서대륙의 언어가 머릿속에 자리 잡은 것이다.

혀의 발음은 아직 문제가 있지만, 그건 시간이 해결해 줄 것이다. 서대륙 언어가 완벽히 이해가 되는 한 말을 못 할 이유는 없었다.

광겸이 한마디 했다.

"오오, 어린 왕자님, 뭔가 대단하신데요?"

어눌했다. 하지만 역시나 서대륙 언어였다. 롯데가 그제야 광겸에게 불만을 토했다.

"아무리 다른 세계의 분이라도 저희에게는 왕세자 저하세요. 예의 좀 갖춰 주세요."

그러자 광겸이 머리를 긁더니 말꼬리를 덧붙였다.

"프린스."

그리고 끝. 말이 짧아도 너무 짧지 않은가. 롯데가 다시 뭐라고 한마디 하려다 참자 광검이 광겸에게 한마디 했다.

"네 형수가 될 수도 있는 여인에게 그게 뭐냐?"

그래서 다들 큰 충격을 받았다.

아틸라는 헛웃음을 지었고, 기사와 선원들은 이 틈에 제 주인을 끌고 뒷걸음질하려는 의도를 보였다.

그러나 광검과 새로 나타난 두 사람은 전혀 신경 쓰지 않는 듯했다.

광수는 어흠, 하고 헛기침을 했을 뿐이다.

그러나 광겸은 눈을 크게 부릅뜨더니 칼을 들어 롯데에게 가리켰다.

"이, 이런 허연……."

칼로 가리키는 행동이 광겸의 폭력을 불렀다.

쩍—!

광겸의 더벅머리가 한순간 바람이라도 만난 듯 흔들렸다. 롯데와 왕자 일행이 깜짝 놀라 입을 벌릴 정도였다. 그러나 광겸은 그런 시선에도 끄떡없이 따졌다.

"아니, 저 허연 서양 여자를 형수로 모셔야 한다고? 형, 엄 소저는 어떡하…… 콜록! 아니, 하여간 형, 돌았냐?"

아틸라의 왕세자 암살 미수 사건은 내버려 둔 채 막장도 아주 괴상한 막장으로 치닫고 있지 않은가.

롯데가 너무 어처구니없어 손을 흔들며 끼어들었다.

"잠깐, 잠깐만요!"

롯데는 광검을 노려보더니 쏘아붙였다.

"날 어디다 맘대로 갖다 붙이든 상관은 없는데, 대신 우리 왕자님 보필하는 일은 그만큼 제대로 해야 할 것 아니에요!"

그제야 광검이 왕자를 돌아보며 말했다. 전혀 걱정하지 않는 어조, 영혼 없는 질문으로.

"어디 아픈 데 있으십니까?"

그러니 듣는 사람 속 안 터지면 그게 부처일 터였다.

이제 상황은 새 국면을 맞았다. 광검도 감당이 안 되는데 둘이 더 합세한 것이다.

광검은 눈을 빛내며 호기롭게 말했다.

"소개하죠. 이쪽이 우리 삼 형제의 두목."

광수의 반응이 좀 격렬해졌다.

쩍―

광검의 뒤통수에 작렬한 손이 보이지도 않게 도로 소매 안으로 들어가며 팔짱을 낀 것은 전혀 웃기지 않았다. 속도는 가공스러웠으니까.

사실은 객잔 안의 누구도 광수의 손을 제대로 보지 못했다. 어릿거리는 움직임만 간신히 시야에 잡혔을 뿐이다.

광검은 고개를 들어 숨을 들이마시고는 다시 소개했다.

"우리 큰형, 광수라고 합니다."

광수가 손을 모으며 고개를 공손히 숙여 보이자 사람들은 오히려 혼란만 가중되었다. 나머지 둘의 언행을 보건대. 믿겨지지 않는 예의였다.

광검은 다시 손가락으로 쌍검을 든 광겸을 가리키며 말했다.

"우리 막내, 광겸입니다."

그러자 광겸이 손을 번쩍 치켜들며 웃었다.

"굿 앱터누운, 에브리 원."

"그래도 일국의 왕자라는 분인데, 이런 싸가지 없는 놈."

광수의 손이 다시 들어 올려지자 광겸은 그 손바닥의 방향이 자신에게 향해져 있음을 보더니 한마디를 덧붙였다.

"에, 왕자님도 안녕하시죠?"

전혀 안녕하지 못한 인사였다.

하지만 왕자의 고개가 넉넉하게 흔들어졌다.

인연이 이런 것이라면 나름 괜찮았다.

이들은 말만 거칠 뿐이지, 왕자 자신을 충실히 보호하고 있었다. 정말 단순무식하게.

그때, 아틸라가 이를 갈아붙이는 소리가 들렸다.

"탈론을 소멸시킬 수 있다니, 정말 무시무시한 자들이긴 하군. 하지만 마법과 제국의 발달된 기계 문명에 무지한 이자들이 너의 왕실을 지켜 낼 수 있다고 생각하나! 난 너와 네 애비만 빼고 이미 온 왕국을 가졌거늘, 어리석게 아까운 신하들 죽이지 말고 내게 무릎 꿇어라! 그것만이 널 아껴 준 신하들을 그나마 살리는 길이다!"

비열한 웃음을 흘린 아틸라가 한마디를 덧붙였다.

"네 애비가 어리석어서 신하들과 백성들이 다 죽은 게지. 너도 그걸 따라갈 테냐?"

그러자 광검이 맞받아쳤다.

"왕자를 죽이려 여기로 모시고 왔지? 충분히 꼬드겨서. 그러나 왕자님이 거꾸로 네놈 목을 조일 능력자를 찾았다는 걸 알고 충격을 받았냐? 점잔 떨지 않고 이제 막 나가는구나, 네놈."

21.
제국 침탈

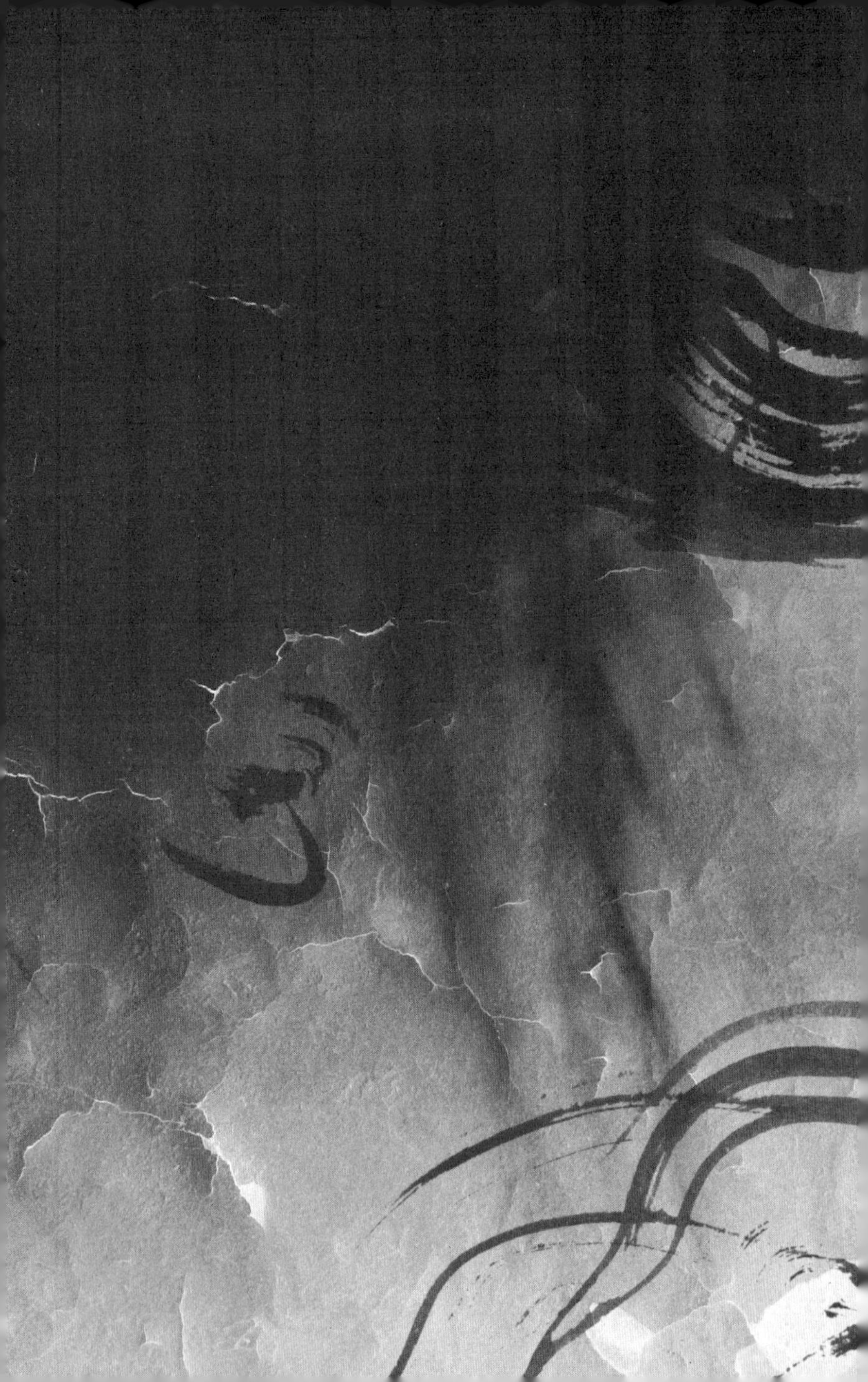

그리고 광겸도 소리쳤다.

"왕이 싫어? 그럼 너 따르는 작자들 데리고 딴 데 가서 땅 뺏고 나라 개척해 살든가. 왜 가만있는 충신들까지 다 싸잡아 모욕하고 지랄이야, 못돼 처먹은 개…… 아니, 반역의 쥐새끼야."

지독한 모욕에 아틸라의 얼굴 근육이 푸들푸들 떨렸다.

그가 언제 이런 식으로 저잣거리 백성들이나 해 대는 욕을 들을 거라 상상이나 했겠는가. 그런 욕이 세상에 존재한다는 것 자체도 모를 위치의 신분이었다.

귀족들의 점잖은 비난조차 들을 일이 없어 현실감을 느낄 수조차 없는 아틸라였다.

그래서 왕자도, 롯데도, 롤리도 광겸의 입이 엄청난 문제를 불러일으키고 있음을 깨달아야 했다.

그러나 광겸은 역시 아틸라처럼 한마디를 더 덧붙임으로 입가심을 하는 것이었다.

"사람 오만 명 죽은 건 네놈이 방금 그, 그, 뭐야, 그…… 아! 탈론인지 개 발톱인지 하는 것들을 빨리 네가 거둬들이지 않아 죽은 거 아니냐? 너 같은 새끼들이 대가리 쓰는 게 다 그렇지! 그래 놓고 시침 뚝 떼고 책임 전가하기는! 시커먼 독사 같은 새끼! 꺼져, 새끼야!"

롯데도, 롤리도, 왕자도 표정이 싹 변했다.

그 생각을 왜 안 했을까?

탈론을 부릴 수 있는 아틸라라면 아마 가능했을 것이다. 바로 다음 순간, 그 말이 입증되었다.

아틸라는 얼굴이 푸르게 변한 채 온몸을 떨었다. 동시에 그의 인내심이 한순간에 무너졌다.

결국 숨을 고르더니 웃었다.

"흐흐흐흐흐!"

광수가 슬쩍, 고개를 돌려 롯데의 기막을 확인했다. 그게 신호였다. 아틸라의 감정이 변하면서 기파가 움츠러들었다. 아니, 크기만 작아졌지 강도는 줄지 않았다. 농축된 것이었다. 광검도 슬쩍, 쓰러진 기사의 칼로 손을 뻗었다.

칼이 다섯 걸음이나 떨어진 광검의 손아귀로 불쑥 들어왔다.

그 와중에 아틸라의 웃음은 더욱 커졌다.

"크크크크— 푸하하하하핫!"

광겸의 눈이 가늘어지며 혀를 내밀었다. 그러고는 입술을 핥았다. 이제 곧 아틸라의 힘이 강하게 폭출될 것이다. 지금 그의 감정 상태가 그랬다.

광겸의 손에 들린 두 개의 칼이 공기의 일렁임을 보이기 시작했다.

광수의 팔짱 낀 손도 아래로 늘어졌다. 셋의 그런 준비에 롯데도 더욱 더 방어막을 세게 뭉쳤다.

이윽고 아틸라의 눈이 타오르기 시작했다. 그에 따라 기파도 점점 더 거세졌다.

객점 안의 탁자와 의자들이 드득 떨렸다. 아틸라로부터 밀려난 그것들은 곧 롯데의 기막에 부딪쳐 막혔다. 가구들이 부딪치기 시작했다.

쿠당탕— 콰작, 퍽—!

요란한 소리 사이로 옥삼의 울음소리가 들렸다.

"아이고, 대인! 이거! 아이고! 엉엉!"

"옥삼! 빨리 나가!"

옥삼은 울면서도 광검의 말 하나는 기가 막히게 잘 따랐다. 계산대에서 고개를 살살 빼 살펴보자마자 한달음에 후다닥, 새로 뚫린 벽 쪽으로 냅다 튀는 것이었다. 롯데가 막고 있는 방향, 광검의 등 뒤쪽이었다.

그런 후에야 옥삼의 발걸음이 멈춰졌다.

"허, 헉! 꺼어억!"

옥삼이 엉덩방아를 찧고 도로 안으로 들어오려 다리를 허부적허부적거렸다. 손도 뒤로 짚은 것을 앞으로 당겨 후진했다.

뒤를 돌아보지 않아도 기감이 말해 주었다. 존재감은 없지만 열 개의 빛줄기가 가진 힘이 느껴지는 유령, 탈론들이 롯데의 방어막 뒤로 솟아 올라왔다.

아틸라의 웃음이 멈춘 것은 바로 그때였다.

그의 불타오르는 눈이 끝내 불길을 바깥으로 내뿜었다.

롯데가 경악스럽다는 듯 말을 더듬었다.

"여, 역시, 악의 마법사들이 전하는 전설을……! 번 아이즈! 산 것을 저주하는 죄악을…… 아틸라 경, 당신이!"

아틸라가 하늘을 쳐다보았다.

그러자 눈에서 타오르던 불길이 하늘로 솟아올랐다. 열기가 주변을 태울 듯한 진짜 불. 그리고…….

"유황 냄새?"

광검이 코를 킁킁거렸다. 정말로 유황 냄새가 사방을 진동했다.

롯데가 몸을 흠칫 떨었다.

"지옥의 불이에요. 유황불! 눈 속에 지옥이 있는 겁니다! 아틸라 백작은 지옥의 권세를 얻은 거예요!"

롯데는 말도 안 되는 위세에 기 죽지 않고 외쳤다.

"지옥이라니! 아틸라 경! 대체 무슨 짓을 저지른 겁니까! 그래 놓고 백성과 왕국을 논하나요?"

아틸라가 씨익— 웃으며 롯데를 쳐다보았다.

순간, 롯데의 방어막 중 얼굴 부분이 일렁거렸다. 롯데의 얼굴이 일그러졌다. 방어막이 있음에도 열기가 롯데의 얼굴을 익힐 지경인 것이다.

단지 노려보는 것뿐인데!

아틸라가 손가락을 들어 왕자를 가리켰다.

"후후후, 천 년 넘게 끊어졌던 왕가의 피가 네게서 다시 나타날 줄이야! 그 피는 내가 가져가야겠다! 지금 내 힘이라면 네 피가 가진 능력으로 곡식을 수백만 톤이나 만들 수 있지. 당장 굶어 죽는 왕국의 백성들을 생각한다면 순순히 네 피를 내게 바치거라. 그리하지 않으면 지금 네 힘으로는 백성 수십도 못 먹일 테니까. 알겠나, 왕세자 저하?"

아틸라가 백성의 안위를 인질처럼 잡고 거들먹거리자, 왕자의 안색이 변했다.

그에 롯데가 가증스럽다는 듯 받아쳤다.

"속지 마십시오, 왕세자 저하! 백작은 왕자님의 피를 모조리 빨고 백성들을 속여 지옥의 군대로 만들 겁니다! 백작에게 왕자님의 힘이 넘어가면 백성은 모조리 죽습니다, 저하!"

속아서 그런 것은 아닐 터였다. 그러나 당장 굶어 죽는 백성들의 상황이 심각한 것은 맞는 모양이었다. 왕세자는 고개를 숙이고 입을 꽉 다물었다.

광수가 그걸 보고 눈을 침잠시켰다.

'아직은 어리시다, 이거군.'

그러나 광겸은 역시 반응이 달랐다. 씨익 웃었다.

"지옥이라면 우리도 친해."

그리고 고함을 터뜨렸다.

"지옥불개의 이빨! 염옥견아다, 이 쥐새꺄!"

그러면서 두 칼을 열십자로 다시 휘둘렀다.

아틸라의 눈이 거대한 불길을 토하자 불의 장벽이 확 일어났다.

동시에 탈론들이 확 손톱의 오러를 늘리며 달려들었고, 광검이 칼을 휘둘렀다.

백선고의 여왕을 얼려 놓은 북해빙궁의 저주가 쏟아져 나왔다. 탈론 다섯 마리가 한꺼번에 얼어붙으며 걸음을 멈췄다.

광검이 세 마리, 서른 줄기의 강기와 붙었고, 롤리도 나머지 한 마리와 싸워 왕세자를 보호했다.

후와악—!

아틸라가 일으킨 불의 장벽이 열십자로 갈라졌다. 갈라진 틈새로 미리 도약했던 기사들이 보였다. 그들의 검에서 기파가 쏟아졌다. 소닉 블레이드, 바로 검경풍인이었다.

아직 광겸이 휘두른 검이 제자리로 돌아오기 전이었다.

틈을 발견한 기사들의 눈에 희열이 돋는 순간, 광수의 손이 벼락같이 내쳐졌다.

퍽— 퍼퍼퍽—!

허공에서 날아들던 기사들의 궤적이 갑자기 밑으로 꺼졌다. 땅에 떨어져 굴렀다.

입에서 피를 내뿜었다. 갑옷 틈으로 피가 터져 나왔다.

격허의 지옥발톱이 기사 넷을 한꺼번에 뭉개고, 백작의

방어막까지 한 번 더 넘어 나타난 것이다.

아틸라 백작의 가슴 안까지 들어가지는 못했다.

하지만 백작은 휘청였다.

입에서 피를 울컥, 내뿜고 뒷걸음질을 쳤다.

그걸 본 선원들이 재빨리 달려들어 부축했다.

"영주님!"

백작은 그들에게 기댄 자세 그대로 웃었다.

"과연, 과연. 신들은 능력 쌓는 놈보다 착한 놈을 더 보살핀다, 이건가? 곧 꺼질 것 같던 왕실의 어린 꼬맹이에게 이계 원주민 따위라도 이만한 능력자를 붙여 주다니! 크하하하하하!"

눈을 마주 이글거리던 광겸이 쏘아붙였다.

"도덕을 같이 챙겨야 능력이지, 새꺄! 도덕 없는 능력은 사람한테 재앙이지, 그게 힘이냐! 개똥철학 읊고 자빠졌네. 니가 개냐, 쥐지! 비영―신아!"

탈론들이 다시 땅으로 스며들어 아틸라의 곁으로 돌아가는 것을 확인한 광겸이 엄지손가락을 쳐들었다.

"잘 한다, 우리 막내."

아틸라가 결국은 뒷걸음질을 쳤다.

"그래, 이 셋으로 간신히 내게 맞먹었으니, 그럼 네 아비가 그리도 아끼는 왕국의 백성을 지옥불 군대로 둔갑시켜 끌고 나온 다음에도 그리 당당할 수 있을지 어디 두고 보자꾸나."

"안 돼!"

왕세자와 롯데는 얼굴색이 변해 외쳤다. 하지만 아틸라와 그를 부축한 기사와 선원들도 이미 광채에 휩싸인 뒤였다. 광채는 순식간에 사라졌다.

다음 순간, 아무것도 없었다.

광수가 어두운 눈으로 한쪽을 가리켰다.

구름 쪽으로 향하던 범선 한 척이 거의 진입하던 찰나, 갑판에서 빛이 번쩍 솟아올랐다.

"이런 쥐새끼 같은 자식!"

광겸이 발을 굴렀다. 그러더니 고개를 갸웃했다.

"근데 쥐도 도망갈 때 꼬리 말고 가나?"

하지만 아무도 웃지 못했다.

롯데는 입술을 바르르 떨었다.

"왕세자 저하!"

롯데의 무릎이 꿇어졌다.

"부디 신중 하시옵소서. 아틸라, 그자는 세자 저하의 마음을 이용하려 하고 있사옵니다!"

"가야 해, 롯데."

"저하!"

롤리도 같이 엎드렸다.

"아니 되옵니다!"

왕자는 광겸이 만난 이후 처음으로 어깨를 펴고 허리를 곧추세웠다.

"아니, 가야 해."

롯데가 눈물을 흘렸다.

"백작은 이미 실권을 장악했사옵니다! 그는 억지로라도 반역을 일으키고, 곧 군대를 일으킬 것이옵니다, 저하!"

왕자는 웃었다. 아직 어려서 그런지 비장한 감정은 숨기지 못했다. 하지만 말은 똑 부러졌다.

"여기가 전쟁터가 돼. 아무 관련도 없는 이곳이. 내가 있으면 전쟁을 피할 수 없어. 백작은 그런 사람이니까."

롯데는 고개를 숙였다.

그녀는 울고 있었다. 롤리도 침통한 얼굴을 감추지 못했다.

광수가 입을 열었다. 애매한 분위기 타파하는 데는 역시 광수였다.

"용감한 왕자님이시군요. 책임감도 강하시고……. 백성들이 좋아하겠습니다."

아직은 어린 왕자. 그가 가녀린 턱 선을 치켜들고 오연히 앞을 바라보았다.

구름 기둥, 그 너머에 자신의 왕국이 있었다.

대륙을 지배하는 제국이 자신들의 뒤를 이어 대규모 탐험대를 준비하는 와중이었다.

말만 탐험대지, 막강한 화포를 구비한 정식 함대가 과연 '단순한' 탐험만 할 것인지에 대해서는 왕자로서는 신경 쓸 여력이 없었다. 지금은 자신의 왕국 백성들만 생각해도 힘이 부쳤으니까.

그래서 왕자는 광수의 말에 고개를 저을 수밖에 없었다.

"아니, 난 약해. 그래, 솔직히 지금 울지 않는 것만으로도 이를 악물어야 하니까."

그러자 광겸이 헤, 웃었다.

"그 망할 백작 놈도 인정했잖아요! 착하다고! 착한 사람은 노력하죠! 노력하는 사람은 하늘이 돕는다고요! 그럼 그놈을 이길 수 있죠! 백성도 구하고!"

왕자가 구름에서 눈을 떼고 견자단 삼 형제를 돌아보았다.

"하늘이 돕는다라……."

광겸이 외쳤다.

"그렇죠! 착한 사람을 하늘이 돕는 원리죠!"

아틸라가 끌고 올 규모를 생각하면 도저히 받아들일 만한 말이 아니었다.

방금 보여 준 힘, 그 정도 경지에 오른 광겸이 그걸 모를 거라고 생각할 수도 없었다. 하지만 광겸은 자신 있게 말했다.

백작에게 이길 거라고.

그리고…… 염려가 가득한 눈도 아니었다.

웃고 있지 않은가.

"당신들이 개라고?"

듣기에 따라선 굉장히 심각한 욕이다. 하지만 광겸은 정말 맑게 웃으며 고개를 끄덕였다.

"당연히 우린 개들이죠. 죽을 때까지 쭉!"

왕자가 피식 웃었다.

"삼 형제의 이름이 개들이라……. 그렇군. 하기야 의리

없는 인간들이 가장 싫어하는 존재들이겠지.”

그러더니 왕자는 물었다.

“그럼, 착한 사람을 돕는다는 하늘처럼 날 도와줄 텐가?”

그 말에는 광검이 대답했다.

“돕는 게 아닙니다. 왕자님에게 고용됐다니까요.”

왕자가 삼 형제를 천천히 돌아보았다. 하나하나 찬찬이 훑으며 눈에 담았다.

견자단 삼 형제의 뭉친 힘은 놀랍다. 그리고 한 번의 기회를 찔러 역전을 만들 힘이 충분히 있었다.

굳이 스스로를 ‘개’라고 지칭하는 이유를 왕자는 한눈에 알았다. 견자단이라는 특이한 이름의 삼형제는 사람을 좋아하면 그걸로 끝이다.

이들은 배신이니 현실이니 하는 것 따위는 염두에 두지 않는 것이다.

광겸의 해맑은 웃음이 말해 주고 있었다.

‘도와줄 사람을 다른 차원의 세상에서 만날 거라는 신탁을 믿지 않았는데…….’

지푸라기라도 잡는 심정으로 항구를 휘저었고, 그리고 정말 만났다.

왕자의 눈이 견자단 삼 형제를 다시 한 번 눈에 새기듯 돌아보았다.

‘개라…….’

고개가 끄덕여졌다.

"구름 너머의 우리 왕국은 작은 변두리 국가일 뿐이야. 우리보다 더 큰 왕국을 여럿 거느린 제국이 뒤에 있지. 그들이 이곳을 알아보려 할 거야. 거대한 선단을 준비 중이지."

견자단 삼 형제는 고개를 끄덕였다. 역시 어느 정도는 예상하고 있던 일이었다.

제국의 존재는 몰랐지만, 달랑 몇 척이 들락거리는 수준으로 끝나지는 않을 것이라고 추측은 하고 있었다.

그것은 개방 거지들의 보고서를 통해서였다.

조심스럽게 그들과의 전쟁을 입에 올리는 보고서도 있었다.

이미 황궁에서도 의견이 분분할 터였다.

아무리 개방의 조직력이 뛰어나다 하지만, 황궁의 정보력은 강남의 오호맹 시절에 들락거리던 상인들도 있고, 그들 위에 동창도 있으며, 정확하게는 강북련도 있었다.

엄자령이 강호 고수들을 불리하게 만들 정보를 노골적으로 주지는 않을 테지만, 강북련 상인들 역시 이 나라 백성이었다. 끝까지 감추지는 못할 것이 당연했다.

제갈청청의 기운이 이 사태와 정말로 연관된다면 그야말로 마교에게는 최악일 것이다.

광수는 일단 왕자를 달래려 했다.

"일단 여기서 모을 사람들도 있고, 더 준비를 해야 합니다."

그러나 왕자는 고개를 저었다.

"아니, 그건 당신들 세계에 너무 위험하다. 당신들은 우리 세계의 물질문명을 너무 몰라."

"……!"

광검의 얼굴이 롯데를 향했다.

롯데가 한숨을 쉬었다.

"이곳에도 선단에 함포를 구비한 것을 보았어요. 해안을 방비하는 포대도 보았구요."

순간, 광검의 눈이 가늘어졌다.

"흠, 그건 뭐 하러 보았소? 흔히들 첩자들이나 하는 행동일 텐데?"

"본능 같은 거예요. 우리 왕국의 반역자인 아틸라 백작보다 제국이 더 위험하니까요."

광검이 눈살을 찌푸렸다.

"대체 무슨 말을 하는 거요?"

롯데가 한숨을 쉬었다.

"하, 이곳 요새의 화포들 중 가장 큰 것조차도 우리 세계에 비하면 너무 작아요. 우리 쪽이 보유한 함선 화포보다도 훨씬 더. 반도 채 안 돼요."

롯데는 거기에 한마디를 덧붙였다.

"그리고 원시적이고요."

인상을 쓰는 광검과 달리 광수의 얼굴 표정은 심각했다.

광검에게 손을 내저어 조용히 시키더니 롯데에게 물었다.

"설마 그쪽 세계의 화포들은 우리보다 더 먼 곳에서 쏴 댈 수 있다는 말이오?"

그러자 롯데가 고개를 끄덕였다.

"네. 이곳 화포의 형태를 짐작해 보면 아마 날아가는 거리가 아무리 멀어도 7에서 8킬로미터를 넘지 않을 거예요."

"킬로미터?"

광검이 고개를 갸웃거리자 롯데가 설명했다.

"우리 세계의 거리 단위예요. 일 미터가 석 자 살짝 넘죠. 거기에 천 배를 곱하면 킬로미터예요. 대력 삼천 자. 그러니까 삼백 장 정도. 여기 단위로 일 리가 사백 미터, 오 리가 이 킬로미터 정도 되죠."

광수의 눈매가 가늘어졌다.

"문제가 되는군."

그때, 광겸이 끼어들었다.

"형, 무식한 동생들한테도 설명 좀 해 주라."

광수가 광검과 광겸에게 인상을 썼다.

"무식하게 칼만 휘두르지 말고 다른 공부도 좀 해라. 네 놈들 어깨에 걸려 있는 사람들 목숨이 몇이냐?"

광겸이 머리를 긁으면서도 입은 안 지고 따졌다.

"아, 어릴 때 불 대장간에서 기술 배운 건 형이 유일하잖아! 그러니까 가르쳐 달라고."

광수가 눈을 반짝이며 구름을 가리켰다.

"지금 이 항구에서 저 구름 기둥까지 거리가 삼십 리 정도 된다."

"그런데?"

"지금 관군의 저 포대에 서쪽에서 들여온 화포 중에 가장 사정거리가 긴 것이 홍이포다. 그게 이십 리(8킬로미터)를 날아간다고 들었다."

"……!"

광겸의 입이 딱 벌어졌다.

"마을 스무 개를 넘어 날아간다고? 쇳덩이가?"

놀라기는 광검도 마찬가지였다.

"화포가 정말 그렇게 멀리 날아가나?"

광수의 고개가 도리질을 쳤다.

"뒷골목 쌈박질로 칼 밥 먹던 놈들이니 화포에 무신경하지."

광수의 말은 거기서 그치지 않았다.

"문제는, 실제로 목표에 제대로 맞출 수 있는 거리는 십 리가 채 안 된다는 거다. 가장 멀다는 홍이포조차도."

그제야 광검이 얼굴을 굳히며 롯데에게 물었다.

"그럼 그쪽 세계에서 가진 화포들은 조정이 가능한 사정거리가 얼마나 된다는 거야?"

"삼십 리. 그러니까 십이 킬로미터 내외예요. 그냥 날아가기만 하는 건 더 멀리 가고요."

광검의 얼굴색이 확 바뀌는 순간이었다.

"그러니까, 백작이란 놈이 저 구름 기둥에서부터 여기 이 항구를 포격할 수 있다는 얘기인가? 우리는 아무런 손도 못쓰고?"

롯데는 고개를 끄덕이며 덧붙였다.

"그것보다도 중요한 것은, 여기 포의 포탄들은 폭발을 하지 않는다는 것입니다. 우리 쪽도 물론 제국의 것뿐이지만, 어쨌든 우리의 화탄들은 모두 목표에 떨어지면 폭발을 해요. 당신들의 놀라운 칼 솜씨보다 더 뜨거운 불의 폭풍을 일으키는 폭발입니다. 배 한 척으로도 이 항구 전체를 초토화시킬 수 있어요."

일순 견자단 삼 형제의 입이 다물어졌다.

고수.

치열한 노력에도 불구하고 모든 고수가 다 홍이포 같은 위력을 낼 수는 없다. 그런데 서대륙의 화포들은 그것보다 더하다고 한다.

할 말을 잃게 만드는 현실이었다.

대항할 방법이 없는 것이다.

제갈청청의 흔적이 정말 심각한 사태를 몰고 왔음을 깨달은 광검이 광수를 쳐다보며 말했다.

"개방에 접촉을 해 봐야겠어."

광겸이 불쑥 끼어들었다.

"항구에서 개방 거지를 못 봤는데? 선단이 있는 강북련이 아니고?"

광검이 인상을 썼다.

"어, 강북련주한테는 신세지고 싶지 않아."

광겸이 그제야 롯데의 얼굴을 쳐다보더니 픽 웃었다.

"오, 못 깨어나면 날 죽여 줘, 라고 하면서 칼까지 쥐어 주었던 게 언제인데, 벌써 신세지기 싫다니?"

"자꾸 김새게 만들 거야, 너?"

광검이 협박을 하며 손을 쳐들자 광겸이 웃었다.

그러고는 손가락을 들어 빙글빙글 돌리더니 가만히 한마디를 내뱉었다.

"은근히 바람둥이야."

"이 자식이!"

빡, 하는 타격음과 함께 광겸의 머리가 흔들렸다.

그러나 광겸은 웃었다.

"헤헤헤, 찔리시는 모양이에요, 광검 씨?"

"그래, 찔려서 피가 아주 줄줄 나는구나. 그러니 너도 입에서 피가 날 때까지 맞아야지."

"꽤액! 큰형!"

광검의 손을 피한 광겸이 광수의 옷깃을 붙들고 늘어지자 왕자가 롯데에게 눈짓을 했고, 롯데는 차마 광검에게 묻지 못하고 광수에게 물었다.

"원래 이런 분들이신가요?"

그래서 광수가 고함을 쳤다.

"그만두지 못해! 지금 심각한 상황인 거 안 보이냐!"

하지만 고함에 놀란 것은 다름 아닌 옥삼이었다.

"으아! 대, 대인! 가게를 더 부수면 안 됩니다!"

옥삼은 부서진 탁자와 의자 파편을 치우며 눈물을 찔끔찔끔 흘리는 중이었다. 그러다가 광수의 큰 소리에 벌떡 일어나 불안한 눈을 이리저리 굴렸다.

그런 옥삼에게 광겸이 물었다.
"저거 더 없어요?"
광겸의 손가락이 가리킨 것은 기적적으로 살아남은 탁자 위에 놓인, 반쯤 먹다 만 햄버거였다. 옥삼의 얼굴이 일그러졌다.
대체 머릿속에 뭐가 든 손님이란 말인가.
"어, 아이고, 감사합니다요, 대인! 금방 대령해 드리겠습니다요!"
그러나 마음속과는 다른 말이 나오는 건 당연했다. 롯데가 다시 금두 몇 개를 건네줬기 때문에.
옥삼은 후다닥 파편들을 발로 쓸어 부서진 벽 쪽으로 대충 몰더니 성한 의자를 가져다 탁자 앞에 늘어놓았다.
"에, 뭐든 일단 먹고살자고 하는 것입죠! 일단 드시던 거 마저 드시면서 논의를 계속하는 것도 현명한 판단이십니다요, 대인!"
옥삼은 고개를 조아리더니 냉큼 주방으로 뛰어갔다.
곧 콧노래가 주방에서 흘러나왔다.
"점소이인가, 주방 숙수인가, 아님 객점 주인인가?"
광수가 어이없어 묻자 광검이 어깨를 으쓱했다.
"객점을 물려받은 지 얼마 안 되는 모양이야."
광수가 헛웃음을 쳤다.
"돈은 정말 잘 벌겠군."

"크흐으……."

두 세계를 연결하는 구름 기둥 안, 삐걱이는 배의 몸체마냥 아틸라 백작은 신음을 내질렀다.

자신들을 개라 밝힌 그들의 일격은 그만큼이나 뼈아팠다.

아틸라는 너무도 허무하게 쓰러진 탈론들을 생각했다. 아까웠다. 그러나 그만한 대가는 얻은 셈이었다. 그것을 생각하며 아틸라는 희미하게 웃었다.

"설마…… 왕세자가 그 피를 지니고 있을 줄이야."

아틸라는 웃고 또 웃었다. 너무 기분이 좋아서였다.

왕가의 피가 왕세자에게 나타난 것을 제국의 황제가 알면 눈을 까뒤집을 것이다.

그것은 아주 오래된 전설이었다.

고대 이전의 초고대 시절, 조상들이 스스로를 지구인이라 부르던 시절에 나타났던 고귀한 혈통에 관한 이야기였다.

왕세자를 떠올리는 순간, 백작의 눈에서 불길이 솟구쳤다. 강렬한 탐욕의 불길!

화르륵—

진득한 유황 냄새가 눈에서 흩뿌려졌고, 코와 입에서도 유황 연기가 모락모락 피어났다. 목소리마저 변했다.

"크흐으, 왜 나를 풀어놓지 않았나, 미련한 놈! 왕자를 뺏어 올 수 있었는데!"

그러자 이번에는 백작의 한쪽 눈에서 불길이 꺼지더니 원래 눈동자가 나타나며 입이 열렸다.

"좀 참아. 후후후후, 구름 기둥을 넘자마자 제국군 함대와 마주친다. 왕자의 진실을 알아 버린 지금, 구름 너머에서 검문하고 있는 제국의 함선들과 필히 마주해야만 하고, 그럼 어떻게든 왕세자의 반항은 제국군에게 전달이 된다. 똑똑한 왕자니까. 후후후. 그걸 일단 피해야지."

제국.

제국군.

그들의 머릿수가 무서운 것은 아니었다.

하지만 백작 아틸라의 몸과 정신의 한 켠을 차지한 지옥의 존재는 제국을 두려워했다. 정확하게는 제국 황실 마법 연구원의 '누군가'를 두려워했다.

아틸라는 그것을 지적했다. 그래서 지옥불을 내뿜던 그것도 입을 다물었다.

이내 눈의 불길이 꺼져 들어가고 유황 연기도 그쳤다.

온전한 아틸라로 다시 돌아온 것이다. 아틸라는 웃었다.

"능력이 있는 친구들이니 함포 사격에 쓰러지지는 않겠지. 후후후후."

아틸라의 눈이 반짝거렸다. 아름다운 얼굴, 아름다운 눈에 살기를 담고서 입이 길게 늘어났다.

그는 제국의 함대를 이용할 생각이었다.

아틸라는 왕가의 피에 대한 상상을 이어 나갔다. 눈을 지그시 감고 그 힘이 자신의 것이 될 그때를 미리 즐기는 것이다.

그들은 구세주로 떠받들어졌다.

손이 닿으면 굶주림이 없어졌다. 흙이 곡식이 되었으니까. 그뿐만이 아니었다. 그들의 손이 닿으면 금이 쏟아졌다.

그들의 손이 닿으면 필요한 모든 것이 다 나왔다.

세상 사람들은 일을 하지 않았다.

그들은 세상 어디에나 있었다. 그들이 만들어 낸 모든 것이 세상 곳곳에 넘치도록 나누어졌고, 사람들은 단지 태어났다는 것만으로도 모두가 왕 같은 대접을 받았다.

걱정거리가 없어진 시대. 사람들은 창작 능력을 최대한 발휘했다. 인류 최고의 예술 작품들이 이 시기에 나왔고, 정확한 의미의 인공 지능, 스스로 가치 기준을 가지고 판단하는, 사람들이 만들어 낸 지성이 기계에 담겨지게 된 것도 이 시기였다.

선조들은 그것을 로봇이라 했던 것 같다. 하지만 이름이 무엇이든 그것은 중요치 않았다.

그야말로 인류의 황금 시기였다.

마치 가장 오래된 경전에서 얘기하는 천국이 현실에 강림한 것 같은 세상이었다.

욕심이 없어진 시대라고도 했던 것 같다.

그랬던 시대가 어떻게 스러졌는지, 그것은 어떤 기록에도 남아 있지 않았다. 다만, 마치 환상처럼 전설로만 전해질 뿐이었다.

그런 시대를 가능케 했던 왕가의 피.

왕가의 피!

아틸라 백작은 맑고 시원하게 웃었다.

"……그런 건 나와는 상관없는 얘기고. 후훗, 세자 저하의 피나 빨리 마시고 나서 고민할 문제지, 어떤 세상을 만들 것이냐 하는 것은."

아틸라의 싱그러운 웃음이 더욱 짙어졌다.

그의 머리는 빠르게 회전하고 있었다.

아틸라의 머리는 쉰 적이 없다. 그는 생각하고 또 생각해야만 원하는 것을 얻을 수 있다고 확신하는 사람이었다.

그의 웃음이 절정에 달했을 무렵, 제국의 함대를 끌고 있는 이가 누구일지 짐작이 갔다. 그는 성격이 다혈질인 사람이다. 아틸라는 제독에게 눈물로 매달릴 작정이었다.

우리 왕국의 왕세자 저하를 저 야만적이고 무도한 이 세계의 사람들에게 빼앗겼노라고, 도와 달라고 말할 참이었다.

그 다혈질의 제독에게 건넬 것도 있었다.

왕세자가 급히 빠져나가며 놓고 간 물건. 바로 한 왕국 왕실에서 천 년간이나 내려온 팔찌였다.

위대한 존재의 약속이 담겼다는 그 팔찌가 진짜든 가짜든, 천 년이나 된 물건이라는 것만으로도 그것은 대단한 가치가 있었다.

아틸라는 그것을 미끼로 삼을 작정이었다. 제국의 황제는 이만한 물건이라면 제독이 먼저 침략을 감행한 것쯤은 눈감아 줄 테니까.

제국의 황제는 '위대한 존재'의 흔적을 쫓는 것에 목숨을 걸고 있었다. 그것이 아틸라 백작의 비웃음을 불렀다.

아틸라가 상쾌하게 웃었다.

"아무것도 아닌 허상이나 쫓으시지요, 황제여. 난 눈앞의 고귀한 피를 마실 테니까. 후후후후후."

잔잔한 독백이 구름을 휘돌게 하는 바람을 따라 흩어지자 아틸라의 눈이 빛났다.

곧 구름을 빠져나간다.

제국 함대의 끄트머리가 점점 더 선명해지자 아틸라의 눈빛이 흐트러졌다. 이어 얼굴이 붉어지더니 입가가 부들부들 떨렸다. 급기야 눈에서 눈물이 흐르기 시작했다.

감정을 잘 잡은 놀라운 연기였고, 누가 보아도 억울하게 왕세자를 잃은 충신의 눈물이었다.

아틸라의 배는 그렇게 구름 밖으로 나아갔다.

원래 제국이 가진 초고대의 지식은 우연히 발견된 것이었다.

글자라는 것이 어디서부터 연원되었는지조차도 의견이 분분하던 그때, 수천 년 전의 기록이 자신들의 글자와 완전히 일치한다는 사실에 경악한 제국은 고고학자들을 대량으로 투입했다.

질량 보존의 법칙이니 상대성 이론이니 하는 놀라운 마법 이론들을 이해하기도 힘들었거니와, 자신들이 발을 딛고 선 이 땅 말고 하늘 너머의 다른 우주를 얘기하는 마법에 대해 그들은 경악했다.

제국은 그 지식을 이해하는 데 명운을 걸었다.

물질문명은 급속도로 발달했고, 결국 철로 만든 함선에 강력한 함포를 싣는 것이 가능하게 된 것이다.

제국의 학자들은 '위대한 존재' 하나가 소멸될 것을 알았고, 그 존재가 평생 모은 에너지가 쏟아질 지점을 예측했다. 그게 다른 차원을 열게 될 것은 몰랐지만, 비슷한 현상이 일어날 것은 미리 알았다. 마침내 차원이 열렸을 때 축제 분위기에 휩싸였다.

신세계가 열린 일이니까.

이제 제국은 더욱 뻗어 나갈 것이다. 황제 폐하의 영명하심은 저 구름 기둥 너머의 세계에서도 찬양을 받아야 마땅했다.

그 선두에 제국의 함대가 섰다. 제독은 그런 자부심으로 오늘도 구름 기둥을 포위한 채 지키는 중이었다.

그러다가 '그'를 만났다.

억울함의 눈물을 흘리며 다급하게 호소하는 그는 바로 아틸라였다.

제독은 할 말을 잃었다.

한 왕국의 아틸라는 간교하다는 평이 지배적이었다. 그런데 그가 지금 눈물을 흘리고 있었다.

사실 한 왕국은 대륙의 중심과 너무 멀어서 정보통조차 잘 닿지 않는 곳이기는 했다.

지형상 거의 고립되다시피 해서 누구도 신경 쓰지 않은 왕국인데, 십여 년 전 탈론 때문에 사람들이 육칠 만이나 죽어 나간 사건이 뒤늦게 알려지며 시끄러웠던 적은 있었다.

아틸라라는 이름을 가진 기사가 능력을 보였고, 그 공로로 백작의 지위를 받았다는 소식이 전부였다.

교활하다는 평가는 민간의 상인들이 낸 소문이고, 사실상 작은 왕국에서 그만한 공로를 세운 사람이 큰 권세를 잡는 일은 당연한 일이었다. 그러니 그리 신경을 쓰지 않았다.

단지 호기심이 일었을 뿐이다.

탈론을 잡은 기사에 대해 같은 기사 출신으로서의 호기심.

그런데 정작 마주하게 된 아틸라는 지금 '울고' 있었다.

왕자를 인질로 빼앗겼다는 것이다.

"대체 어찌 된 일이오?"

제독이 묻자 아틸라는 억지로 울음을 참는 듯 입을 씰룩였다.

"제가 어리석었습니다. 신세계의 원주민들은 잔인하고 교활했습니다. 참으로 순진한 척 다가와 이것저것 음식도 접대하더군요."

여기까지 말한 아틸라는 크흑! 하며 또다시 입을 씰룩였다. 눈물이 비 오듯 쏟아졌다.

제독은 굵직한 사나이의 눈물에 속아 넘어갔다. 아틸라

는 다시 말을 이었다. 간신히 숨을 잇는 것처럼 두어 번이나 천천히 내쉬며 감정을 조절하려는 모습. 아름다운 중년 기사의 눈물은 제독의 마음을 움직였다.

"한데 우리 왕자님의 신분을 알게 된 순간, 원주민들의 태도는 확 달라졌습니다. 제가 잠시 호위를 기사들에게 맡기고 배에 오르는 사이, 원주민들은 우리 기사들을 모조리 죽이고 왕자님을 인질로 붙잡았습니다."

"아니, 한 왕국의 왕실 기사들도 꽤 강한 것으로 소문이나 있는데 어찌?"

맞다. 그들은 총이 없어도 어디 가서 밀리지 않는 능력이 있었다.

그리고 그때, 아틸라는 진실을 하나 섞었다.

견자단 삼 형제에 관한 것이었다.

"그들이 내세운 능력자들은 강했습니다. 우리와 같은 원리인지는 몰라도, 허공에 붉은 열기의 잔상이 남겨지는 검법을 구사했습니다. 우리 기사들이 감당할 수 없었지요."

그러자 제독은 벌떡 일어섰다.

"파이어 크로스를! 이럴 수가! 그, 그 악마의 검을 진정 신세계의 원주민들이 사용한단 말이오?"

아틸라는 고개를 끄덕였다.

"크흑! 원통하고 분합니다, 제독! 황제 폐하의 은혜로 우리 한 왕실의 맥을 잇고 있는데, 어린 세자 저하를 저 무식한 야만인들의 손에 빼앗기고 살아서 무엇 하겠습니까! 단지, 단지…… 어리신 우리 세자 저하만 되찾을 수 있다면, 그분을 한 왕실에 무사히 되돌려 놓을 수만 있다면 저는 그제야 비로소 하늘에 감사하며 자결할 수 있을 것입니다!"

심상치 않은 사안에 제독의 안색이 바뀌었다.

"으음, 귀국의 적통에 문제가 생기는 것은…… 우리 황제 폐하를 감히 대신해 말하는 바, 제국은 그것을 원하지 않소. 내 뜻도 같소."

아틸라는 고개를 조아리며 울부짖었다.

"은혜가 하해와 같으시니, 황제 폐하 만만세! 제발, 제발 그들의 해변에 기습 포격을 가해 우리가 왕자님을 빼올 기회를 만들어 주십시오, 제독!"

"으음……."

제독의 이맛살이 찌푸려졌다.

황제의 명은 혹시 모를 사태에 대비하라는 것이었다.

일부러 먼저 쳐들어가 시위를 벌인다면 사태는 걷잡을 수 없을 것이다. 하지만 사태는 위중하고 다급했다.

게다가 아틸라와 함께 온 기사들의 면면도 처참했다.

얼굴이 굳어 마나 파장도 제대로 내지 못하는 것이, 정말 기습으로 세자를 빼앗긴 책임감에 그러는 것이 확실해 보였다.

그 순간, 아틸라가 결정타를 날렸다.

"크흑! 이것을, 이것을 우리 세자 저하의 손목에 채워 드려야 하는데……!"

아틸라가 절규와 함께 내민 것은 보라색 표면에 불꽃 문양이 새겨진 팔찌였다.

그 문양을 본 제독의 눈이 왕창 커졌다.

얼마나 놀랐는지 억지로 경악을 삼킬 정도였다.

아틸라는 그 모습을 확인하고 눈물을 슬쩍 소매로 닦았다.

“우리 한 왕국 왕실에 천 년 동안 전해져 내려오는 왕가의 표식입니다. 여행을 무사히 마친다면 구름 기둥 안에서 저하께 채워 드리라는 전하의 어명을 받자옵고 얼마나 설레었던지…….”

거기까지 말해 놓고 아틸라는 팔찌를 들여다보더니 ‘세자 저하’라고 중얼거리며 또 소매로 스윽, 눈물을 닦았다. 하지만 그 와중에도 제독의 눈은 팔찌에서 떨어지지 못했다.

“제독! 이 사람을, 아니, 한 왕국을 도와주십시오!”

잠시 고민하던 제독이 어렵사리 입을 열었다.

“아틸라 경, 혹시 귀국의 왕실 표식을 우리 측 고고학자들이 살펴볼 수 있게 해 줄 수 있겠소?”

그랬다가 황급히 손을 내저었다.

“아, 오해는 마시고. 귀국의 귀한 기보를 우리 측으로 옮기니 마니 하는 얘기가 아니오. 단지 우리 측 사람들이 한 왕국으로 파견되어 그걸 좀 세밀히 살펴봐도 되겠느냐는 의미요. 물론 한 왕국 측의 학자들도 공동 연구를 하셔야지요. 혹시 귀국의 국왕 전하께 허락을 받는 것이 가능하겠소?”

아틸라는 펄쩍 뛰었다. 너무 기뻐서였다. 제독이 이처럼 쉽게 속아 준 것이 기뻐서, 그리고 어린 세자가 그 팔찌를 놓고 간 것이 기뻐서.

"되고말고요! 저희 세자 저하만 되찾을 수 있다면 국왕 전하께서도 흔쾌히 허락하실 것입니다! 제 목숨을 걸고서라도 그렇게 할 것입니다! 제독! 저희 세자 저하를 살려 주십시오!"

제독은 남의 세계를 침범한다는 엄청난 결정에도 별달리 고민하지 않았다.

아틸라 백작이 눈앞에서 흔들고 있는 팔찌.

보라색 보석은 분명히 웨일이라는 물질로, 그것은 '위대한 존재'만이 만들어 낼 수 있는 것이었다.

게다가 보라색에 불꽃 문양이라니.

'절대 어길 수 없는, 불꽃같은 눈동자로 널 보살피겠다는 의미다!'

'위대한 존재'가 직접 약속을 해 준 징표가 분명했다.

제독이 알고 있는 고고학 지식으로는 그랬다.

저 정도의 물건이 설마 대륙의 끄트머리, 극동의 작디작은 나라의 왕실에 있을 줄은 몰랐다.

급기야 제독은 들려주지 말아야 할 소리까지 내고 말았다.

꼴깍!

아틸라는 고개를 숙인 채 눈물을 떨어뜨리면서 씨익, 웃었다.

그러고는 이내 고개를 들고 굳은 목소리로 말했다.

"이것은 우리 왕국의 세자 저하께서 받으셔야 하는 물건입니다. 그런데 외인이신 제독 각하의 손에 드리는 의미를 아시겠지요?"

제독은 살짝 떨리는 손으로 한 왕실의 팔찌를 넘겨받으며 고개를 끄덕였다.

'죽음을 각오한 결의!'

왕자를 데려오지 못한다면 그곳에 뼈를 묻으리라는 뜻으로 제독에게 왕실의 징표를 넘긴 것이다.

아니, 확실히 제독에게는 그렇게 보였다.

황제의 권위에 그 힘이 더해질수록, 절대적인 힘에 가까워질수록 제국의 영화가 이어진다고 그와 황제는 믿었다.

그런데…… 위대한 존재의 비밀을 들여다 볼 수 있는 물건. 그게 자신의 손에 들어왔다.

제독의 고개도 숙여졌다.

그 짧은 사이, 입가에 웃음이 흘렀다.

'어리석은 놈, 이 물건의 가치도 모르면서 함부로 다른 이에게 맡기다니.'

아틸라는 감사의 말을 남기고 자신의 배로 돌아갔다.

이건 횡재였다.

제독의 눈이 아주 본격적으로 둥글게 휘었다.

이제 명령을 내릴 수밖에 없었다.

"전 함선 전진! 쐐기 대형으로 쾌속 항진한다! 구름 기둥을 나가자마자 일자 포진을 준비하라!"

명을 받은 장교가 신호를 내보냈다.

푸솨학—

철로 만든 함선의 기둥에서 거센 압력의 수증기가 확 내뿜어지고, 직후에 구름 기둥 주변을 꽉 채우는 굉음이 울렸다.

뿌우웅—

제독이 이끄는 기함에서 보낸 신호에 곧 다른 함선들도 화답했다.

수증기가 한꺼번에 내뿜어졌다.

푸솨— 푸솨하하학—

고압으로 압축된 수증기는 수백 도까지 올라간다. 공기에 닿아 물로 변하게 될 때도 100도를 넘는 상태를 잠깐이나마 유지하게 된다.

물인데도 100도가 넘는 온도를 내게 할 수 있는 것. 그것이 바로 응축수다.

수증기를 아주 고압으로 압축시켜 쏘아 내는 스팀 터빈에서 생기는 것이었다.

그 뜨거운 수증기와 응축수의 파편들이 구름 기둥 해역을 뜨겁게 진동시켰다.

'이거야! 이 뜨거움! 이게 삶이지!'

제독은 웃었다. 스팀 터빈의 단점인 뜨거운 열기마저도 그는 사랑했다.

그것이 바로 힘의 상징이었기 때문에.

뿌우— 뿌우우우우웅—

제국 황실 전략 마법 무기 연구소에서는 증기기관을 실린더와 피스톤을 이용해 움직이려고 생각했다. 그러나 그것은 일상생활에만 쓰이고, 전략을 위한 무기는 오십여 년 만에 포기되었다.

"급가속!"

제독은 명령을 내렸다. 그 후 팔찌를 만졌다.

'후후후, 이것이 가져다준 스팀 터빈의 힘! 그것이 제국의 힘이다!'

압축하기까지 계속 물을 끓이는 것은 비효율이었다. 힘을 내기 위해 차지하는 공간이 너무 커서 정작 중요한 화물이나 사람, 무기를 실을 공간이 합쳐지면 터무니없이 커지고 느려지기 때문이다.

'게다가 실린더 내부의 단순 왕복운동을 그 큰 몸체가 하는 것 자체가 엄청난 비효율.'

실린더와 피스톤을 이용한 엔진 기관은 그렇게 해서 군사 무기에서 멸종되었다.

"한데 증기 터빈은 다르지. 후후후."

석탄을 때던 방식이 위대한 존재가 만든 물질을 접하고서부터 혁명이 일어난 것이다.

위대한 존재가 만든 물질은 진동을 주면 계속해서 열을 뿜어냈다. 그것도 엄청난 고열을.

그 열을 이용해 물을 끓여 증발시키고, 수증기를 엄청난 고압으로 압축시켜 뿜어내 팬을 돌리는 본격적인 터빈.

증기 터빈은 그야말로 기적의 엔진이었다.

제독의 웃음이 슬며시 늘어났다.

'터빈 엔진이야말로 모든 군사 전략가들의 사랑을 받을 만하지, 암, 그렇고말고!'

게다가 배는 물 위에 떠 있다.

땅 위를 다니는 것들처럼 스팀을 도로 받아 넣어 돌릴 필요가 없었다. 그러니 냉각 효과에도 더 좋고, 그러다 보니 엔진의 크기가 고스란히 움직임을 위한 효율로 이어졌다.

"감히 스스로 제국을 칭하는 자들의 힘이 고작 실린더 기관이라니. 후후후."

스팀 터빈의 원리를 저들은 죽었다 깨어나도 모를 것이다.

제독은 아틸라 백작이 건넨 팔찌를 다시금 바라보았다.

'위대한 존재를 모르면 모르는 만큼 힘에서 멀어지지. 미개한 것들.'

곧 제독은 만족감을 접으며 항해장교를 바라보았다.

그러고는 급가속을 위한 세부 명령을 다시 내리기 시작했다.

열 척의 강철 함선이 굉음을 합창했기 때문이다.

명령이 제대로 전달되었다는 것이고, 그게 복명복창이었다.

뿌우— 뿌우우우우우웅—

최초의 돌격선이 먼저 포위 진형을 풀며 구름 기둥 안으로 들어가기 시작했다.

쿵쿵쿵쿵쿵쿵— 위이잉—

엔진 소리가 급가속되며 강철의 몸체를 진동시켰다. 백

미터가 넘는 거대한 선체가 정말로 급가속을 했다.

쿠웅―

물보라가 이십 미터 넘게 치솟으며 뱃머리가 살짝 들어 올려질 정도였다.

병사들의 몸이 단단히 붙잡은 상태에서도 한쪽으로 쏠렸다. 돌격함의 몸체, 뱃머리의 하부에 돋아나 있는 충각이 그 위용을 물 밖으로 드러냈다.

제독은 급발진의 순간에 드러나는 충각의 모습을 좋아했다.

함교가 하늘을 바라볼 정도로 들려지는 순간, 뱃머리 끝에서 물보라를 피워 올리며 살짝 드러나는 충각.

역시 돌격함은 몸통 박치기가 제 맛인 것이다.

돌격함의 충각은 역사상 유례가 없을 정도로 단단했다. 목선 따위는 상대할 가치도 없었다. 두세 개 국가의 연합체 중 좀 세다는 팔프스 제국의 철선들조차도 견디지 못할 정도였다.

츠촤아―

다시 함수가 가라앉으며 충각이 물살을 갈랐다.

그 뒤를 함대의 배들이 양쪽으로 뾰족한 쐐기 모양을 만들며 차례로 뒤따랐다. 제국의 함대가 구름 기둥 전체를 가를 것 같았다.

그 위협이 고스란히 중원의 바다로 향했다.

그리고 그걸 전혀 알지 못하는 서안의 형편이었다.

22.
징조, 그리고 학살

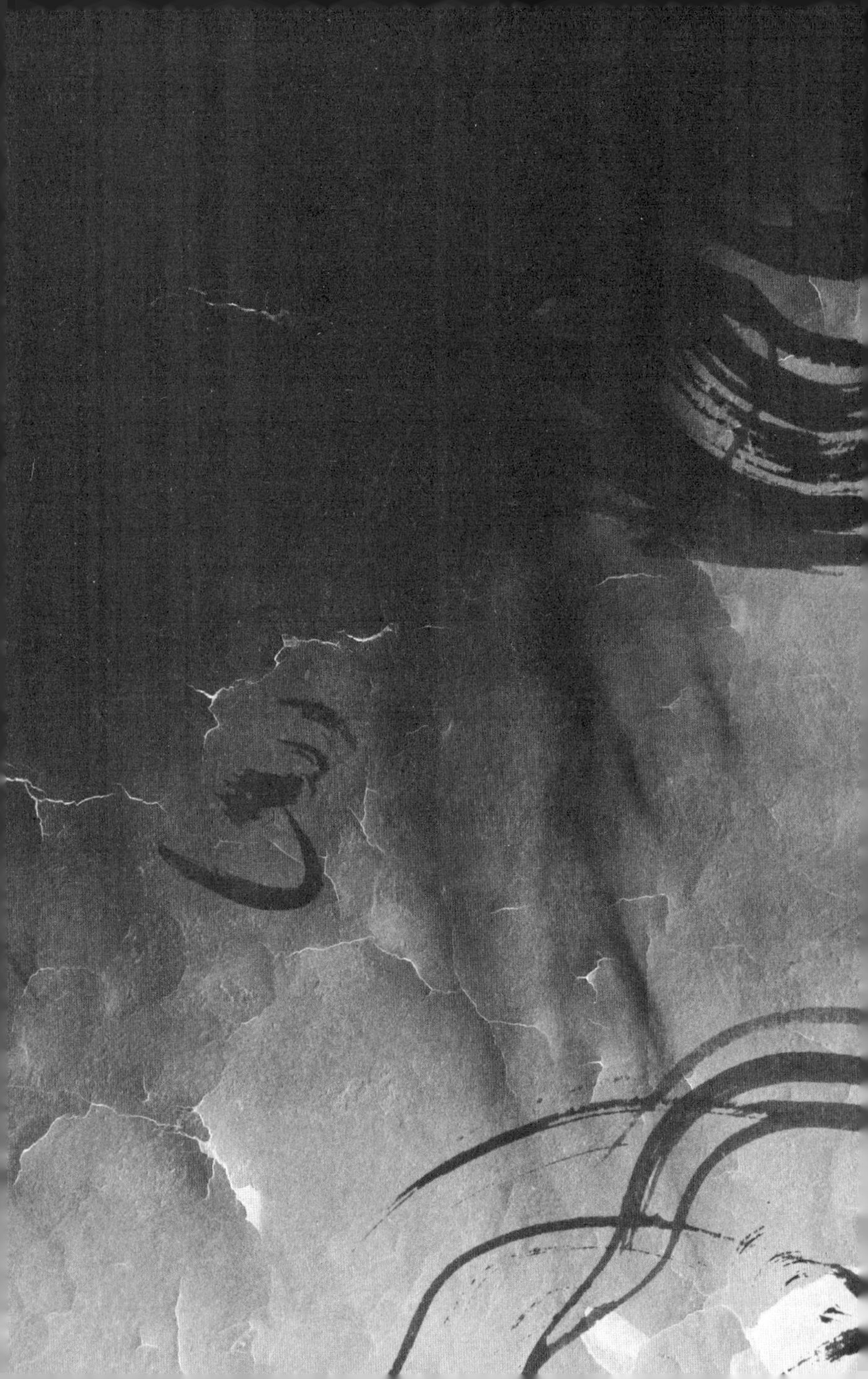

세월이 몸에 새겨지면 지혜가 된다고 말들을 한다.

"뭐? 누가 그런 개소리를 해?"

종남일기는 그렇게 대꾸하고는 했다. 관록이니 경륜이니 하는 것들을 믿지 않는 부류이기도 했다.

게다가 요즘은 그게 더했다.

마교의 일에 개입을 하다니!

종남의 신선이!

구대문파 중에서도 밝음의 상징인 그가 마교 내당에 들어와 서류 더미를 쳐다보고 있다니, 이게 말이나 되는 일인가!

그래서 욕도 했다.

"아, 이 개놈의 자식들을 그냥……!"

그 '개놈의 자식들'은 지금 남쪽 항구로 내려갔다.

제갈청청이 분열시킨 세력은 꽤나 거대했다.

원로원의 살아 있는 전설의 수만 해도 현재 여섯이나 되었다. 아쉽게도 죽은 셋은 친교주파가 될 가능성이 농후한 사람들이었다.

제갈청청의 마수에서 겨우 살아남은 여섯 원로는 아직 일의 전체 윤곽을 모르는 불의 교도들을 꼬드겨 세 불리기를 시도하는 중이었고, 서안의 오씨와 삭풍당이 이끄는 세력들은 그 반대편에서 열심히 마교 재정비에 힘을 쏟고 있었다.

"이게 다 견자단, 그 개놈들이 저지른 일이잖아!"

물론 제갈청청이 살아 있을 때 반대파를 제거하기 위해 머리를 굴린 탓에 희생된 것이기도 했지만, 결국 그게 그거였다.

여섯 원로 중 중립이 둘, 나머지 넷이 아직도 제갈청청을 바라보며 '아수라 현세, 천마군림 만만세'를 외치는 형국이었다.

종남일기와 녹진자, 달랑 두 사람만으로는 오히려 맞아 죽는 것이 당연했고, 그래서 종남일기는 소림사로 달려갔다.

하지만 방장에게서 푸념만 들어야 했다.

"저희도 죽겠습니다! 마교에 그런 급변이 생길 줄은……."

물론 소림밀승들이 대거 귀환하고 마교 내부의 불의 길을 받드는 사람들을 돕는 일이 바빠진, 즐거운 비명이었다.

그래서 종남일기는 그냥 빈손으로 다시 돌아와 멍하니 서류 더미를 쳐다보는 중이었다.

일을 도와줄 사람이 없다.

그래서 성질이 난 종남일기는 손을 놨다.

그리고 찾아간 사람이 녹진자였다.

"야, 이놈들 지네 집안 정리를 왜 노친네들한테 맡기고 놀러 다니냐?"

녹진자는 종남일기를 흘깃 쳐다보더니 그냥 쭉— 술을 들이켰다.

"야, 말 좀 해 보라고!"

종남일기가 술잔을 뺏자 녹진자가 투덜거렸다.

"아, 거, 귀찮은 일을 처음부터 못한다고 딱 잡아떼지, 나처럼. 거, 왜 맡아 가지고 결국 나한테 도로 와서 하소연이오?"

그러더니 투닥, 종남일기의 손가락을 쳐 진동하게 만들더니 다시 술잔을 빼내 가는 것이었다.

"어쭈? 너 지금 나 쳤냐?"

그에 아랑곳 않고 녹진자는 짜증이 난다는 반응을 보였다.

"그럼 너는 왜 여기 같이 들어온 건데?"

계속해 몰아붙이는 종남일기의 말에 녹진자가 돌아앉으며 한 잔을 쭉 마시더니 꺼윽, 트림을 토했다.

"어우, 마교 애들 술 잘 담그네. 이거 땜에 왔잖우, 난."

그 꼴을 보고 종남일기가 고함을 빽 내질렀다.

"야! 화산파 도사 놈이 마교 안마당에서 우화등선할래? 그것도 술로? 앙? 작작 좀 처마셔라!"

그러자 녹진자가 킬킬 웃었다.

"뭐, 그것도 좋은 그림 아니우? 마교가 어떤 곳인데, 거기 깊숙한 곳엘 들어와 본 도사가 몇이나 된다고 그러우, 선배."

"그게 아니고……."

갑자기 차가워진 종남일기의 말투에 녹진자의 고개가 저절로 돌아갔다.

종남일기는 눈가에 주름을 만들 정도로 다른 분위기를 내뿜고 있었다.

"너 천기를 믿냐?"

"엥?"

코맹맹이 소리를 내며 녹진자가 종남일기를 위아래로 다시 훑었다.

"아니, 젊은 처자들이 따라붙을 정도로 젊어진 양반이 갑자기 노친네처럼 무슨 천기요, 천기가."

그러나 녹진자는 다음 잔을 마시지 못했다.

종남일기가 내뱉은 말 때문이었다.

"어제 꿈꿨다."

녹진자가 그제야 술잔을 놓고 종남일기의 눈을 똑바로 들여다보았다.

"개꿈."

개꿈이라는 말에 녹진자가 도로 술잔을 집어 들었다.

그렇다고 해도 종남일기의 말에 수심이 사라진 것은 아니었기 때문에 녹진자는 천천히 술을 마시며 귀를 기울였다.

"새끼를 낳은 개가…… 그 새끼들을 물어뜯어 찢어발기는 꿈이었다. 세 마리 전부 다."

"뭐요? 완전 개꿈이잖아요, 그건."

종남일기는 몸을 부르르 떨었다. 그제야 녹진자는 그것이 정말 심각하다는 것을 느꼈다. 종남일기가 기행은 하지만, 주책 맞은 과장을 하지는 않았다.

탈속한 고수, 종남일기의 몸을 떨게 만든 그것!

"제가 낳은 새끼들을 물어뜯고 뼈를 바스러뜨리면서 웃더라고."

푸학—

녹진자의 입에서 술이 뿜어지며 기침을 해 댔다.

"쿨럭쿨럭쿨럭! 아니, 이 양반이 꿈을 꿔도 어떻게! 쿨럭쿨럭!"

녹진자가 황당하다는 얼굴로 종남일기를 노려보았다.

그러거나 말거나 종남일기는 상대도 없는데 인상을 쓰며 허공을 노려보았다.

"그 눈이 검은자위가 있기는 한데, 그게 투명한 거야.

마치 안에서 떠오르는 것처럼. 그러더니 제갈청청, 그 아이 눈빛이 되더라고.”

“뭐요? 아니, 이 선배가 진짜!”

이게 무슨 꿈일지는 너무 노골적이잖은가.

개 삼 형제, 그 어미, 그리고 그 눈빛!

녹진자조차 생각만으로도 몸이 떨리는 존재였다, 제갈청청은.

종남일기는 고개를 흔들었다.

“솔직히 네가 인상 쓰면서 별 보는 순간에 괜스레 가슴이 덜컥해서 명상하다가 본 거야. 자다가 꾼 게 아니라.”

종남일기가 새삼 인상을 쓰며 물었다.

“야, 너 어젯밤에 별 왜 봤어?”

“어, 아니, 그건 뭐…….”

말을 흐리려는 녹진자에게 종남일기는 얼굴을 들이댔다.

“너도 뭔가 느낀 거 맞지? 어제 죽음을 가리키는 별이 모호해지는 걸, 육안이 아니고 뭔가 느낌이 온 거 같은데.”

녹진자가 시선을 피했다.

사실 심상치 않기는 했다. 뭔가 애써서 피하고 싶은 것이 있었다. 무엇보다 종남일기는 반은 신선이다. 자기는 뭘 잔단 말인가.

신선이 눈을 감으면 영혼이 세상을 보고 다닌다는 말은 정말 농담이 아니었다.

종남일기 같은 탈속지경의 고수가 명상을 하다가 봤다면 정말 어떤 예감이 구체화된 것이 틀림없었다.

녹진자 자신이 이어서 내뱉은 말도 그랬다.

"죽음이 모호해진 건, 죽은 자가 살아나기라도 한단 말이오? 그건 우리가 늙었으니까 그냥 불안한 기분일 뿐이지, 그게 무슨……."

말을 하던 녹진자는 정말 입을 쩍 벌리고 말았다.

"어? 거, 정말 수상하긴 하네? 선배가 본 건 개 삼 형제, 마교의 큰 대가리였던 그 어미…… 내가 본 건 죽음의 별이 잠깐 흐려진 거…… 설마 여자도 우두머리의 기운을?"

좀 어거지이긴 했다. 죽음을 관리하는 별이라니.

하지만 천기라는 것은 결국 세상의 조화를 들여다보는 능력이란 소리였다. 세상의 기운 중 큰 기운에 대한 것은 둘 다 부정할 수가 없는 문제이기 때문이다.

죽음을 관리하던 별이 큰 기운을 잠시 놓쳤다.

녹진자는 그것을 본 것이다.

"……!!"

종남일기가 자리에서 벌떡 일어섰다.

"야, 이 개놈들…… 뭔가 큰 난리 나는 거 아니냐?"

그래도 녹진자가 슬며시 웃으려고 시도했다. 그냥 '감'일 뿐이잖은가.

"에이, 선배. 거, 젊은 놈들이 벌려 준 소일거리나 하면서 있읍시다, 그냥."

종남일기는 그런 무책임함으로 가장한 녹진자를 노려보았다.

"너도 찜찜한 걸 느꼈잖아! 분명히!"

녹진자가 고개를 흔들었다.

"선배, 경고하는데, 그놈들 따라 내려갔다간 지금보다 더 골 아파질 것 같소. 분명히."

그러나 돌아온 것은 윽박지르는 소리였다.

"냉큼 안 일어나? 엉덩이 비비고 앉아 있을 때냐, 지금? 예감 안 좋다!"

"난 왜 달고 가요?"

"그럼 여기서 제갈청청이 도로 살아 돌아오기만 학수고대하는 마기 덩어리들하고 계속 눈싸움하든가!"

말을 마친 종남일기는 정말 날아가 버렸다.

마침 식사거리를 들고 오던 시녀들이 그 이야기를 들은 듯 몸이 굳었다.

녹진자도 시녀들 입에서 퍼져 나갈 뒷이야기의 주인공으로 남아 있고 싶지는 않아 부리나케 종남일기의 뒤를 따랐다.

'이런 젠장, 남은 술을 어떻게 해?' 라면서.

그렇게 큰어른 둘도 남쪽으로 향했다.

견자단 삼 형제는 결국 강북련에 소식을 전하고 말았다.

어차피 그들이 가진 인맥으로는 가장 빨리 황실에 전파되는 통로가 강북련이었기 때문이다.

광검이 엄자령의 눈치를 보느라 좀 망설이기는 했지만, 엄자령은 본인이 지금 결혼을 생각할 시기도 아니었고, 광검도 서대륙인들과 어떻게 그리 빨리 유대를 쌓았는지 털어놓고 자시고 할 성격이 아니었다.

롯데와 가졌던 그 뜨거움 그대로 다 묘사해 준 건 아니었지만, 어쨌든 우회적으로 그렇게 해서 이래저래 되었다는 뼈대는 전했다.

광겸이 머뭇거리며 물었다.

"어, 그…… 엄 소저는 어쩔 건데?"

둘이 요상한 눈치가 있던 것은 사실이지만, 그런다고 이걸 뭐 결혼까지 끌고 가니 마니 할 것도 아니었다고 결론 내린 광검은 그냥 있는 대로 솔직하게 다 털어놓고 말았다.

"롯데랑 결혼한다니까 어쩌긴 뭘 어째, 인마."

남쪽 끝이라 강북련의 정식 지부는 없는 곳이지만, 항구다 보니까 강북련 휘하의 상인이 꽤 거주하는 곳이기도 했다. 그들을 통해 소식을 넣은 것이다.

소식을 전한 상인의 입이 뜨악하게 벌어져 광검을 두려운 눈으로 쳐다보았다.

그 눈길이라니!

그때야 비로소 광검은 뭔가 뒷골부터 척추를 타고 꼬리뼈까지 사라라— 하게 아리는 것을 느꼈다.

척추 신경을 타고 길게 달리며 한마디를 광검의 뇌리에 전달하는 것이었다.

으—어—엄—즈—아—르여어어어—엉—

엄자령이라고.

광수도 그런 예감을 전했다.

"바람둥이가 우리 삼 형제 팔자 중에 있었나?"
그 말에 광겸이 고개를 끄덕이며 맞장구를 쳤다.
"아니. 그건 의리가 아니잖아."
광검이 인상을 썼다.
"그래서? 나 장가가지 말라고?"
그에 대한 광겸과 광수는 칼같이 내려치는 대답을 피하기는 했다.
"엄 소저, 시집가기 어려운 여자라…… 아마 기대를 하긴 했을걸?"
"엄 소저가 은근히 과감한 면모가 있지. 뭐, 어째 너도 홍춘이랑 내 짝 날 것 같지 않냐?"
광검은 두 피붙이의 냉정한 해석에 인상을 잔뜩 구긴 채 강북련 휘하 상인들과의 만남에서 입을 더 이상 열지 못하고 말았다.
정말로 엄자령의 눈치를 보게 된 것 아닌가.
광검은 고개를 갸웃거렸다.
'엄 소저랑 나랑 의리를 지킬 사이가 되었던가?'
그걸 따지기에는 자신이 만령충 고치를 벗고 겪은 일들이 너무나 급하고 격했다. 그걸 애써 변명으로 삼으며 광검은 내내 침묵을 지켰다.
결과가 어찌 나오게 되든, 결국 저 구름 너머 세상에 탐욕의 화신이 있고, 그들의 탐욕이 이 중원을 가만두지 않으리라는 것도 확실했다.
그 점을 강조해서 전해야 했다. 그렇게 논의하고 돌아왔다. 근처의 개방 고수들도 만난 후, 옥삼이 차려 준 아침을 먹으려는 때였다.

옥삼이 음식을 탁자에 놓다 말고 바다를 한동안 쳐다보았다.

그래서 삼 형제도 바다를 보는 순간, 얼굴빛이 달라졌다.

"저건?"

저 멀리 수평선 너머에서 뭔가가 나오고 있었다.

철로 만든 함선, 그것도 길이가 삽십 장이나 되는 거대한 배가 구름 기둥에서 나오고 있었다.

롯데의 안색이 변했다.

"크, 큰일 났어요! 제국의 황제가 보낸 돌격선이에요!"

그녀의 말마따나 큰일이었다. 배의 거대한 몸체는 수평선을 덮을 듯 거대했다.

배들, 그러니까 열 척이 넘는 거대한 철의 함선들이 항구를 향해 옆구리를 보이고 있었다.

그리고…… 갑판 위의 뭔가가 항구를 향해 천천히 돌았다.

순간, 견자단 삼 형제의 얼굴이 일제히 굳어졌다.

그것은 삼십 리 거리에서도 눈에 확연히 보이는 포신이었다.

"저거, 포신이야?"

광겸이 묻자 일행의 눈이 화등잔만 하게 커졌다.

"말도 안 돼! 이 거리에서 포신이 보일 정도면 대체 얼마나 굵은 거야?"

화포를 세 문이나 장착한 포신이 항구를 향해 돌려지고 있는 것이다. 그것도 열 척의 배가 그 거대한 포신을 일제히 돌리고 있는 모습이었다.

롤리가 급하게 왕자를 이끌었다.

"피하십시오!"

그러자 왕자가 멍청하게 물었다.

"어째서 그런가?"

"저하, 제국의 함선에 달린 주포는 십이 킬로미터를 날아가 해변을 초토화시키는 물건이옵니다! 어서 피하셔야 합니다!"

그래서 광수가 물었다,.

"십이 킬로미터라면……."

"여기 단위로는…… 삼십 리 정도예요."

"말도 안 돼!"

광겸의 눈이 커지고, 뒤이어 롯데의 신음성이 들렸다.

"하느님 맙소사!"

일행의 눈이 롤리에게서 함선으로 다시 돌아간 순간!

강철 함선의 갑판 위에서 포신이 불을 뿜었다.

동시에 반탄력이 배에 충격파를 주며 반원형의 큰 물결을 만들어 냈다.

"엄청 큰 반탄력!"

허공에서 시웅— 하는 포격 소리가 뒤늦게 따라붙었다.

쿠우웅—!

쏘아진 포탄은 항구에 정박해 놓은 배의 바로 옆에 떨어져 물기둥을 피워 올렸다.

그리고 그 직후,

두쿵—!

둔탁한 소리와 함께 항구 바닥 전체를 흔드는 진동이 전해졌다.

일반적인 포탄이 만든 물보라와는 비교도 되지 않을 만큼 커다란 물기둥이 섬광과 함께 치솟았다.

옆면을 먹어 들어간 폭발이 배를 크게 요동치게 만들었다.

우저적—

배가 기울며 옆에 정박되어 있는 배의 돛대 기둥을 얽으며 부러뜨렸다. 나무 파편들이 요란하게 날아오르고 사람들도 통째로 날아갔다.

"아아아아악!"

밑창에 구멍이 뚫린 배가 맹렬한 거품을 토해 내며 기울기 시작했다.

부두 쪽에서는 벌써부터 아비규환이 벌어졌다. 사람들이 한꺼번에 배에서 내리며 몰려나오는 것이었다.

그사이, 구름 기둥 근처 강철함선에서 제이탄이 터졌다.

이번엔 열 척이 한꺼번에 같이 쏘는 것이었다.

쿠쿠쿠쿠쿵—!

구름 기둥 근처에서 둥근 물결들이 격랑을 만들어 냈다.

화약 연기가 얼마나 짙은지 구름 기둥을 더욱 두텁게 만드는 것 같았다.

시웅— 시우웅—

부두 근처에 떨어진 포탄들이 곧 엄청난 물보라와 진동을 항구의 좌판 상인들에게 뿜어 댔다.

드쿠쿠쿠쿠쿵—!

쵸아아악—!

안전한 육지 쪽으로 달려 나오던 사람들의 행렬 옆구리가 그대로 물보라에 얻어맞았다. 폭발의 힘이 섞인, 커다란 파도나 다름없었다. 수십 명의 사람들이 한꺼번에 휩쓸려 넘어지며 다쳤다.

그뿐만이 아니었다.

물속에서 터진 충격파가 부두 건너편까지 전달되며 맞은편의 배들도 들썩였다.

배 위에서 물로 떨어지는 사람들이 속출했다. 난간이 부서지고 바닥이 틀어지며 물이 샜다. 결국 맞은편 배들에서도 선원들이 대거 퇴선을 했고, 아비규환의 행렬에 끼어들었다.

"이, 이런 미친 새끼들!"

광겸의 눈이 확 찢어지며 입에서는 노성을 내뱉었다.

다시 함선의 세 번째 포격이 이어졌다.

불꽃이 뿜어졌다.

이번엔 건물에서 폭발이 일어났다.

콰콰쾅—!

기다란 어시장 건물은 주저앉지 않고 그냥 통째로 폭발

했다. 충격파의 범위가 이십여 장이 넘어 수십 명의 사람들이 허공에 떠오르고 육신이 찢겨졌다.

"막아야 돼! 이거! 이 미친 새끼들을 막아야 돼!"

순식간에 벌어진 일이었다.

그 순식간에 벌어진 일이 너무도 엄청났다.

칼로 사람 상대하던 삼 형제가 겪기에는 너무 처참한 광경이었다. 저렇게 멀리서부터 이 많은 사람을 학살할 수 있다니!

"항구 저편이 물보라하고 연기 때문에 안 보여! 젠장!"

배 열 척은 이제 돌아가며 마음 놓고 포를 쏴 대기 시작했다.

콰콰쾅—!

파촤차—

항구 이곳저곳에 구덩이가 푹푹 파였다.

충격파가 발하는 땅의 울림이 객잔 건물을 흔들었다. 이제 객잔에도 포격이 떨어질 것이다. 점점 육지 안쪽으로 이어지는 폭발이 먼지와 연기를 객잔 안으로 가득 몰아넣고 있었다.

광겸이 악을 썼다.

"포탄이 너무 빨라! 피할 수는 있어도 사람들한테 떨어지는 걸 막기는 힘들 것 같아!"

광검도 욕을 했다.

"망할 자식들! 사람의 생명을 도대체! 마교의 아수라보다 더한 놈들이라니!"

그때였다.
광수의 눈이 반짝 빛났다.
"어쩌면 저 철선으로 빠르게 접근할 수도 있겠다."
광수의 손가락이 가리키는 것을 보았다.
거대한 함선 중 하나가 믿어지지 않는 광경을 선보였다.
그극거리는 것 같더니, 배의 앞머리가 열리는 것이다.
옆의 함선은 이미 다 열려 뭔가를 토해 내고 있었다.
함선보다는 작지만, 그래도 길이가 함선의 십분지 일 정도는 됨직한 작은 배가 속에서 나온 것이다.
그게 함선의 앞머리에서 물보라를 크게 뿜어 올렸다. 다음 순간, 그 작은 함선이 항구 쪽으로 다가오기 시작했다. 확실히 함선보다 빨랐다.
"저게 어떻게 저토록 빠른 거지?"
광겸이 묻자 광검이 목소리를 싸늘하게 굳혔다.
"지금 그게 중요한 게 아냐."
아주 빠른 속도로 다가오는 맨 앞의 소형 함선, 그 위에 바람을 버티고 서서 웃음 짓는 금발 사내가 보였다.
아틸라 백작이었다.
"저런 찢어 죽일 쥐새끼!"
뭔가 상황 설명을 하지 않아도 앞뒤 관계가 명확해진 것이다.
그리고 진짜 큰일은 그다음에 일어났다.
견자단 삼 형제는 멍청해졌다.
함선 중 하나가 이쪽으로 돌격해 들어오고 있었다.

물기둥이 거대하게 치솟고 함선의 거대한 몸체가 앞으로 쑤욱 들리더니, 그대로 급발진하는 것이었다.

그 후에야 물기둥 소리가 들려왔다.

쿠웅—!

쵸아아아—

커다란 강철 함선의 머리가 들릴 때 삼 형제의 눈에 확실히 보인 부분.

누가 봐도 확실하게 알 수 있는 것이었다.

광수가 소리쳤다.

"충각이다! 저 미친놈들! 강철 배로 부두를 들이받을 생각이다!"

"말도 안 돼!"

작은 함정들이 가까이 다가오자 철선들의 함포사격이 멈췄다. 동시에 세 척의 작은 함선에서 칼과 창들이 불쑥불쑥 일어났다.

아틸라가 하얀 이를 드러내며 웃었다.

그 모습에 분노한 광검이 외쳤다.

"포사격에는 어이없어 당했다만, 올라오는 순간 지옥을 보여 주마!"

너무나 많은 사람들이 순식간에 죽었다.

손쓸 사이도 없이 우르릉, 쾅쾅거리는 폭발의 굉음을 처음 경험하며 견자단 삼 형제도 두려움이 들 정도였는데 일반 백성들은 어떻겠는가.

상륙정이라 불리는 것까지는 몰랐지만, 견자단 삼 형제

는 진기를 끌어 올리며 싸울 준비를 마쳤다.

아틸라 백작이 다가오면서 먼저 고함을 쳤다. 그의 외침은 마나를 타고 멀리까지 날아들었다.

내용은 황당했다.

“네 이놈들! 우리 왕자님을 내놓거라! 문명도 모르는 야만인들 주제에 어딜 감히! 네놈들을 죽여 왕국의 위엄을 세우리라!”

광겸이 어이없어 목을 뒤틀었다.

우득우득.

“저 새끼, 뭐라는 거야?”

그때, 롯데가 창백한 얼굴로 외쳤다.

“모두 도망쳐요!”

롯데의 손길이 부두로 돌격해 오는 함선을 가리키고 있었다.

쿠콰아아아—

물살을 가르는 소리조차도 굉음이었다. 함선의 위로 뻗은 굴뚝에서는 수증기가 엄청나게 뿜어지고, 거대한 몸체가 충각 밑 부위부터 부두에 부딪친 모양이었다.

쿠직—!

날카로운 소리가 들리더니, 이어 콰쾅—! 하는 폭발음과 함께 부두의 돌들이 부서지며 사방으로 솟아올랐다. 그와 동시에 함선의 머리에 달린 충각이 솟구쳐 부두 위로 비스듬하게 타고 올라왔다.

걸려든 배가 두 척이나 부두로 같이 딸려 올라왔다.

얼결에 끌려서 올라온 배 두 척은 형체도 알아볼 수 없을 정도로 바숴졌다.

옆의 배 몇 척는 이미 완파되어 거의 파편이 되다시피 가라앉는 중이었다.

완파된 배의 밑바닥이었을 부분에서 사람이 깔려 뭉개졌다.

강철 함선은 그렇게 부두에 오르고서야 멈췄다.

그그그그긍—

이어 배의 앞머리가 열렸다.

그리고 거기서 쿠르르르르— 끼리릭, 끼릭 하는 쇳소리가 들렸다.

견자단 삼 형제의 눈이 찢어질 듯 커졌다.

강철의 상자였다.

포탑이 달려 있고, 옆에는 바퀴가 달려 있었다. 앞서 들린 것은 바퀴의 바깥을 감싸며 연결하는 궤도가 회전하는 소리였다. 바퀴는 그 궤도를 돌리는 데 쓰이는 듯했다.

궤도가 바퀴 위를 덮듯이 구르며 땅을 밟고, 그것으로 전진하는 상자였다.

그 강철의 상자는 부둣가를 빠져나와 건물을 그대로 들이받았다.

와르르르르—

건물은 아무런 저항도 못하고 속절없이 무너졌다. 자욱하게 피어오른 먼지와 파편들을 다시 부숴 내며 강철 상자가 전진해 왔다.

크르르르르르, 끼리리리릭—

롯데가 외쳤다.

"무한궤도 전차! 탱크예요! 어서 도망쳐요! 이쪽 세계에선 저걸 감당할 수 없어요!"

강철 상자, 탱크의 포탑이 기잉— 회전했다. 그러더니 곧 포신에서 불을 뿜었다.

쿵—!

쏘아 낸 탱크가 들썩거릴 정도의 반탄력. 그와 동시에 객점 옆 건물이 한꺼번에 폭발하며 산산조각 났다.

콰콰쾅—!

그 여파에 옥삼의 객점 벽면이 아예 이층까지 무너지며 벽돌들이 안으로 쏟아졌다.

"옥삼! 나가! 도망쳐!"

옥삼이 말도 못하고 벌벌 기다시피 해서 객잔 바깥으로 나갔다.

다음 순간, 이층의 천장이 무너지며 바닥을 덮쳤고, 이내 모든 곳이 주저앉으며 일층 천장도 같이 무너졌다.

일행이 객점을 빠져나오는 순간, 객점은 세로로 반만 서 있을 뿐이었다.

그러는 사이에도 부두에 함수를 걸친 배에서는 탱크들이 계속해서 쏟아져 나왔다. 십여 대 정도였다.

아틸라 백작이 이끄는 함정들 역시 속속 해안에 당도해 칼잡이들이 쏟아져 나왔다.

롯데가 이를 갈았다.

"아틸라 백작이 제국군을 끌어들인 거예요! 말도 안 돼! 이 악마 같은 인간!"

한편, 저 멀리 있는 아틸라 백작은 자신이 무슨 정의를 행하는 사람인 것처럼 가증스런 연기를 펼쳤다.

"우리 왕자님을 찾아라! 세자 저하의 안위가 우선이다!"

분노한 왕자가 주먹을 쥐고 부르르 떨었다.

"제국의 함대가 다른 세계를 침략하다니! 있을 수 없는 일이다!"

그러나 누구도 대답하는 사람은 없었다. 저렇게 압도적인 힘을 가지고 있다면 그 누가 욕심을 내지 않겠는가.

확실히 강철의 포탑 상자만 해도 도저히 상대할 방법이 없어 보였다.

관군이 그제야 허둥지둥 달려왔다. 그러나 탱크에는 도달하지도 못했다. 탱크의 몸체에는 구멍이 작은 화포가 뚜껑이 덮인 채 달려 있었다.

곧 뚜껑이 열리고 사람의 상반신이 나오더니 작은 화포의 손잡이를 잡았다. 이어 그 작은 화포가 불을 내뿜었다.

투다다다다다다다닥—

다다다다닥— 다다닥—

다가가던 관군들의 몸 뒤로 혈선들이 그려졌다.

몸을 관통한 총탄이 뒤에 있는 사람들을 크게 할퀴며 옆구리나 팔다리들을 몰고 떨어졌다. 차라리 앞에서 관통당한 관병들의 상세가 더 나을 지경이었다.

달려가던 관병들이 그런 식으로 대항도 못한 채 마구 쓰러졌다.

서양이나 왜구들이 쓰는 소형 화포, 조총을 구경해 보기는 했어도 이런 식의 연발 사격은 본 적이 없기 때문에 견자단 삼 형제는 어안이 벙벙해서 외쳤다.

"저, 저 화포는 뭐야, 도대체?"

롯데가 객점에서 왕자를 끌어당겨 빼내며 외쳤다.

"기관총이에요! 수백, 수천 발을 눈 깜짝할 사이에 쏠 수 있어요! 실드를 쳐도 워낙 많은 총알들이 실드를 갉아먹어 최고위 마법사의 실드마저 두세 호흡 만에 뚫고 죽일 수 있는 화포예요! 맞서지 말아요! 저기 왕자님을 해하려 달려오는 칼잡이들이나…… 아앗! 뭐 하는 거예요!"

광수와 광겸은 달렸다.

롯데의 맞서지 말라는 말을 한 귀로 흘렸다. 그럴 수밖에 없었다.

사람들이 수수깡처럼 부러지고 피를 터뜨리며 죽어 나가는 것을 본 순간에 이미 셋의 눈은 뒤집힌 것이다.

사람을 이처럼 허무하게 죽이다니! 농부가 낫으로 벼를 베는 것처럼 사람들이 속절없이 죽어 나갔다.

게다가 중요한 건…… 죄도 없다. 저렇게 죽으면 안 되는 사람들인 것이다.

이 사람들이 저 너머 세계의 제국에 잘못한 게 무엇인가.

"이…… 지옥에 사는 마귀 새끼들하고 다를 게 없는 놈들!"

광수가 손을 확 뻗었다.

순간, 탱크의 몸체가 드쿵! 소리를 냈다. 하지만 그뿐이었다. 탱크는 여전히 전진했다.

이어 옆의 탱크에서 튀어나온 서대륙 침략군이 기관총을 광수에게 퍼부어 댔다.

다다다다다다다다다다닥—

광수의 몸이 오그라들며 허리가 조금씩 굽혀졌다.

광수의 몸 주변으로 둥글게 멈춰 서는 총알들이 보였다.

파파파파파파팍—

광수의 호신강기가 불꽃까지 튕기며 갉아 먹히듯 밀렸다. 총알들이 점점 더 안으로 파고드는 것이었다.

롯데도, 왕자도, 롤리도…… 모두의 눈이 동그래졌다.

"실드가?! 두, 두 개의 기관총을 저렇게 오래 버티다니!"

그다음 순간, 더욱 놀라운 일이 벌어졌다.

터텅—!

광겸이 탱크를 들이쳤다. 칼로 강철의 탱크를 내려친 것이다. 물론 제국 측과 한 왕국 사람들이 보기에는 어리석은 일일 뿐이었다.

광겸이 내려친 일격은 뜨겁게 달아오르기는 했지만, 탱크를 베지는 못했다.

당연한 결과였다.

하지만 롯데는 알아차렸다. 광겸의 칼에서 솟아오른 가공할 기운이 탱크 표면에서 그친 것이 아니라는 사실을.

드쿵—!

기관총을 쏘아 대던 사수는 죽었다. 여전히 탱크는 전진했다. 그런데 변화가 있었다.

속도가 느려진 것이다.

얼마 가지 못하고 두 대의 탱크가 멈춰 섰다.

롯데가 옆에서 아틸라가 이끄는 제국의 칼잡이들을 맞이할 준비를 하는 광검을 보며 물었다.

"어떻게 된 거죠? 대체 무슨 힘으로 저 탱크들을 멈춘 건가요?"

광검이 외쳤다.

"격허! 안으로 충격파를 넣어 사람을 죽이는 거야! 그런 원리도 모르나?"

당연하지 않느냐는 광검의 말투에 롯데가 황당하다는 표정을 지었다.

충격파가 물체를 투과해 전달되는 법칙을 모를 리가 없었다. 하지만 그것도 물체 나름이지.

탱크의 장갑판 두께는 한 왕실 금위군에서도 다섯 대쯤 보유한 기종, 타이탄이 가장 얇았다.

그게 삼십 센티미터 두께였다.

하지만 제국군의 것은 그 두 배, 무려 육십오 센티미터나 되는 것이다.

'저 두꺼운 강철을 격하다니! 대체 이 세계의 무공이라는 것은 어떤 노하우를 가지고 수련하게 하는 것일까?'

롯데의 감각에는 광검이 속한 견자단이라는 삼 형제가 이 세계에서도 엄청난 능력자임이 확실해 보였다. 하지만 아무리 뛰어난 능력자라 하더라도 탱크 안의 병사들을 살상할 수 있다니.

크르르르르르—

무한궤도가 요란하게 돌아가더니 무엇이든 짓밟으며 전진해 왔다.

탱크 뒤로는 서대륙 기사들이 달라붙어 있었다.

반대편으로 내린 아틸라를 따라 한 왕국 칼잡이들도 빠르게 달려왔다.

광수가 외쳤다.

"두 대가 멈춰 섰다! 빨리 처리해!"

콰콰쾅—!

건물들이 마구 부서져 나갔다. 사람들이 이리저리 도망치다가 속절없이 죽어 나갔다. 울다가 죽고, 그냥 멍하니 있다가 죽고, 쓰러진 사람들을 부축하다가 죽었다.

한편, 멀리 구름 기둥, 제국의 기함 함교의 상황실.

망원경으로 부둣가를 쳐다보던 부관이 제독에게 당황한 심정을 전했다.

"각하! 지금 저희 탱크 두 대가 멈췄습니다!"

제독의 눈살이 찌푸려졌다.

"음?"

그가 망원경을 들여다보았다.

"아니?!"

제독의 눈이 크게 떠졌다.

"뭐 하는 겐가! 어서 건물부터 부수고 미개한 원주민들이 더 몰려오지 못하게 바리게이트를 쳐야지! 무전을 넣게!"

그러자 부관이 움찔거리며 말했다.

"각하, 응답하지 않습니다."

"뭣이!"

제독의 눈이 다시 망원경으로 향했다.

그리고 금세 광수와 광겸을 찾아냈다.

"……!"

제독이 입을 열었다.

"으음, 아틸라 백작. 상당한 기도가 느껴졌는데 왜 왕자를 빼앗겼나 했더니…… 상당히 특이한 능력자가 원주민들 중에 포함되어 있군. 저들을 보게."

부관은 제독이 가리키는 방향으로 눈을 돌려 광수와 광겸을 곧 찾아냈다. 이어 경악성을 토했다.

광수와 광겸이 또 하나의 탱크를 어떻게 멈춰 세우는지 똑똑히 봤기 때문이다.

"맙소사! 사람의 능력이, 마법을 어떻게 초밤 장갑판의 밑으로 투과시킬 수가!"

초밤 장갑판은 세 겹이다.

한데 그걸 투과시키다니!

제독이 눈을 다시 둥글게 휘며 웃었다.

"과연…… 그냥 이 팔찌를 준 것이 아니란 말이지? 후후후후. 그래, 그 점은 대가를 치르는 것이라 생각하지. 부관!"

"옛, 제독!"

제독의 뜻을 파악한 부관이 곧 무전을 넣었다.

띠— 띠디딧, 띠딧띠—

살아남은 탱크 여덟 대 전체에 명령이 전해졌다.

탱크들이 포신을 그대로 둔 채 몸체를 틀었다.

기관총이 광수와 광겸에게로 쏠렸다.

다다다다다닥— 다다닥—

여덟 대의 탱크가 광수와 광겸을 향해 화력을 집중하기 시작했다.

"억! 야, 막내야! 좀 딸린다! 빨리!"

광수가 비명을 지르자 광겸이 허공 높이 솟구쳤다가 떨어지면서 기총 사수 하나를 동강 내고, 그 구멍 안으로 염옥견아의 열기를 쏟아부었다.

그래 놓고 돌아선 것이 다행이었다.

콰콰쾅!

탱크가 제자리에서 슬쩍 들릴 정도의 굉음을 내며 충격을 받았다.

단단하게 잠겨 있던 뚜껑이 펑— 치솟아 날아가며 불을 내뿜었다.

"이, 이게 뭐야! 왜 이러지?"

광겸이 어리둥절해하며 외치자 광수가 눈을 빛냈다.

"사람만 죽여라! 아마 속에 있던 포탄이 터진 것 같다! 사람들에게 너무 달라붙어 있어! 폭발하면 위험하다!"

한편, 항구의 가장 내륙 쪽에 위치한 옥삼의 객잔.
망연자실한 옥삼은 없었다. 이미 저만치 도망가서 울고 있는 것이다.
광검이 롯데에게 말했다.
"뒤로 빠져! 당신들을 건드리지 못하게 엄호할 테니까!"
롯데가 먼저 실드를 쳤다.
"우와아아아—!"
달려오는 서대륙 침략군과 그에 맞춰 뛰는 아틸라의 입가에는 득의한 미소가 떠올라 있었다.
광검은 반대로 이를 갈고 있었다.
"찢어 죽여도 시원찮을!"
순간, 항구의 내륙 쪽 입구에서 함성이 들려왔다.
"우와아아아! 침략자를 몰아내자!"
"무소유를 즐기는 거지들아! 서대륙인의 탐욕에서 사람들을 구해 내자!"
개방이 몰려온 것이다.
제독, 그리고 제국군의 수뇌부가 염려하던 대로였다.
제때에 탱크가 바리게이트를 쳐야 했는데, 광수와 광겸 때문에 시기를 놓쳤다.
망원경으로 상황을 지켜보던 제독이 이를 갈아붙였다.
"이런 망신이! 이런 미개한 족속들의 항구 하나조차 제대로 점령하지 못하다니!"
함포사격의 굉음은 오히려 저항을 거세게 불러왔다.
해안을 경계하던 관군이 먼저였고, 내륙 안쪽에 있던 개방이 긴급으로 소집되어 투입되었다.

이 땅의 강호에서 가장 많은 머릿수를 자랑하는 개방이 달려와 맞서는 것이었다.

그들은 탱크의 포격과 기관총에 희생당해 쓰러지면서도 꾸역꾸역 몰려들었다.

그리고 결국 탱크에 다가가 상반신을 내민 기관총 사수를 죽이는 데 성공했다. 사수의 시신을 끌어내리고 총격을 받으면서도 꾸역꾸역 또 달려들어 결국 안에 들어가 탱크를 조종하는 병사를 죽였다.

그러는 사이, 광수와 광겸이 탱크 두 대를 더 멈춰 세웠다.

한편, 다시 광검 쪽.

왕자가 명령했다.

"롤리 경!"

"예! 저하!"

"저것을 조종하시오!"

왕자가 가리키는 손끝. 거기에는 광수와 광겸이 멈춰 세운 탱크가 있었다. 롤리의 눈이 찢어질 듯 커졌다.

"저, 저하! 그렇다면 제국을 공격하라는 말씀이시옵니까!"

롯데의 눈도 커졌다.

"저하! 제국의 분노를 우리 왕국은 감당할 수 없사옵니다!"

그러나 왕자는 차갑게 웃었다.

"알고 있소, 아주 아프게 잘 알고 있지."

왕자는 고개를 흔들었다. 짧은 금발이 나부끼며 쓰디쓴 현실을 이야기했다.

"내 누이가 강제로 제국 황실에 보내질 것이오. 그들은 누이를 통해 우리의 강한 검법과 마법 능력을 빠르게 빼낼 테지. 어차피 그 놀라운 기계 문명을 두고도 우리 능력을 탐내던 자들이었으니까……."

롯데의 눈에 다시 눈물이 차올랐다.

"저하!"

왕자는 다시 냉정하게 현실을 콕 찍어 물었다.

"우리 왕실과 백성이 어찌 될 것 같소? 또 여기는 무슨 상관이 있겠소? 왜 이 다른 세계 사람들에게 포격을 퍼붓겠소?"

"……."

두 사람이 차마 대답을 못하자 왕자는 쓰게 웃었다.

손가락을 들어 살육의 현장을 가리켰다.

그곳에는 제국군 탱크의 포격과 기관총 난사에 휘말려 숱하게 쓰러지는 사람들이 있었다.

"이게 제국이오. 이것이 제국의 힘, 그 근원이지. 남의 생명을 가차 없이 도륙하는, 그 끝 모를 탐욕!"

"저하!"

"제국이 지금 보여 주는 행동이 바로 직후에 우리 왕국에 닥칠 운명이오."

피식, 자조 섞인 쓴웃음이었다.

"어차피 지킬 수 없는 나라, 지켜 줄 수 없는 백성이라면 그들을 위해 싸우다 죽기라도 해야 하니까. 그래서 난 백작에게서 도망친 것이오, 롤리 경!"

"저하!"

왕자는 고개를 저었다.

"저들 견자단은 강하오! 그래도 제국을 무너뜨릴 수는 없겠지."

그래 놓고 왕자는 주먹을 움켜쥐었다.

"하지만 나와 견자단이 함께한다면 제국을 크게 할퀴어 줄 수는 있소! 다른 군소 국가들이 대항할 의지를 되찾을 수 있을 만큼! 그래서 이곳을 다시 침략하지 못할 만큼, 그렇게!"

롯데가 울먹이는 목소리로 왕자를 불렀다.

"저하, 세자 저하! 어찌 마지막을 말하십니까! 저하께선 성군이 되실 것이옵니다! 그리하셔야 백성의 안위를 볼 수 있사옵니다, 저하! 끝을 말씀하지 마시오소서!"

왕자는 고개를 저었다.

"이것이 최선이다! 물질문명이 가져다준 끝없는 탐욕은 결국 조상들을 자멸케 했다! 그럼에도 묻힌 기록을 다시 꺼내 들었소!"

왕자는 한숨을 돌렸다.

"그 깊이 묻은 탐욕을 다시 파내 주워 먹은 우리 시대도 얼마 못 가 곧 그렇게 될 것이오. 탐욕이 인간을 숨 쉬게 하고 인간으로 살게 하지만, 곧 도를 넘어 스스로 인간을 죽일 것이라는 선조들의 경고를…… 우린 잊었지."

왕자는 견자단을 흘깃 바라보았다.

그들은 열심히 싸우고 있었다.

왕자는 허탈한 듯 말을 맺었다.

"그 대가를 치룰 시간이 오고 있소."

왕자가 결국 마지막 명령을 내렸다.

"롤리 경, 저들을 도우시오! 전차를 몰고 상륙부대를 막아야 하오!"

롯데가 여전히 눈물기가 가시지 않은 목소리로 물었다.

"하지만 저하, 그러면 그 후에 다시 함포사격이 가해질 것이옵니다. 그것은 어찌 감당할 것이옵니까?"

왕자는 광검이 향한 바닷가 쪽을 가리켰다.

"상륙정을 탈취해 함선에 올라야지. 제국의 함대를 쳐 함선을 탈취할 것이오."

롤리와 롯데의 입이 쩍 벌어졌다.

"그, 그것이 가능하겠사옵니까? 우린 수리할 부품도 없고, 기계 원리를 아는 기술자도 없사옵니다."

말을 하던 롯데가 문득 소스라치게 놀랐다.

"서, 설마 왕자님께서……!"

왕자의 입가가 그제야 씨익 올라갔다.

"나도 잘 모르지만, 이제 부품을 복사해 내는 정도는 가능하지. 그리고 기계라면 그래도 조금이나마 아는 롤리 경이 여기 있으니까."

"아, 아…… 세자 저하, 어찌 그런 발상을!"

롤리는 고개를 숙여 예를 취했다. 가슴이 두근거렸다.

함선!

미처 그 생각을 못했다. 함선만 있다면 한 번 해 볼 만했다. 만약 세 척 정도만 잘 탈취한다면 그것은 큰 힘이 되어 줄 것이다.

부품을 생산할 사람이 있지 않은가!

롤리의 눈이 빛났다.

"명을 받자옵니다."

롤리는 지체 없이 뛰며 광겸에게 소리쳤다.

"콴—겸? 콴큠?"

그 어정쩡한 발음을 광겸이 용케 알아들은 것이 신기한 일이었다. 어눌한 발음에 광겸이 돌아보았다.

"댁네 왕자님이나 지키라니까!"

롤리가 외쳤다.

"우리 왕자님을 지키는 더 좋은 방법이 있소, 콴큠—!"

세워진 탱크의 뚜껑 안으로 롤리가 들어가는 것을 본 광겸이 눈을 동그랗게 떴다.

"어?"

탱크가 다시 소리를 내더니 포탑이 기잉— 회전했다.

아직 움직이고 있는 탱크 중 광수에게 기총 사격을 퍼붓는 것이 목표였다. 개방도들의 머릿수가 너무 많아 치열한 전투였기에 누구도 눈치채지 못했다.

안에서 롤리가 외쳤다.

"들어와요, 콴큠! 내가 쏘라고 할 때 단추를 눌러 줘야 하니까! 이건 혼자서 조종할 수가 없어요!"

광겸이 씨익 웃으며 안으로 뛰었다. 그리고 한마디를 붙였다.

"광. 겸. 이라니까!"

"알았어요, 콴. 키움!"

쾅—!

탱크가 탱크에게로 불을 뿜었다.

광수는 지금 말도 못할 지경이었다.

먼저 달라붙어야 했는데 그러질 못했다.

개방도들이 워낙 많이 죽고 쓰러졌기에 호신강기를 펼친 채 기관총 전면을 그대로 막았다.

타다다다다다다닥—

파파파파파파파—

호신강기에 총알들이 마구 박혔고, 그게 조금씩 밀려 들어왔다.

거기다가 이젠 탱크의 포탑마저 돌아가고 있었다.

기잉—

자신을 향해서였다. 그리고 포신의 구멍 안에서 철커덩, 소리가 나자마자 쾅! 불이 뿜어졌다. 쏘아진 포탄이 얼마나 빠른지 광수의 눈으로도 흐릿한 형체만 보일 뿐이었다.

다음 순간, 거대한 충격이 호신강기의 전면에서 광수의 허파와 단전으로 파괴력을 전했다.

눈앞이 노래졌다가 확 깜깜해졌다. 숨도 막혔다.

"커흑!"

저절로 입이 벌어지며 신음이 새어 나오고, 그래서 숨도 같이 빠져나왔다.

광수는 세 걸음이나 뒤로 물러섰다. 그제야 시야가 트이면서 탱크 한 대가 자신을 노리는 것을 보았다.

탱크의 열린 뚜껑 안에서 당황하는 경악성이 들렸다.

"저게 인간이냐! 탱크 포탄을 견디다니! 다른 탱크에 연락해 주포들을 모아 다 같이 집중사격하라고 해!"

개방도들이 자신의 뒤를 받치고 있다는 것도 그때 알았다.

"광수 대협! 정신 차리시오!"

"광수 대협!"

광수가 튕겨지듯 앞으로 나서며 다시 숨을 크게 들이마셨다.

'한 대도 이럴진대, 두 대의 위력을 어찌 버틸 수 있을 것인가!'

호신강기가 발악하듯 펼쳐졌다.

그때, 탱크의 포신 안에서 다시 철커덩, 하는 소리가 들렸다.

광수의 눈이 찢어질 듯 커졌다.

'헉? 멈춘 상자였는데? 안에 사람이 아직 살았나?'

쾅―!

동시에 포성이 울리더니 광수의 눈앞에 있던 탱크에서 폭발이 일어났다.

정확하게 포탑과 포신의 연결 부위가 터지며 포신이 기

울었다.

끼이이—

드쿵!

“명중이다! 야호!”

광수의 등 뒤에서 환호성을 터져 나왔다. 그래서 돌아보니 광겸이 탱크에서 머리를 드러내고 웃는 것이 보였다.

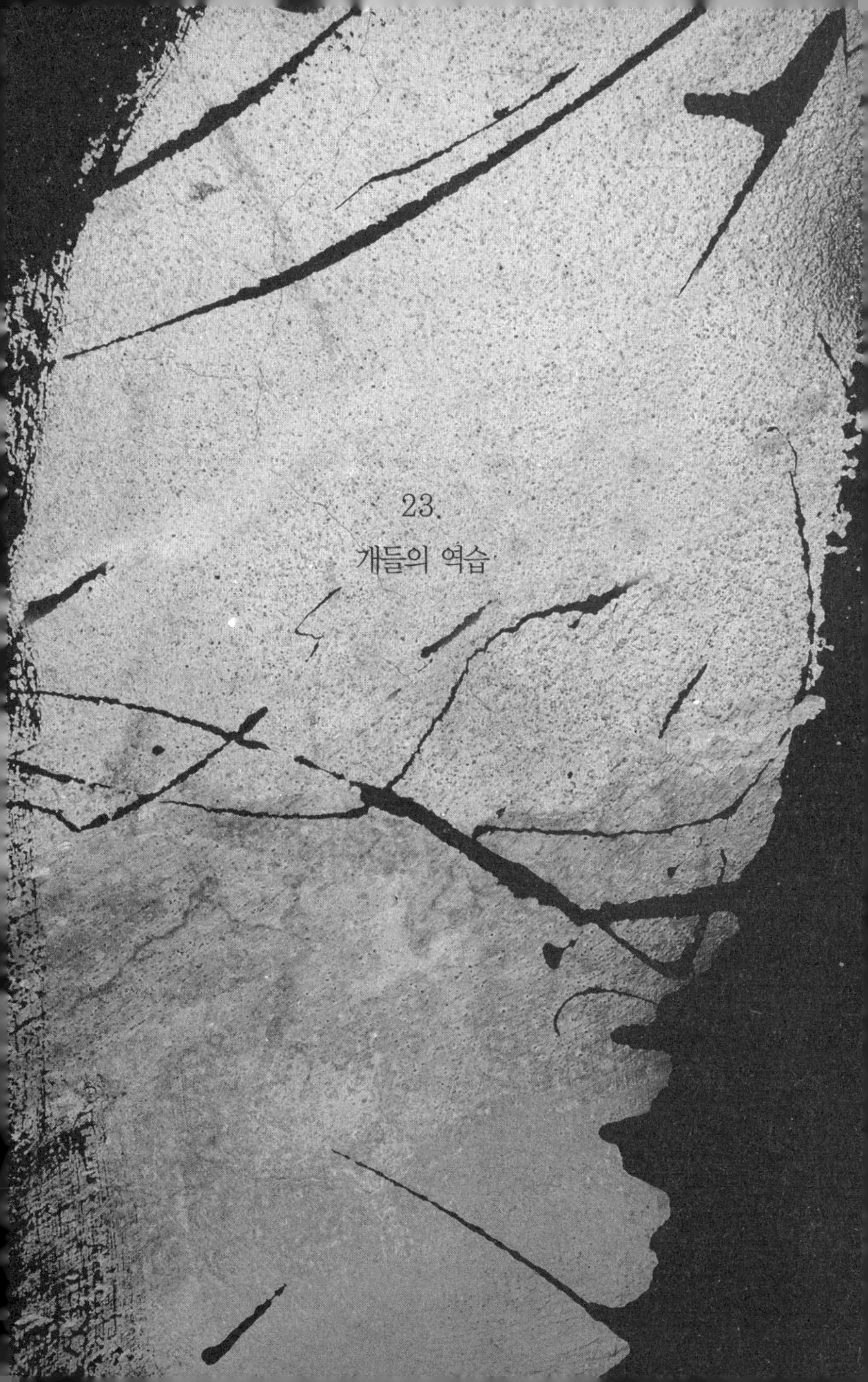

23.
개들의 역습

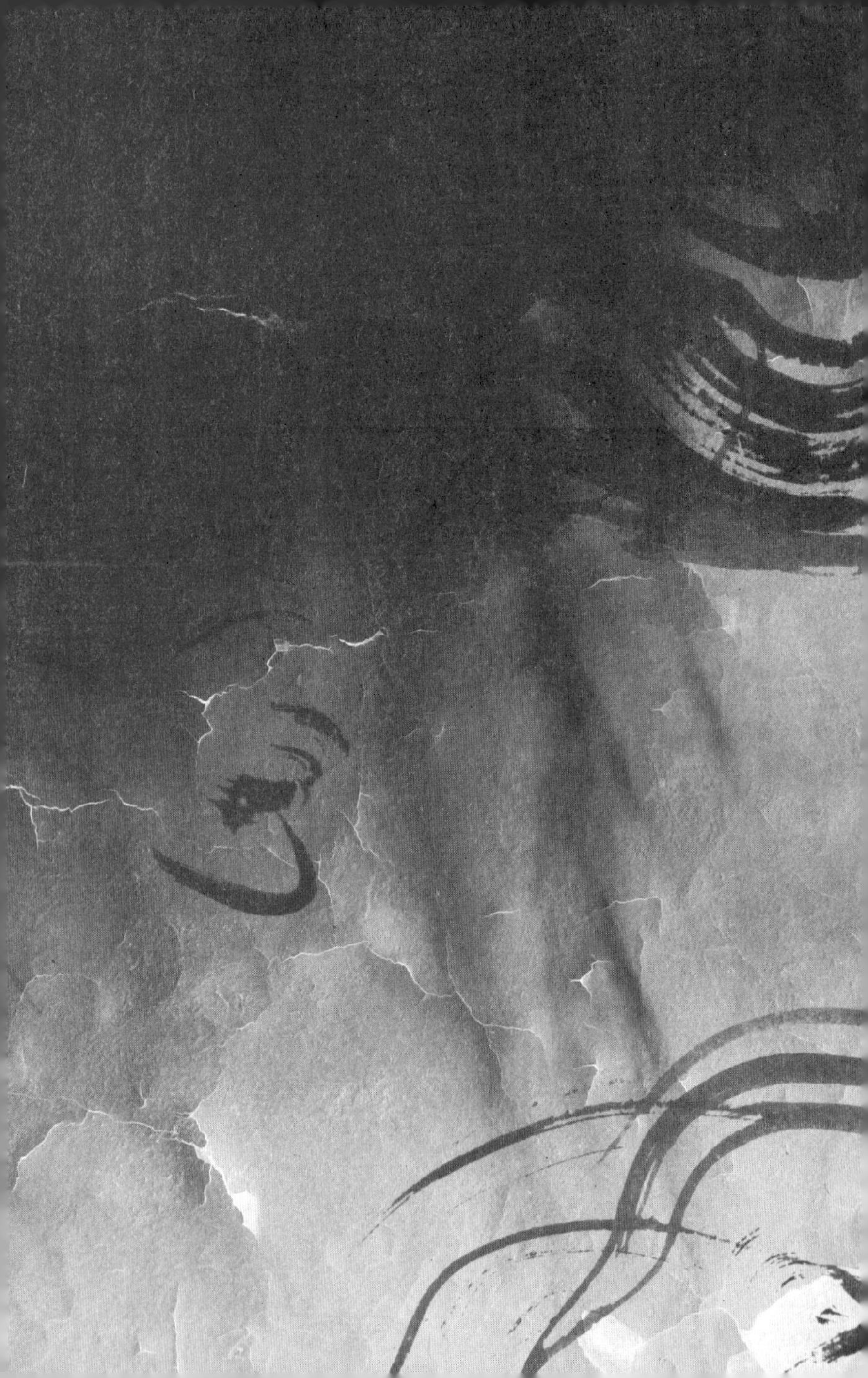

광수의 눈이 한껏 커졌다.

“아니, 저놈의 자식이 어떻게?”

말을 끝내기가 무섭게 광겸의 탱크는 다시 불을 뿜었다.

쾅—!

옆에서 광수를 노리던 전차 바퀴에서 폭발이 일었다.

굉렬한 폭발이었다. 후폭풍이 광수 뒤쪽의 개방도들을 가랑잎처럼 날렸다.

저런 폭발력을 자신이 막아 낸 것이 믿기지 않을 정도였다. 그 두꺼운 강철의 몸체 한쪽이 완전히 들려지며 기우는 것을 봤기 때문이다.

끄드드드드득—

광수는 지체 없이 큰숨을 들이마시며 돌진했다. 어깨의

호신강막을 두껍게 충진(充嗔)하며 탱크의 드러난 밑면을 들이받았다.

드쿵—!

탱크가 요란한 소리를 내며 뒤집혔다.

세 대, 그리고 두 대, 이제 다시 또 두 대였다.

개방도들이 뒤집힌 탱크의 구멍으로 들어가 조종사들을 끌어냈다.

이제 남은 것은 세 대.

"우와아아아—!"

개방도들의 사기가 오르며 커다란 외침이 일어났다.

벌써 수백의 개방도들이 해변 쪽으로 뛰어가 서대륙의 기사들과 싸우고 있었다.

쾅—!

광검의 탱크는 또 다른 탱크에게 불을 뿜었다.

해변.

광검의 입가에 싸늘한 냉소가 스쳐 지나갔다.

"훗!"

저만치에서 아틸라가 칼을 휘두르고 있었다. 금색 기운이 개방도 넷을 한꺼번에 피를 뿌리게 만들었다.

"으아악!"

"컥!"

광검의 신형이 확 뛰쳐나갔다. 이를 갈면서.

"아틸라! 이 자식!"

아틸라가 칼을 휘둘러 개방도를 쓰러뜨리며 전진할 때, 광검이 그 앞으로 떨어져 내렸다.

"실드."

간단한 외침에 순간적으로 기막의 벽이 생겼다.

광검의 칼이 그 막에 부딪쳤다.

쩌어엉—!

순간, 둘의 움직임이 멈췄다.

광검은 허공에 뜬 상태로 기막에 칼을 부딪쳤고, 그 막의 중앙에 아틸라가 손을 뻗어 기파를 더 불어넣는 와중이었다.

흡선충이 다 가져가지 못한 기운, 북해의 저주가 광검의 몸에서 다시 꿈틀거렸다.

드드드득—

진동 소리와 함께 광검의 칼에 부딪친 곳에서부터 기막이 얼어붙기 시작했다.

'앗차!'

백작의 눈에 다급함이 스쳤다.

주변에는 제국의 병사들도 같이 있어서 지옥의 화귀를 불러낼 수가 없었다.

개방과 싸우던 제국의 해병대 중 일부가 경악성을 발했다.

한 왕국은 소국이다. 한데 그런 곳의 백작이 기막을 펼쳤다.

제국의 마법은 물질문명 위주. 기계를 사용하지 않고 육체의 능력만으로 펼치는 경지는 그들로서도 희귀한 것이었다. 한 왕국이라는 소국의 백작이 이런 능력이 있을 줄은 몰랐다.

그런데 그 기막을 깨뜨리는 칼잡이라니! 더욱 경악스러웠다. 물건이나 사람도 아니고, 마나로 친 실드를 얼리다니!

물질문명에 충실했던 제국의 병사들로서는 광검이 마치 악마처럼 보일 지경이었다.

"사람이! 마나의 실드를 얼렸다! 지옥의 계약을 한 흑마법사다!"

"얼음악마다!"

둥근 반원의 형태를 보이던 얼음막이 산산이 깨져 나가면서 광검의 칼이 마저 내려쳐졌다.

쩌쩌쩡—!

백작이 옆으로 몸을 굴렀다.

그러고는 제국 병사들 옆에 붙어서 가증스럽다는 말을 쏟아 냈다.

"네놈이 우릴 속이고 왕자님을 인질로 삼다니! 어서 왕자님을 모셔 오지 못하겠느냐, 이 야만족 놈아!"

광검이 칼을 들어 가리키며 대꾸했다.

"뭔 개소리야?"

광검의 입에서 나온 것이 자신들의 언어로 들리자 제국의 병사들이 일순 당황했다. 하지만 아틸라의 말이 바로 광검의 꼬리를 물었다.

"흥! 한 달 동안 네게 우리말을 가르쳐 주신 왕자님을 그런 식으로 배반해? 이 배은망덕한 야만 짐승아!"

고함 소리와 쾅쾅 터지는 폭음에도 백작의 말은 주변 모든 사람들에게 또렷하게 들렸다.

자기에게만 말하는 것이 아니라는 것을 눈치 챈 광검이 제국 함대의 제독을 어떤 식으로 구워삶았는지 대충은 짐작되었다.

자연 화가 더욱 치밀었다.

"아틸라, 너 이 자식! 사람들을 이렇게 많이 죽고 죽이게 하는 것이 네 수단이냐!"

"흥! 왕자님께서 너희에게 우리의 문명을 내려 주시는 은총을 베풀었거늘, 은혜를 원수로 갚다니! 죽어라!"

광검은 같은 말을 다시 반복했다.

"뭔 개소리야, 이 자식아!"

곧이어 도착한 다른 상륙정에서 제국의 마법사들이 아틸라의 뒤를 받치기 시작했다.

"실드!"

세 명의 마법사가 합창을 하며 커다란 실드를 쳤다. 거의 백여 장 길이로 쳐진 실드로 인해 개방과 관군, 그리고 제국군이 분리되다시피 했다.

그 안에 들어갔던 개방 제자 몇 명이 숫자에 밀려 금방 피를 흘리며 쓰러졌다.

광검의 칼이 실드를 후려쳤다.

쩌어엉—!

그러자 상륙정 안의 마법사들이 휘청거렸다.
그 놀라운 위력에 마법사들과 아틸라는 경악했다.
병사들도 마찬가지였다.
"세상에! 함선의 10인치 포를 견디는 삼 법사의 실드가 흔들리다니!"
광검도 놀라기는 마찬가지였다.
'버텼다?'
게다가 실드는 얼지도 않았다.
세 사람의 힘이라고는 해도 이것은 충격적인 일이었다.
그때, 누군가가 외쳤다.
"슈텐 제독 휘하의 해병 지원 마법사들은 제국 최고다! 겁먹지 마라!"
광검의 눈이 가늘어졌다.
'저쪽 세계의 최고는 아니라도 그 정도 급이라는 얘기군.'
그러고 보니 셋의 기파는 성질이 다 달랐다. 그게 융합되어 조화를 이루기 때문에 광검의 극빙을 버티는 것이었다. 순간, 광검의 눈썹이 꿈틀거렸다.
'성질을 이용해 조합을 한다, 이건가? 우리 쪽 세계의 방어진보다는 효율이 좋군, 제기랄!'
한편, 마법사들은 내심 적지 않은 충격을 받았다.
'원주민의 이능력이 무시무시할 정도다!'
원래 이들은 슈텐이 탄 기함을 보호하는 실드를 쳐야 하는 전술 운용에 따라야 했다.

하지만 원주민들이 함선에 반격을 한다는 것은 말도 되지 않기에 슈텐은 내려가 병사들의 희생이 커지지 않게 보호하라고 명령을 내렸던 것이다.

'우리가 내리지 않았다면 정말 큰일 날 뻔했다!'

이름이 광검인 것까지는 몰랐지만, 눈앞의 원주민 칼잡이는 정말 거대한 마나파 운용이 가능한 것처럼 보였다.

'저자가 몇 번 더 내려치면 실드가 깨진다! 그땐 다 죽는다!'

원래 마법사들은 눈앞에서 사람이 기관총에 학살당하는 모습을 싫어했다.

하지만 광검 때문에 어쩔 수 없었다.

그들이 고개를 끄덕이자 상륙정에서 누군가가 장비 하나를 꺼내 들었다.

장비를 확인한 광검의 얼굴이 확 변했다.

기관총이었다.

"아니! 저 화포를 그냥 떼어서 들고 다니는 것도 있구나! 이런 젠장!"

기관총이 삼각대 위에 걸쳐졌다.

철커덕—

개방 거지들이 실드를 깨부수려 내려치고 있지만, 끄떡도 없었다. 요지부동.

제국 병사들은 광검만 쓰러뜨리면 된다는 것을 깨달았다. 이미 기관총은 길게 띠로 묶은 탄환을 재고 뚜껑을 덮은 상태였다. 쏘아지기 직전이다.

광검이 내공을 운용해 외쳤다.
"물러나세요!"
동시에 다시 검을 내려쳤다.
쾅—!
이번엔 광검의 손이 아플 정도였다. 마법사 중 하나가 휘청이는 것이 보였다. 파동이 일어난 실드 중앙에 얼음이 살짝 얼었다. 하지만 살얼음이었다. 금방 녹을 것이다.
동시에 기관총이 조준되어졌다.
"제기! 그거 쏘기만 해 봐!"
그러나 광검의 다급한 심정과는 달리 개방도들은 물러날 기미가 전혀 없었다.
바로 그때였다.
광검의 뒤쪽에서 쾅— 소리가 나더니, 제국 마법사들이 친 실드가 커다란 진동을 일으켰다.
순간적으로 진동 때문에 그 너머의 풍경들이 흐릿하게 보일 정도였다.
그 결과, 모두가 놀랐다. 실드의 진동은 확 번져 나가 실드 전체를 흔들 정도였고, 마법사들은 광검이 내려친 충격 때만큼이나 신형이 흔들렸다.
삼분지 일 정도 되는 지름의 포탄이 실드를 꽤 깊이 뚫고 들어가 회전하고 있던 것이다.
광검이 뒤를 돌아보았다.
거기에는 탱크 하나가 포신에서 연기를 뿜어내고 있었다. 롤리와 광겸이 탄 전차였다.

숨 돌릴 새 없이 다음 불길이 뿜어졌다.

콰앙—!

실드가 더욱 흔들렸다. 순간, 균열이 수없이 그려졌다. 순간적으로 가라앉기는 했지만, 마법사 하나가 입에서 피를 흘렸다.

이윽고 탱크의 포탑이 열리고 광겸이 모습을 드러냈다.

"야! 너 어떻게 그걸 조종했냐?"

그러나 광겸은 웃으며 외칠 뿐이었다.

"둘째 형! 지금이야! 저 새끼들 조져 버려!"

말이 끝나기도 전에 세 번째로 포신에서 불이 뿜어졌다.

쾅—!

동시에 광검의 칼도 휘둘러졌다. 제국 마법사들의 실드가 포탄에 의한 진동이 가라앉기도 전에 광검의 칼에 다시 두들겨 맞았다. 바로 앞에서 대놓고 갈겨 대는 관통력 위주의 포탄에 흔들림은 당연히 생긴다. 물론 그뿐이지만, 문제는 광검이었다.

광검의 극빙검이 작렬했다.

쩌어엉—!

마법사들의 실드가 드디어 얼어붙었다.

"우와앗!"

제국 마법사들이 비명을 질렀다. 실드에 금이 가고, 투둑, 소리와 함께 균열이 한순간에 좍 번졌다. 실드가 무너져 내렸다.

콰장창—!

쏟아지는 파편들을 머리에 뒤집어쓴 제국의 병사들이 혼란에 빠졌다. 그사이 다시 개방 제자들이 달려들었다.

"아틸라—!"

광검이 제국의 병사들을 마구 쓸어버리면서 아틸라에게 다가들었다.

아틸라의 눈이 음침하게 변했다.

"그래, 네놈들이 또 이겼다! 하지만 함대의 함포사격을 다시 받겠지! 잘 있거라!"

"아틸라, 이 개애—자식!"

아틸라의 몸이 광채에 휩싸였다.

광검이 도약해 검을 내려쳐 광채 안에 찔러 넣는 순간!

'걸렸어!'

광채가 사라졌다. 아틸라도 없었다.

광검의 얼굴이 일그러졌다.

광검은 남겨진 핏자국만을 확인했다.

"아틸라—!"

발을 쾅, 굴렀다.

또다시 놓친 것이다. 순간 이동이야말로 아틸라의 확실한 탈출 비법이었다.

뒤이어 개방도들이 육탄으로 달려들며 기관총들을 제압했다. 제국의 해병대들을 죽이거나 혹은 무릎 꿇려 상황을 정리했다.

마법사들도 개방 거지들의 몽둥이 세례를 받고 기절해 쓰러졌다.

그때였다, 부두에서 굉렬한 소리가 난 것은.

소리의 근원지는 부두를 들이받아 선수를 올려놓은 돌격함이었다.

탱크를 쏟아 냈던 뱃머리의 문을 닫으며 동시에 뒤로 후퇴하는 모습이 보였다.

함선의 뒤에서 생겨난 물기둥이 앞으로 끌어당겨지듯이 거세게 몰려들며 배에 역추진을 선사했다.

쿠구구구구구—

콰아아—

돌격함은 후퇴해 물로 다시 들어가고 있었다.

그리고 그 돌격함을 향해 광수가 돌진하며 따라붙었다.

그 뒤에서는 광겸이 탱크에서 롤리를 꺼내고 있었다.

롤리가 나오자 둘은 곧장 광겸 쪽으로 달려왔다.

롤리가 고함을 쳤다.

"상륙해서 점거하는 것이 실패했으니 곧 함포사격을 다시 시도할 겁니다! 사람들을 대피시키십시오!"

그러면서 정작 롤리와 광겸은 왜 이리로 뛰어온단 말인가.

광겸이 일단 개방도들에게 이야기를 전했다.

개방도들 거의 대다수는 육지 안쪽으로 뛰어가며 사람들을 챙겼다. 하지만 일부는 남았다.

롤리와 광겸이 그들을 지나쳐 상륙정에 올라타는 것을 보고 같이 뛰어들려 한 것이다.

개방도가 외쳤다.

"우리도 같이 갑시다! 아무 이유도 없이 사람들을 학살한 놈들의 얼굴은 구경해야겠소!"

광검이 뭐라 말하기도 전에 광겸이 히죽 웃으며 외쳤다.

"저 배를 뺏고 거기 갑판에서 개고기나 구워 뜯읍시다!"

순간, 광검의 일그러졌다.

왕자의 곁에 있어야 할 롯데가 이쪽으로 도로 달려 나오고 있었기 때문이다.

광검의 손이 들어가라는 시늉을 하자 롯데가 일단 멈춰섰다. 하지만 그녀의 손에서 빛이 나더니 곧 머릿속으로 말이 전해졌다.

개방도들의 눈까지 화들짝 뜨여졌다.

[광검! 곧 함선이 다시 해변을 포격할 거예요! 그때 제국의 함선 중에 제독이 탄 기함을 먼저 점령해야 해요!]

롯데가 가리키는 것은 구름 기둥 근처에서 유일하게 노란색 두 줄이 칠해진 함교를 가진 배였다.

[저 배예요! 저배에 올라 제독을 사로잡으세요!]

광검이 손을 휘저으며 고함쳤다.

"알았어! 알았으니까 어서 뒤로 돌아가!"

문득, 상륙정으로 뛰어가는 광검의 등을 보면서 롯데가 깨달았다.

그는 자신을 염려해 준 것이고, 자신도 그걸 자연스럽게 받아들인 것을.

하지만 지금은 그런 걸 따지고 있을 시간이 없었다. 그녀는 다시 항구 바깥으로 우르르 몰려나가던 개방도들이 자신과 왕자님을 둘러싸는 것을 봐야 했기 때문이다.

"……!"

그때, 광검의 외침이 다시 전해졌다.

"그들을 보호해 주시오! 나 견자단 둘째가 오늘 정식으로 개방에 신세 좀 집시다!"

개방도 중 하나가 고함으로 답했다.

"걱정 말고 저 살인마 놈들의 배나 잘 처리해 주시오! 마교의 독랄한 제갈청청을 물리쳐 주신 견자단 여러분만 믿겠소이다!"

광검이 약간 흠칫했다.

어머니의 이름을 여기서 다시 들으니 잠깐 겁이 난 것이다. 제갈청청의 기운이 과연 이 구름 기둥이 생성된 것과 관련이 있을까?

그렇다면 자신의 손으로 처리하지 못한 잔재가 엄청난 괴물로 변해 세상을 덮친 셈이었다.

"……!"

광검은 이를 악물었다.

영문도 모른 채 죽어 쓰러진 사람들, 겨우 숨만 붙어 괴로워하는 개방도들…….

포탄에 갈가리 찢겨진 시신은 아직도 따뜻한 피를 흘리고 있었다.

광검의 눈이 차가워졌다.

"가자! 가서 만나 줄 것이다! 우리가 무슨 잘못을 했는지 따져 물을 것이다!"

순간, 롤리가 스위치를 켜고 액셀을 밟았다.

촤악—

광검과 광겸, 그리고 개방 거지들을 태운 상륙정이 역류를 치고 움직이기 시작했다.

광검은 눈을 돌려 광수가 들어간 돌격함을 흘깃 바라보았다. 그 배는 아직 후진 중이었다. 그러더니 슬슬 물결을 치며 몸을 돌리고 있었다. 그 큰 배가 저렇게 빨리 선체를 회전시키다니, 믿을 수 없을 정도였다.

거길 혼자 들어간 광수.

광검의 눈이 다시 노란색 함교로 향했다.

'쫓는다! 지옥 끝까지라도 가서 네놈들 얘기를 듣고 말겠다!'

상륙정도 드디어 뒤로 돌았다.

순간, 뒤로 넘어질 뻔했다.

쿠우— 촤악!

상륙정이 급가속을 하며 뱃머리를 들어 올렸다.

빠르게, 제국 함선이 모인 구름 기둥으로 나아갔다.

광수는 돌격선 내로 들어서자마자 총격을 받았다. 이번엔 삼각 거치대에 걸지도 않고 그냥 손에 들고 쏠 만큼 작은 화포였다.

다다다다닥—

먼저 맞은 다음에 소리가 들렸으니, 얼마나 빠른 것인가!

탄환도 작은 주제에 무슨 관통력이 그렇게 센지 광수는

호흡을 아주 길게 참아 호신강기를 계속 유지해야만 했다. 잠깐 배에서 내릴까 생각을 했다.

광수가 모퉁이로 도로 돌아 몸을 숨기자 콩알 볶는 소리가 요란하게 강철 몸체를 울려 댔다.

태태태태태태태탱— 태탱— 탱, 팅—!

그리고 다음 순간, 뭔가 구르는 소리가 나서 빼꼼 쳐다보니 적들은 주먹만 한 무언가를 던져 대고 있었다.

'돌? 돌은 아닌데?'

어쨌든 광수가 그 돌에 맞을 리가 없지 않은가, 의아한 마음에 광수가 손을 뻗었다.

그 돌을 도로 쳐 내려고 경풍을 발휘한 순간, 폭발이 일었다.

콰콰쾅—!

비슷하게 굴러오던 주먹만 한 것들이 연쇄 폭발을 일으켰다.

"으아아악!"

"캐에엑!"

폭발력은 꽤 셌다.

만약 그냥 놔두었다면 광수의 호신강막을 뒤흔들 정도였다. 광수가 오히려 더 놀랐다.

"손으로 던져 폭발시킬 수 있는 폭탄이라니! 이자들은 대체 사람 죽이는 것만 연구하다 지옥에서 올라온 자들인가! 어찌 이런 발상을 한단 말인가!"

폭발의 강한 바람과 영향이 가시자마자 광수는 눈앞에

작은 화포를 든 자들을 볼 수 있었다.

서대륙인, 제국 수병들이 놀라서 화포를 돌리는 순간, 광수의 몸이 사라졌다.

그들의 눈에는 분명히 그렇게 보였다. 기관총을 돌리고 방아쇠를 당기는 시간은 분명히 짧다. 한데 광수의 움직임은 너무 빨랐다. 방아쇠를 당길 틈이 없었다.

퍼퍼퍼퍽—

기관총을 든 네 사람이 삽시간에 쓰러진 것이 눈에 들어온 순간, 다른 이들의 손에서 방아쇠가 당겨지려고 했다. 하지만 손에 힘이 들어가지 않았다.

광수가 손바닥을 활짝 펼친 순간, 제국군 수병의 가슴 안에서 덜컥하는 소리가 나더니 형용할 수 없는 고통이 일면서 몸이 저절로 기울어졌기 때문이다.

수병은 몸이 구부러드는 상태 그대로 방아쇠를 당겼다. 총알이 바닥을 맞아 일부는 앞으로, 일부는 자신의 몸에도 튀었다.

“커커헉!”

수병이 몸 여기저기서 피를 철철 흘리며 바닥을 뒹굴었다.

방아쇠만 당기면 되는데, 그 짧은 시간에 다섯이 얻어맞고 쓰러졌다.

광수는 고개를 갸웃거렸다.

“저런 무기가 있는데 왜 아까 밖으로 나온 수군들은 쓰지 않았지?”

하다못해 한 발씩 쏘는 조총 같은 것도 없었다.

만약 그 많은 머릿수의 인원들이 손에 이 작은 연발 화포를 들고 있었다면 아무리 견자단 삼 형제라도 이렇게 빠르게 전세를 뒤집을 수는 없었을 것이다.

그러다가 마지막 발악을 일으키는 병사를 보고 깨달았다.

몸속을 흐르는 기가 단련된 자의 것이 아니었다.

방아쇠 당기는 것을 광수도 분명히 보았다. 그 동작이 굉장히 느린 것도.

어느 정도 상황을 파악한 광수가 중얼거렸다.

“내공이 없는 병사들의 손에 들려 주는 것인가?”

자신의 생각이 맞을지 어떨지를 의심하면서 광수는 조금 조심스럽게 모퉁이에서 고개를 내밀었다.

타타타타타타타타—

다다다닥—

패패패팽—

“이런 젠장!”

광수가 도로 고개를 움츠리며 쓴웃음을 지었다.

‘확실히 혼자서는 무리이긴 하군.’

“어엇!”

부관이 급하게 슈텐 제독을 쳐다보았다.

“각하, 저들이 우리 함선의 점거를 시도하고 있는 것 같습니다! 호라이즌(수평선) 번(Burn) 돌격함 내부에서 교전 중이라는 보고입니다!"

슈턴은 다급하게 고개를 돌려 명령했다.

"항구 측에서 기함으로 접근하는 상륙정을 향해 포화 집중해!"

부관은 어이가 없었다.

아무리 단 한 명이라지만 내부 진입자가 생기다니. 저깟 야만 원주민 따위가 감히 신성한 함선에 발을 들이다니!

게다가!

저쪽 놈들은 함선이 모여 있는 곳으로 돌격을 하다니. 저깟 상륙정 하나로!

육지에서의 그 놀라운 전투력도 이러면 쓸모없어진다.

물위에서 뭘 할 수 있겠는가.

혀를 한 번 찬 부관이 명령했다.

"전 함선에 타전해! 30밀리 캘리버로 저 상륙정을 집중 사격하라고!"

30밀리 캘리버의 사거리는 2킬로미터 안팎이다. 상륙정이 물보라를 크게 피워 올리며 최고 속도로 달리고 있었다.

10분 정도는 걸려야 사정거리에 도달할 것이다.

그 정도 시간이면 캘리버 사수는 자리를 잡고도 한참을 기다려야 했다. 그 시간에 함대 주포를 예열시켜도 되었다.

아직 열이 채 식지도 않았으니 금방 달궈질 것이다.

부관이 슈텐에게 말했다.

"함포로 항구를 다시 한 번 뒤집어 주는 것이 좋을 것 같습니다, 각하!"

슈텐이 악독한 표정을 떠올렸다.

"음……."

고개를 끄덕였다.

저 둘은 위험하다.

육지에서 그렇게 날뛰는 것을 망원경으로 확인했는데, 만약 배에 근접하기라도 하는 날엔 골치 아파질 거라는 것을 충분히 예상했다.

마법사를 저깟 야만인들에게 잃다니!

그것도 무려 황실 마법사였다. 도저히 있을 수 없는 사태였다.

마법사를 잃는 것은 기함이 침몰했다는 얘기와도 같았다.

그러고도 함대의 제독이 살아 돌아간다는 것은 있을 수 없는 얘기였다.

슈텐의 얼굴색이 참을 수 없는 수치심에 하얗게 질렸다.

"감히! 감히! 이 야만인 놈들을! 모두 죽여라!"

슈텐의 명령이 떨어졌다. 연락을 받은 모든 함선들이 주포에 예열을 가했다.

포신이 급속으로 달아오르면서 포탄이 다시 장착되었다.

첫 번째 함포 사격이 터진 순간, 광겸과 광검들을 태운 상륙정이 캘리버의 사거리에 들어왔다.

부관이 즉시 명령했다.

"전 함대 기총 사수, 발포! 원주민이 탄 상륙정을 침몰시켜라!"

저 둘은 정말 죽여야만 했다.

부관의 눈도 비장하게 빛났다.

그로서는 전혀 뜻하지 않은 일이었다.

구름 기둥 너머의 세계를 황제 폐하의 윤허 없이 소규모로 침탈하는 행위는 금지되어 있었다.

그러나 슈텐이 '그 물건'을 받아 드는 순간, 부관조차도 탐욕이 생겼다. 위대한 존재는 그런 것이었다.

모든 것을 다 덮는 결과물.

그것만으로도 황제는 용서할 것이다. 하지만 슈텐은 자존심이 상했다.

그리고 황궁에 있을 정적들은 야만인들에게 조롱당하고 병력을 잃은 슈텐을 씹어 댈 것이다. 부관의 눈도 슈텐처럼 악독하게 빛났다.

콰쾅—!

함포 사격이 일으킨 물결이 상륙정을 요동치게 하고, 함선에서 쏟아지는 30밀리미터 지름의 총탄들이 바닷물의 물결을 다시 헤집었다.

상륙정은 물결을 가르며 나가는 쐐기형 바닥이 아니었다. 평면이었기 때문에 파도의 영향을 많이 받았다.

함포 사격이 만들어 낸 큰 파도에 상륙정은 뱃머리부터 확 들리며 개방도들을 뒤로 쏠리게 했다.

"우와아앗!"

상륙정에 올라탄 개방도들은 그래도 삼결, 사결 제자들이었다. 이깟 울렁임에 그렇게 몸이 쏠릴 정도는 아니었지만, 상륙정은 거의 직각에 가까울 만큼 들려졌다.

그 탓에 배가 뒤집힐 뻔했다. 광검과 광겸이 뱃머리에서서 천근추로 누르지 않았다면 정말 뒤집혔을 것이다.

"이런 개새끼들! 항구를 다시 포격하잖아!"

"상륙했던 인원들이 거꾸로 다 당해서 그럴 거야! 일단 사람들은 다 피했을 테니까 저 배들이나 빨리 잡아 족쳐야 돼!"

물결들은 이제 전 함선에서 다 흘러나오고 있었다. 큰 물결들이 일다가 다시 그 물결이 다른 물결에 중화되었다. 작은 물결 뒤에 큰 물결. 상륙정은 엉망으로 흔들려 제대로 나아가지를 못했다.

그리고 그토록 위태로운 상륙정을 향해 30밀리 캘리버의 집중사격이 덮쳐들었다.

마침 이런 사태를 염두에 두고 바닥에 깔아 둔 강철 방패가 없었다면 개방도들은 모두 다 죽고, 배 밑바닥도 구멍이 뚫려 가라앉았을 것이다.

제국의 해병대 대장이 슈텐 제독에게 제안한 상륙작전용 방패, 그것이 거꾸로 자신들의 함선 공략에 쓰이는 중이었다.

따다다다다다다다당—

"엔진을 보호해야 돼요!"

롤리가 악을 썼다. 어리둥절한 광검이 뒤를 돌아보자 롤리의 팔에서 피가 철철 흐르고 있었다.

롤리는 수련한 검사인데도 개방도보다 약했다.

30밀리 탄환의 위력에 얼마 버티지 못한 것이다.

강철 방패를 날려먹으면서 방패 모서리에 팔근육이 찢어진 것이다.

콰쾅—!

촤아아—

투타타타타타타타타타타타탁—

피를 흘리는 팔이 덜덜 떨며 굉음을 내는 배 후미의 두꺼운 돌출부를 가리켰다.

상륙정의 몸체 철판이 꽤 두껍긴 했지만 맞을 때마다 우그러지는 것이 심상치 않았다.

개방도가 든 철 방패는 얼마나 두들겨 맞았는지 벌써 열기가 심해져서 물이 닿을 때마다 수증기를 한 줌씩 피워 올리고 있었다.

그 위로 계속해서 총탄을 두들겨 맞았다.

따다다다다다당—!

웬만큼 단련된 개방도들조차도 뜨거움을 느낄 정도였다.

철판을 우그러뜨리는 30밀리 캘리버의 총탄 소리 때문에 포격 소리와 파도 소리마저 들리지 않았다.

쩌저저저저저저저정— 쩌저정! 쩡쩡쩡!

광검이 롤리의 혈도를 찍어 지혈시키고 외쳤다.

"그보다! 일단 최대한 빨리 더 조금이라도 더! 전진해가! 그다음은 우리가 알아서 할 테니까!"

하지만 다음 순간, 롤리가 진짜로 우려하던 일이 드디어 발생했다.

"저길 봐요!"

함선 갑판의 난간 일부가 내려지며 열렸다. 그리고 그 자리로 사람 하나가 들어간 작은 포탑이 등장했다.

그 포탑이 기잉— 함선 아래의 각도로 고개를 숙였다.

광검들이 탄 상륙정을 노리는 것이었다.

다른 배들의 갑판 위에서도 그런 포탑이 연달아 내밀어지며 고개를 숙이고 있었다.

"76밀리 강철탄이오! 젠장!"

롤리가 외쳤다.

여전히 뱃머리에 서 있던 광겸이 마주 고함을 질렀다.

"내가 다 튕겨 흘려주지! 쏘라 그래!"

그러나 이어진 롤리의 대답은 힘을 좌악 빼는 것이었다.

"아니에요! 함대의 제독이 타는 기함 반대편에 미함(尾艦;함대 정렬상의 꼬리. 기함의 반대편에서 세부 조정을 돕는 기준 함선)이 따로 있어요!"

"미함? 그게 뭐 어쨌다고?!"

롤리가 다시 빠르게 악을 썼다.

"그게 함대의 부제독이 타는 배인데! 거기도 마법사가 하나 더 있어요! 그 마법사가 추적 마법을 걸 겁니다! 그럼 열 발이 한꺼번에 이 배로 떨어져요! 누가 막고 자시고 할 것이 아니에요!"

롤리의 말이 끝나자마자 광검이 탄 배에 휘황한 빛이 나더니 붉은색을 띠었다. 그러면서 점차 둥근 원형으로, 그리고 이어 십자가가 원 중심에 생겨 조준점을 알렸다.

함선들의 76밀리 포가 일제히 각을 맞추는 것이 보였다. 포탑 위의 십자가에도 같이 빨간 불이 들어오는 것이 얼핏 눈에 들어왔다.

순간, 발포 신호임을 직감한 광검이 외쳤다.

"다 물로 뛰어!"

일행들이 상륙정을 버리고 물로 뛰어들었다.

콰콰콰쾅―!

광검은 롤리를 붙들고 있었다.

일행은 몸을 높이 띄우며 사방으로 흩어졌다. 내장을 진탕시키는 충격을 받은 개방도들도 적지 않을 터였다.

물이 천지 사방을 다 가리며 따라 올라왔고, 그 물보라를 헤집으며 팔이 하나 쑥 내밀어졌다.

광겸이 롤리의 반대편 팔을 붙잡은 것이다.

그리고…… 롤리는 다른 세상을 확실하게 경험했다.

광검과 광겸이 허공에서 숨을 크게 들이마시는 듯하더니, 그대로 물보라를 박찼다.

둘의 신형은 주저 없이 앞으로 쏘아졌다. 그 가운데에 롤리를 매단 상태로!

'……!'

롤리가 입을 쩍 벌렸다. 허공의 물보라를 찼는데 몸이 앞으로 나가다니! 둘은 그런 수련을 했는지 모르지만, 롤리 자신은 아니지 않은가!

기울어진 고개의 눈앞으로 물이 확대되며 커졌다. 얼마나 빠른지 롤리는 마나를 돌리는 기본인 숨 쉬기도, 침착

함이니 뭐니 하는 것도 다 까먹었다.

"어어어어어—!"

벌어진 입으로 공기가 가득 들이차며 사레가 들리게 했다. 롤리는 쿨럭대며 멀미까지 일으켰다.

그에 아랑곳 않고 광검과 광겸은 빠르게 떨어지며 물 표면을 박찼다!

파파파파파파파—

롤리는 기침을 하다가, 비명을 지르다가, 다시 기침을 하며…… 정신이 없었다.

"으거거거거으…… 쿨럭쿨럭쿨럭, 으아아아아!"

광검과 광겸이 박차는 물의 표면 뒤로 좌악 갈라지는 물보라가 일어났다.

그 굉렬한 속도의 물보라는 한 방향을 향했다.

슈텐 제독이 탄 기함이었다.

콰차— 촤촤촤촤촤촤—

그 모습이 제국군의 함선 수병들에게 목격되었고, 각 함의 함장들은 크게 당황했다.

기함의 슈텐도 마찬가지였다.

"저, 저게 뭐야! 무, 물의 마법사들인가!"

부관이 이를 악물었다.

"모르겠습니다! 하지만 저걸 처음부터 쓰지 않은 건 지금 저 원주민들도 무리하고 있다는 증거입니다! 아직 시간이 있습니다! 한 방 더 먹일 시간이!"

슈텐의 눈빛도 당황에서 도로 악독함으로 바뀌었다.

"급! 전체 무전! 타깃, 물보라를 일으키는 저 셋! 76밀리, 일제 점사하라!"

또도도도돗—

무전이 들어가자 물보라를 내며 달려드는 세 사람에게로 다시 원형의 십자가 불빛이 찍혔다.

76밀리 포 열 문이 그리로 집중되었다.

한편, 광겸과 광검은 원형 십자가가 생겨나자 숨을 들이마셨다.

사실 두 사람은 위남에서 넓은 강을 만났을 때 지금처럼 무식하게 건넌 적이 있었다. 하지만 그건 강이고, 이건 바다다. 게다가 큰 물결들이 마구 일어나는 바다였다.

게다가…… 아직도 거리는 이 리에서 삼 리 정도는 더 가야했다. 이대로라면 중간에 탈진할 것 같았다. 그런데 그 와중에 함선에서 또 추적 마법을 건 것이다.

광검과 광겸이 어떤 생각을 하든 간에 롤리는 포기했다.

롤리의 얼굴이 어둡게 물들었다.

'아, 이렇게 가는구나. 세자 저하, 소신 롤리는 이제…….'

거기까지 상각했을 때, 76밀리 구경의 포신에서 불이 뿜어지는 것이 보였고, 그 직후 폭발이 일었다.

콰콰쾅—!

롤리는 그대로 정신을 잃었다.

광수는 다시 모퉁이에서 달려 나왔다.

수병들의 기관총 세례가 이어졌다.

도도도도도독— 도도도도도독—

그리고 다음 순간, 수병들의 눈이 감겨졌다.

광수의 호신강기가 막아 낸 총알들은 둥근 형태를 띠었다. 그게 호신강기의 형체를 보여 주는 것이었다.

총알이 뭉쳐 몸집이 커진 공이 되쏘아져 그들을 확 덮쳤다.

퍼퍼퍽—!

수병 서넛이 한꺼번에 튕겨져 나갔다. 그러자 좀 전의 돌멩이 같은 폭탄들이 또 날아들었다.

광수가 싱긋 웃었다.

기감을 열어 놓으면 사람이 있는 곳쯤은 충분히 알 수 있었다.

그리고 광수는 배라는 밀폐 공간 안에서의 기 파장이 자신에게 강하게 돌아오는 것을 느끼는 와중이었다.

높이가 십 장에 이르는 공간. 원래 탱크를 실은 공간이니 큰 것은 당연하겠지만, 그 큰 공간 안의 오목볼록한 요철 부위에 숨어서 사격하고 폭탄을 던지는 사람들을 다 느끼고 있던 것이다.

광수는 호신강기를 확 펼쳐 내며 그것들을 튕겨 냈다.

하지만 수병들 중에 폭탄을 던져 놓고도 엎드리지 않고 그대로 서서 쏜 놈이 있었다.

그놈이 쏜 총알이 광수의 어깨를 때렸다.

패패패팽—

"우웃!"

광수의 억눌린 신음 직후, 돌격함의 탱크 트레이 내부 구석구석에서 폭탄이 터졌다.

콰콰콰쾅—!

흡자결로 끌어당긴 호신강기가 충격으로 흔들리며 총알들이 다 떨어져 나갔다.

광수는 총에 맞은 어깨를 확인했다.

통증이 느껴졌다.

작은 만큼 관통력도 대단했다.

그러나 광수는 씨익 웃었다.

'아무리 대단해도 마교의 원로원 늙은이들만큼은 아니지. 침강편에 뚫리는 일도 겪은 몸인데.'

광수의 어깨는 그런대로 버텨 주었다.

호신강기가 펼쳐질 때 한두 번은 용이하게 쓸 수 있었다.

자신감을 얻었다. 하지만 이 서대륙 사람들이 가진 문물은 정말 놀라웠다.

저 작은 기관총 하나만 들면 별 볼일 없던 평범한 사람도 마교의 집법당 고수와 거의 맞먹는 공격력을 즉각 가지는 것이다.

강기는 아니지만, 그래도 화포의 위력은 대단했다.

수련을 안 한 사람의 한계로 방어력이 형편없긴 했지만, 공격력이 마교 집법당 고수 급이라는 것은 두려운 일이었다.

그런 고수 수천수만이 쏟아질 수도 있는 것이다.

광수는 얼굴빛을 굳혔다.

'대체 저런 무기가 얼마나 더 있는지 알아내야 한다.'

광수는 폭연이 가라앉자 부서진 문 중 하나로 들어섰다.

그 방도 꽤 컸다.

그 방에서 광수는 얼굴을 굳혔다.

병사들이 손에 들고 있던 작은 화포, 연발 사격을 하는 화포들이 몇 십 개나 정렬된 채 세워져 있던 것이다.

"그럼 저 화포의 탄알은?"

중얼거린 광수가 부지런히 주위를 두리번거리다가 총이 세워진 대 밑의 철 상자를 보았다. 사오십 개는 족히 쌓여 있었다.

작은 화포의 손잡이 뒤에 있는 작은 돌출 부위였는데, 비어 있는 형태로 들어 있었다. 그리고 그 옆, 아주 단단하게 생긴 상자가 몇 개 보였다.

그 상자는 잠그는 구조가 독특했다. 자물쇠가 달린 것도 아니고, 탄력 있는 철판을 끼워 잠그는 구조였다. 광수는 이리저리 더듬다가 철판의 끝이 손가락을 넣기 좋게 휜 것을 발견했다.

그래서 손가락을 넣고 힘주어 당겼다.

철커덕—

철판이 올려지자 뚜껑 전체가 움찔거리며 철판 중간 양옆에 달린 굵은 철사가 당겨졌다.

그렇게 뚜껑이 열렸다.

"간단한 용수철 장치도 대단한 수준이군. 이걸로 이렇게 단단히 잠그는 방법을 생각하다니."

뚜껑을 열어 보니 탄환이 들어 있었다.

광수의 눈이 크게 떠졌다.

둥근 환 모양이 아니었다. 그들이 쓰는 총알은 한쪽이 뾰족한 원통이었다.

광수는 그들이 총을 쏠 때 한쪽으로 마구 쏟아지던 작은 금속 원통들을 보았다.

그때는 그게 뭔지 몰랐는데, 총알을 보고 나니 확실하게 알 수 있었다.

바로 총알 뒷부분에 달린 원통이었다.

광수가 어릴 적 마교에서의 기억을 가지고 있지 않았다면 몰랐을 것이다.

그 당시 마교의 불을 다루는 대장간에는 미래에나 나올 법한 물건의 설계도를 갖고 있었다. 화약을 총안에 직접 넣는 것이 아니라, 화약을 원통 안에 넣고, 입구에 총알을 박아 막는다.

그리고 그 원통에 강한 충격을 주어 총알을 발사하는 식이었다.

화살에 화약통을 매달고 쏘는 원리에서 발견한 방식이라던 오씨 아저씨의 얼굴이 스쳐 지나갔다.

화약이 터지는 것을 거꾸로 이용한 원리였다. 충격을 주어 터진 화약이 총알을 쏘는 방식.

"지금은 기술이 발달하지 못해서 그걸 생각만 하고, 아직은 만들 수가 없습지요, 큰 도련님."

광수의 눈꺼풀에 스친 경련은 좀 오래갔다. 대체 이들은 불의 은혜로 입은 철기 문명이 얼마나 발달한 것인가!

마교에서 본, 탄피라 불린 물건은 크기도 컸고, 이들이 만든 것보다 훨씬 조잡했다.

광수의 눈이 긴장감으로 움츠러들었다.

'이들이 마음먹고 대대적인 침략을 행한다면…… 중원은 그날로 끝장이다!'

무시무시한 수준이었다. 광수는 바깥에서 쿵쿵거리는 소리를 들으며 방에서 도로 나왔다.

그리고 어디인지 모를 복도로 접어들며 계단을 올랐다.

그리고…….

24.
함선 탈취

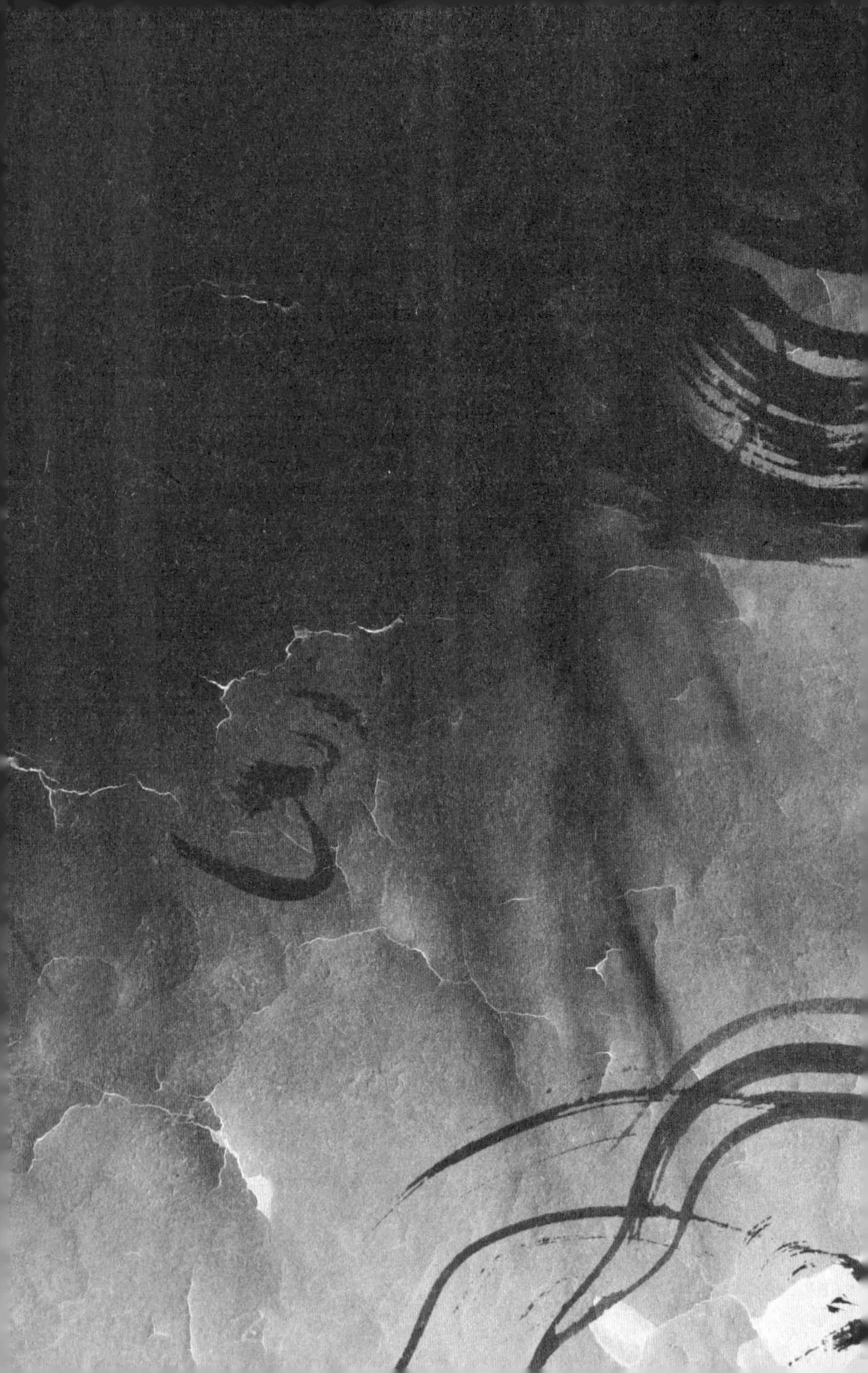

롤리가 눈을 뜬 것은 여전히 허공에 떠 있을 때였다.

"뜨엑?"

롤리의 입이 절로 벌어졌다.

그 거대한 함선이 한눈에 다 들어오는 높이였다.

쿠쿵—!

함선의 주포가 불을 뿜자 배의 옆면에서 큰 충격파가 물결을 그리는 것이 한눈에 들어왔다. 이 모든 광경이 한눈에 들어오는 높이라니!

롤리의 아랫배에서 확 긴장이 일어나며 추락이 느껴졌다. 저절로 고함이 나왔다.

"으아아아!"

광검과 광겸이 양쪽에서 잘 잡고 있었지만, 롤리는 눈물을 마구 흘렸다. 허공 위로 떠오른 것이 너무나 빠른 속도였다는 것을 알게 하는 대목이었다.

후우우웅—

거센 바람의 압력이 롤리의 입을 마구 이상하게 벌어지게 했고, 눈은 잘 뜨지도 못했다.

롤리는 그제야 퍼뜩 깨달았다.

추적 마법은 잘 운용되었다.

하지만 문제는 견자단의 두 사람, 광검과 광겸의 속도였다.

추적 마법에 따라 포탄이 살짝 휘어서 맞춰진다고 해도 포탄에 걸린 속도의 관성을 완벽히 제어할 만큼 절대의 통제력을 가지는 건 불가능하다.

롤리는 기술 마법 학교에서 배운 걸 떠올렸다.

"옛 조상들이 정해 놓은 속도의 단위 중에 마하라는 단위는 소리의 속도를 의미한다. 현재 제국의 범용 실탄 속도는 평균 마하 3쯤 된다. 소리의 세 배지."

솔직히 그게 얼마나 빠른 속도인지 감도 잡히지 않았다. 물론 기술자였으니 대충 느낌은 오지만, 그런다고 쏘아진 포탄이 그 어마어마한 관성을 가진 궤적으로 휘어지기 위해서는 위대한 존재의 마법 아니면 안 된다는 것쯤은 알았다.

결국 포탄들이 모이는 지점에서 견자단이 더 나아갔다는

것을 의미했다.

폭발의 접점이 그들의 등 뒤가 된 것이다.

'맙소사, 개라더니 뭐 이렇게 빨라!'

순간 가속이든 뭐든, 정말 대단한 사람들이 아닐 수 없었다.

'……라는 건 둘째 치고! 떠, 떨어진다!'

비명은 자동으로 튀어나왔다.

"으아아아아아!"

롤리의 추측대로 포탄은 두 사람의 호신강막 뒤, 조금 떨어진 곳에서 폭발을 일으켰다.

무려 열 발의 76밀리 포탄이 한 번에 터지는 데도 불구하고 두 사람의 실드를 깨지 못했다는 것은, 그만큼 광검과 광겸의 임기응변이 뛰어났다는 증거였다.

아니, 두 사람은 오히려 그 힘을 이용하기까지 했다.

그 결과가 롤리 자신이 함선을 향해 직각으로 내리 처박는 것으로 나오고 있었다!

'부딪친다!'

순식간에 갑판이 확대되며 포탑이 쑥 솟아올랐다.

'악!'

쿠―웅―!

소리가 난 다음에 정신을 차려 보니 자신은 이미 갑판에서 있었다.

광검과 광겸은 그제야 팔을 풀어 주었다. 롤리가 털썩, 주저앉으며 침을 뱉었다.

갑판은 이미 여기저기 깨져 균열이 가 있었다. 그들의 추락 지점이 중심이었다.

침을 몇 번이나 뱉고도 맹한 눈이 안 풀린 롤리가 물었다.

"대체 어떻게 추락의 충격을 우리가 아니고 갑판이 다 받은 거죠? 어떻게?"

"이화접목이라고, 사량발천근의 원리요."

"에? 무슨 뭐요?"

롤리가 움직이는 그 둘을 따라 고개를 돌렸다.

그러면서 그도 퍼뜩 정신을 차리고 벌떡 일어나며 허리춤으로 손을 가져갔다.

다행히 칼이 있었다.

갑판 위의 함교를 받치는 건물에서 문이 열리더니 제국 측 수병들이 나왔다. 당연히 총알이 쏟아졌다.

다다다다다닥—

문제는 너무 가까웠다는 것이다.

기술을 너무 파고들어 검술이 낙제점을 긴다는 롤리조차도 칼을 휘두를 생각을 했으니까.

스팟—

롤리의 칼이 내려쳐져 에어 블레이드를 내뿜었다.

에어 블레이드, 광겸이나 광검이 보는 견지에서의 풍압이 열 걸음이나 떨어진 곳의 수병을 타격했다.

"으아악!"

제국 수병의 팔이 부러지며 총이 떨어졌다. 동시에 가슴의 타격을 버티지 못하고 피를 내뿜었다.

제국의 수병이 쓰러지자 롤리는 큰숨을 들이쉬었다.

그래 놓고 또다시 놀라야 했다. 어느새 총소리가 그친 것이다.

이미 광겸과 광검이 쓰러뜨린 수병은 수십이었다.

갑판을 정리한 둘이 물었다.

"이 함대 대가리 있는 데로 올라가는 길. 빨리!"

심지어 둘은 재촉까지 했다.

롤리는 고개를 세차게 흔들며 다시 숨을 들이마셨다.

'이건 꿈일 거야……. 내가 불멸제국에게 칼을 들이대다니!'

작은 왕국의 신하로서 결코 있을 수 없는 행태였다. 불과 아침나절만 해도 전혀 상상 못한 인생곡절 아닌가.

정신이 없기도 했고, 몸의 충격도 다 안 가셨다.

롤리는 다시 숨을 들이마셨다. 그러면서 손가락으로 가리켰다.

광검과 광겸이 말도 없이 먼저 들어가 버리자 화들짝 놀란 롤리가 뛰어서 쫓으며 외쳤다.

"배는 될수록 상하지 않게 합시다!"

광수는 천장을 주목했다.

주포가 있을 것이라 생각되는 부분에는 복잡한 기계장치들이 돌아가고 있었다.

쿠쿵—!

소리가 난 직후, 기계장치가 털커덩, 소리를 내며 커다란 포탄 껍데기를 구멍으로 내뱉었다. 원통형 금속은 속에서 화약 연기가 채 지워지지도 못했다. 그 금속 통들이 거대한 상자에 차곡차곡 쌓이는 것이었다.

광수의 눈이 포탄 껍데기가 나온 구멍 옆의 관을 유심히 살폈다. 복잡하게 얽힌 관들 중 하나가 가까운 곳에서 연결 부위를 드러내고 있었다.

광수의 손이 그 연결 부위를 가만히 둘 리가 없었다. 그는 곧장 도약해 관들을 밟고 서서 후려쳤다.

쾅—!

광수의 손이 한 대 치자마자 연결 부위가 깨지며 액체를 쭉 내뿜었다.

"……?"

광수가 손가락으로 슬쩍 만져 보았다.

'……기름?'

광수는 몰랐지만, 그 관이 바로 유압 실린더에 힘을 전달하는 파이프였던 것이다. 기름이 콸콸 샜다.

이어 천장의 복잡한 설비 너머에서 사람들의 당황한 목소리를 들려왔다.

"유압이 떨어지고 있습니다! 주포 각이! 주포 각이 내려옵니다!"

"이게 어떻게 된 일이야!"

"충격을 받을 수가 없는 곳인데 어떻게……!"

"설마 아까 그놈이 살아 있는 건 아니겠지?"

"장탄이 들어갔습니다! 빨리 빼내야 합니다! 자동 격발이라……!"

거기까지 들었을 때, 광수의 두 번째 파격이 틀어박혔다.

도관 사이로 드러난 천장의 출입구가 들썩이는 것을 본 직후였다.

퍼엉—!

"크아악!"

"캐액!"

동시에 그 문을 밀며 광수가 솟아올랐다.

주포 밑에서 각도 조절을 하던 포격 측정사 둘이 한꺼번에 죽어 버리자 돌격함의 함포가 완전히 멈췄다. 그들이 마지막으로 조정하던 것은 수동 톱니바퀴였는데, 광수가 그것을 돌렸다.

보조 유압 실린더로, 사람 둘이 한 번에 맞춰 힘을 써야 하는 핸들이었다. 하지만 광수는 내공으로 그걸 돌려 댔고, 밖으로 보이는 풍경이 변하는 걸 보면서 동시에 회전을 느꼈다.

"오!"

광수가 신기한 듯 밖의 풍경에서 눈을 떼지 못하는 순간이었다.

쾅—!

벼락과도 같은 굉음이 귀를 때렸다.

"큭!"

제아무리 광수라도 귀가 멍멍했다. 일단 탄약이 들어간 포신은 자동으로 쏘게 된다는 자동 격발이었다. 광수 때문에 인원이 부족해져 격발을 자동 격발로 해 놓은 것이 원인이었다.

미리 지시를 내린 각도대로 맞춰지자 자동 격발이 발동된 것인데, 사격 직전에 광수가 무식하게 틀어놓은 것이다.

그런 사실을 알 리 없는 광수는 그대로 당했다.

'포를 쏘았군. 제길, 귀 안 상했을라나.'

하지만 그나마 포격 한 번이라도 해안에 맞추지 못했을 것이라 생각되자 다행스런 마음이 들었다.

잠시 눈을 뗐다가 숨을 들이마시고 다시 바깥을 보기 위해 그 장치를 들여다 본 순간, 광수는 어리둥절해졌다.

자신이 주포의 각을 삼분지 일 이상이나 틀어놓아 상대편 배가 보인 것이었다. 그리고 그 결과는 엄청났다.

저만치 행렬의 가장 반대편, 후미에 있던 함선의 주포가 폭발을 일으키면서 떠오른 포신이 함교를 덮친 것이다.

그로 인해 불이 붙은 함교와 사람 몇이 바다로 떨어지는 것이 눈에 들어왔다. 함교는 이미 전체가 불길에 휩싸여 있었다.

광수는 중얼거렸다.

"오호, 일수이타!"

그러고 나서 바로 깨달았다. 함교가 저렇게 되자 맨 후미의 배에서는 해변을 포격하는 일을 그만두었다.

"함교!"

광수가 문을 열고 갑판으로 나왔다.

함선이 자기편을 쏘는 황당한 사태가 벌어진 탓에 당황한 수병들이 우르르 몰려나와 있었다. 광수가 나오자 그들은 예의 작은 화포를 쳐들었다.

작은 화포를 들고 있는 서대륙 침략군의 수는 열다섯이 넘었다. 제아무리 빠른 고수라도 감당하지 못할 머릿수였다.

하지만 이들의 실수는 '한데 모였다' 는 것이었다.

광수는 벼락같이 손바닥을 펼쳐 꼿꼿이 내질렀다.

양 손바닥의 엄지를 서로 걸어 모으고 나머지 여덟 개의 손가락이 활짝 펼쳐지는 장세였다.

동시에 아련한 기억이 떠올랐다.

사부 윤홍광이 아직 살아 계시고 삼 형제도 아직은 어릴 때였다.

마교 교주가 익혀야 할 마공의 비문이 뇌리에 아로새겨진 것을 알아낸 윤홍광은 경악했다.

인의대협이었던 그가 어린 삼 형제를 죽여야 하나 고민까지 할 정도의 일이었다. 하지만 광검과 광겸의 어리디어린 눈물과 순수함을 보고, 그리고 광수의 사람됨을 보고 생각을 돌렸다.

결국 마교주의 무공을 익히며 뇌리에 담겨진 진수를 흡수하게 도와주던 어느 날이었다.

광겸이 물었다.

"큰형, 적이 한꺼번에 많이 달려들 땐 어쩌지?"
그러자 저 만치에 있던 윤홍광이 웃으며 대답했다.
"밀쳐 내고 하나씩, 다시 몰려들면 또 밀쳐 내고 하나씩 상대하면 된다."
그러자 광겸은 물론이고, 광검과 광수도 눈을 또랑또랑하게 빛을 냈다.
윤홍광이 얼마 남지 않은 생에서 가장 많이 웃음을 보일 때라는 걸 그때는 몰랐다. 그래서 현재의 광수는 새삼 눈에서 뭔가 치밀어 오르는 것을 느꼈다.
광겸이 물었다.
"그걸 어떻게 밀쳐 내요?"
윤홍광이 웃으며 직접 시범을 보여 주었다.
"다들 손바닥이나 검에서 바람을 쳐 내면 곧 잊고 다음 경지로 넘어가기 위해 안달을 한다. 하지만 바람이란 생각보다 쓸모가 있는 것이다."
말과 함께 윤홍광이 손바닥을 될수록 넓게 벌리더니 한순간 뻗어 냈다.
두 손바닥이 떨어져서 벌어지는 것은 엄지끼리 붙잡아 막았다. 다 펼쳐진 순간, 그것이 풍압에 순간의 끊어짐을 만들었다.
공기 압축은 굉장히 넓게 형성되며 폭풍처럼 터져 나갔다.
숲 안, 그들이 서 있던 공터 앞의 나무 네그루가 한꺼번에 흔들리며 나뭇잎을 떨궈 날렸다.

그걸 보고 광겸이 눈을 빛냈다.

"우와! 넓어요! 열 명 넘게 달려들어도 다 밀쳐 낼 수 있겠어요, 사부님!"

윤홍광이 고개를 끄덕였다.

"강기를 별처럼 빛내며 적을 베는 고수라도, 제아무리 단단한 자라도 바람에 밀리지. 약한 적은 다치기도 할 거고."

"이 초식의 이름은 무엇입니까?"

느닷없이 광검이 끼어들어 물었다.

그때까지만 해도 광검은 성정이 싸늘했다. 하지만 삼 형제는 그래도 악착같이 함께 있었으니까, 그리고 윤홍광도 광검의 싸늘한 성정의 원인을 알기에 버릇없음을 타박하지 않았다.

윤홍광이 광검의 불퉁한 입을 보고 아릿한 아픔을 드러내는 것을 광수가 얼핏 이해하지 않았다면, 아마 이 초식의 이름은 까먹었을 것이다.

윤홍광이 웃으며 말했다.

"글쎄? 이건 광겸이 개를 좋아하니 야밤에 개 짖는 소리가 마을을 흔든다고 해 둘까? 허허허."

밤에 개 짖는 소리는 참 멀리까지도 간다.

그 개소리를 듣고서 광겸이 강아지를 기르고 싶다고 칭얼거리던 몇 년 전 일이 떠오르신 것이 틀림없다고, 그때의 광수는 생각했다.

그날,

사부 윤홍광의 그날 그 웃음을 광수는 서대륙 침략군의 배 위에서 다시 추억했다.

사부가 급조한 이름, 야견포리(夜犬咆里)가 일으킨 폭발음으로.

퍼펑—!

공기 압축, 그러니까 풍압이 아주 활짝 펼쳐지며 커다란 공처럼 터져 나갔다. 아주 제대로 강하게 터진 장풍이다.

작은 화포를 들고 있는 수병들은 그냥 보통 사람들과 다를 게 없었다. 약한 사람이 들고 있는 무기는 원래 뭔가 아쉬운 법.

열댓 명이 한꺼번에 날아가는 것으로 그 사실을 증명했다.

투다닥— 떨어지고, 갑판 상교 모서리에 부딪치고 하더니, 결국 꿈틀대기만 하며 모두가 일어나지 못했다.

주변을 정리한 후 함교를 쳐다본 광수가 내공을 모아 소리쳤다. 영어였다.

"이 발달한 문물을 가지고도 뭐가 부족해 남을 침략하고 빼앗으며 다니는가!"

함교는 높이만 육칠 장이 넘었다. 하지만 광수의 고함에 그토록 멀고 높은 함교의 유리창이 콰장창 소리를 내며 깨져 나갔다.

그 깨진 틈으로 광수가 도약해 들어갔다.

멀리서 지켜보던 롯데는 깜짝 놀랐다.

"저하! 저들이 저들의 배에게 포격을 가했사옵니다!"

왕자의 머리가 끄덕여졌다.

"우리 세계의 그 누가 봐도 믿지 못할 싸움이로군, 이건. 함선에 들어가 내부 점령을 저리 쉽게 하다니. 이걸 보면 그 누구도 그 비싼 돈을 주고 함선을 만들려 하지 않을 것이다."

그리고 문득 돌아본 롯데의 눈길이 광검이 들어간 배를 향하고 있다는 것을 알아차린 왕자가 물었다.

"롯데, 우리와 처음 만난 그 사내와 밤을 같이 보냈느냐? 광검 말이야."

롯데가 화들짝 놀라며 고개를 숙였다.

"저하, 그것은……."

왕자가 자조 섞인 감정으로 웃었다.

"어쩔 수 없지, 이런 상황이라면. 그럼 나중에 광검과 결혼하고 같이 살 생각은 있는가?"

롯데는 뭐라고 금방 대답하지 못했다.

광검과는 살아온 세계 자체가 달랐다.

앞으로 어떤 결과가 있을지도 알 수 없었다. 무엇보다 광검의 속을 알 수 없었다. 그게 가장 중요했다.

제국 함대는 아직도 쾅쾅 불길을 내뿜었고, 그 속으로 들어간 그들은 어떻게 되었을지 장담할 수 없었다. 사실 아까 광검 등이 탄 상륙정이 날아갈 때 얼마나 놀랐던가.

거기까지 생각이 이르자 롯데는 제대로 된 변명을 내놓

을 수 있었다.

"저하, 지금은 아틸라의 간교한 손길에 신음할 백성만 생각하시옵소서. 광검이란 사내가 저하의 행보를 많이 도울 수 있다면 소신은 그것으로 족하옵니다."

왕자가 롯데를 다시 돌아보았다.

롯데는 고개를 숙인 채 말하고 있었다. 왕자의 눈길을 사실상 피한 것이다.

"너의 새하얀 순결을 이용해 먹는 지경에 이르렀구나……. 롯데, 자네 주인은 다 좋은데 힘이 부족해, 힘이. 쯧쯧."

왕자가 기운이 빠진 투로 스스로 타박하는 말을 한마디 흘리자 롯데가 다시 고개를 들었다.

여전히 불을 뿜는 강철 함선이 눈에 박혀들었다. 롯데의 손이 저도 모르게 주먹을 쥐었다.

'돌아와요, 이래 봬도 걱정하고 있으니까.'

그 순간, 광검은 칼을 휘두르고 있었다.

광검의 칼은 지금 물건을 '부수고' 있었다.

순간적으로 얼어붙어 칼날 부위의 물건들이 부스러져 나가는 것이었다.

롤리가 가리킨 곳은 문을 잠그는 걸쇠 부위였다.

광겸의 초열아를 사용하기에는 위험했다. 문 안쪽은 폭탄이 많기 때문이었다.

파박, 파바박—

급속도로 얼어붙은 벽과 문이 광검의 손바닥에 깨부숴져 나갔다. 서너 번 얼리고 깨니 쇠로 만든 벽 안의 구멍이 드러나고, 그 구멍 안에 들어간 문의 걸쇠도 나타났다.

광겸이 눈을 빛내며 말했다.

“걸쇠가 꽤 두꺼운데? 팔뚝만 하잖아. 저 두께를 광수 형이 깰 수 있으려나?”

“그게 중요하냐, 지금?”

광검이 다시 얼리고 또 부수자 걸쇠가 걸리던 부분이 완전히 바숴졌다.

밀어서 열었다.

안쪽에는 총기들이 반듯하게 세워져 있었다.

롤리가 칼을 허리춤에 꽂고 총 하나를 집어 들었다. 그러고는 탄약상자와 탄창 네댓 개를 챙겨 주머니에 쑤셔 넣었다.

“남자가 칼을 안 쓰고 뭐 비겁하게 화포야?”

광검이 롤리에게 잔소리를 하자 롤리도 광검처럼 대꾸했다.

“그게 중요한가요, 지금?”

광겸도 ‘이거, 재미있어 보이는데?’ 라며 기관총 하나를 챙겨 들었다. 그 바람에 광검의 입이 비틀어지며 고개가 저리로 돌아가 버렸다. 차마 못 볼 꼴을 보았다는 듯이.

그러다 갑자기 광검이 외쳤다.

“놈들이 몰려온다!”

롤리가 광겸의 손에 들린 기관총의 안전장치를 찰카닥

풀어 주며 말했다.

"이걸 당겨요."

투다다다다다다닥—

찰나, 콩 볶는 소리가 요란하게 터지며 앞에서 달려오던 제국 수병들이 우수수 쓰러졌다.

롤리가 움찔거렸다.

"조, 조심하라구요! 하마터면 내가 맞을 뻔했잖아요!"

광검도 으르렁거렸다.

"다룰 줄도 모르는 게! 너, 그 꼴불견 냉큼 버리지 못해?"

하지만 광겸은 역시나 호호탕탕하게 외쳐 댔다.

"재미있네, 이거!"

투다다다다다닥—

다음 순간 날아든 제국 측의 총탄에 광겸이 먼저 호신강기를 끌어 올렸고, 그 상태로 돌진하며 기관총을 갈겨 댔다.

투다다다다다닥—

저쪽은 고개를 못 들고, 이쪽은 호신강기로 총알을 막으며 달려드니 싸움이 되질 않았다. 이내 복도에는 제국군 수병들이 쓰러져 가득 찼다.

문득 광검의 눈빛이 싸늘해졌다.

"기분 나쁘군. 그냥 손가락 하나 까딱거려 사람을 이토록 많이 죽이다니……. 당신네 세계 사람들은 도대체 무슨 생각을 하고 사는 건가? 우리도 사람을 이런 식으로 죽이진 않아."
롤리는 순간 말문이 막혔다.
할 말이 없었다. 롤리가 살고 있는 세계는 이런 세계였다.
곁에서 광겸이 명랑하게 말했다.
"어쨌든 뭐, 자기 무기에 자기가 죽는 걸 생각하고 만드는 사람은 서대륙에도 없나 보네."
그러더니 혀를 내밀고 할딱이며 말했다.
"돌겨억!"
그러나 입만 돌격이고, 돌격한 것은 그의 손에서 튀어 나가는 총알들이었다.
타타타타타타타탕—
"크아아악!"
제국 수병들이 또 우르르 쓰러졌다.
그러자 이번엔 앞에 있는 모퉁이에서 수류탄들이 데굴거리며 굴러들었다.
"빨리 엎드려요! 뒤로! 뒤로! 저게 폭탄이오!"
롤리가 급하게 외치자 광겸이 칼을 휘둘렀다.
슬쩍 휘둘러진 궤적을 따라 발생한 풍압이 수류탄들을 저쪽으로 도로 날려 버렸다.
하지만 그 바람에 펄쩍 다리를 들어 풍압을 피해야 했던 광겸이 투덜거렸다.
"아니, 콕콕 찍어 돌려보내도 될 걸 왜 휘둘러서……."
그 말이 끝나기도 전에 뿌연 연기와 세찬 바람이 확 몰아쳤다.

콰콰쾅—!

폭발음이 꽤나 세게 선내를 울렸다. 수병들의 비명이 울리고 신음이 뒤를 잇자 광겸이 고개를 빼꼼 내밀어 보고는 다시 외쳤다.

"돌격!"

그러나 광검의 눈은 더욱 우울하게 물들어 갔다.

저리 간단히 들고 다니는 폭탄이라니. 크기는 정말 돌멩이 정도였다. 그렇게 작은데도 폭발력은 상당한 수준이다.

사람 죽이는 것을 어찌 이렇게까지 연구할 수가 있을까?

광검은 고개를 흔들었다.

"정상이 아닌 세계로군."

하지만 그보다 더 혀를 차게 만드는 일이 곧 일어났다.

타타타타타—

총알이 날아드는데, 광겸이 어라, 하더니만 총을 흔들었다.

호신강기로 막아 내는 와중이라 입을 열지는 못하고, 손으로 화포를 들며 가리켰다.

주변은 총알이 튕겨지는 불꽃과 유탄으로 인해 정신이 없을 정도였다. 롤리가 그 와중에 광겸에게 다가가 고함을 쳤다.

"이렇게! 여기!"

그러면서 손가락으로 가리킨 부분을 또 세게 누르자 손

잡이 뒤쪽의 돌출 부위가 떨어져 나왔다. 롤리가 다른 상자, 즉 화포의 돌출 부위처럼 생긴 상자를 내밀었다.

"이게 탄창이에요!"

그 와중에 저쪽에서 총을 쏴 대는 제국 수병들은 공포스러워했다. 이런 총질 속에서 끄떡도 하지 않고 총을 다루는 기본 제식 훈련이나 받고 있다니!

롤리가 탄창이라는 것을 찰—카닥 끼운 다음, 다시 화포를 반대로 뒤집으며 한 손잡이를 가리키며 또다시 악을 썼다.

"이걸 눌러요!"

그러자 철커덕— 하더니 뭔가 구멍 안으로 맞아 들어가는 소리가 들리며 롤리가 총질을 해 댔다.

광검은 거기까지는 봐줄 수 있었다. 한데 그 동작을 광겸이 신기하다는 듯 죄 따라 해 내더니, 결국 제 스스로 탄창을 갈고 쏴 제끼는 것이었다.

타타타타타타타타타타타타—

광검이 고함을 질렀다.

"그만해, 이 모자란 놈아!"

광겸이 혀를 쏙 내밀며 웃었다. 광겸의 손에 들린 총에서 연기가 나고, 롤리가 가리킨 그것—노리쇠 손잡이—은 뒤로 밀려가 멈춰 있었다.

탄창 하나를 그냥 한 번에 주르륵 다 쏘고 나서야 멈춘 것이다.

복도는 계단으로 이어졌고, 그 위에서 광겸의 총에 맞아 죽은 수병들의 몸에서 피가 흐르고 있었다.
붉은 피를 가리키며 광검이 소리쳤다.
"이게 재미있냐? 작작 해, 인마!"
그러나 광겸은 흥, 콧방귀를 뀔 뿐이었다.
"작은형 물러지셨네? 아무 죄도 없는 항구의 사람들한테 화포를 먼저 쏴 댄 건 얘네들이라고!"
그러더니 광겸은 철커덕, 탄창을 익숙하게 갈아 끼웠다.
"칼로 하나하나 근원이니 죽일 당위성이니 따져 가며 죽이는 것도 아니고! 이렇게 보지도 않고 그냥 떼 몰살시키는 도구가 좋냐? 이게 무슨 싸움이냐! 짐승 학살하는 거지!"
그러자 광겸이 고개를 우득 돌리더니 웃었다.
"우리 광이 빛 광 자였어? 미친 광이잖아! 불쌍한 사람들 건드리면 미친개 되는 거지! 멍멍!"
할 말을 잃게 만드는 정체성에 대한 대꾸 아닌가. 광검이 '아, 저놈의 자식' 하고는 그냥 입을 닫았다.
광겸의 말마따나 분노의 주체가 틀렸다.
침략자는 이런 보복을 받아도 할 말이 없을 테니까!
광검은 고개를 저었다.
'이런 식의 물질문명은 정말 위험하군, 정말 위험해. 서대륙인들 정말…… 상종 안 하는 게 제일이야.'
그런 광검의 속을 긁 듯이 광겸이 또다시 외쳤다.
"돌격!"
롤리의 안내에 따라 계단을 오른 그들은 곧 함교의 지휘

본부로 들어가는 문을 열었다. 그 부분은 굳이 안내를 받을 필요가 없었다.

문 너머에서 벌써 '나, 고수요' 하는 기세가 퍼져 나오는 것이 느껴졌으니 필시 제독을 지키는 놈들일 것이고, 문 앞을 지키는 수병의 숫자가 많으니 그것도 마찬가지였다.

"이 사태의 우두머리 놈이다!"

광검과 광겸이 동시에 외쳤다.

그러자 수병들은 총부터 쏘고 봤다.

타타타타타타타타—

총알이 쏟아지고, 그 직후 제국 측 기사 둘이 몸을 날리며 칼을 휘둘러 오는 것이 차라리 반가울 지경이었다.

광겸이 다시 호신강막을 펼치며 총을 난사했다.

투다다다다—

기사 하나를 롤리가 마주하는 사이, 광검의 칼이 하나를 얼리고 깨뜨려 부쉈다.

총소리가 멈추자 더 이상 두 발로 서 있는 수병들은 없었다.

그 순간, 광겸에게로 화려한 옷을 입은 자가 돌진했다.

기세가 아틸라 못지않은 노인이었다.

그러나 이미 분노한 표정으로 돌아온 광겸의 초열아에 상대가 될 수는 없었다.

초열아의 열기가 후끈하게 통제용 해도 테이블을 갈라놓는 순간, 화려한 옷의 노인이 가슴에서 피를 뿜었다.

"커허억!"

노인이 쓰러지자 롤리와 칼을 겨루던 기사, 부관이 처절하게 외쳤다.

"제독 각하!"

따악!

외침이 끝나기도 전에 부관은 뒤통수를 얻어맞았다.

롤리의 칼 아래서부터 슥 끼어든 광검의 투덜거림이 뒤를 이었다.

"상관이 중요하다고 한눈이나 파는 멍청이들을 잡자고 여기까지 고생고생하며 오다니!"

그렇게 한껏 끌어 올린 소닉 블레이드를 앞으로 그냥 끼어들면서 흘려내 버린 광검에게 롤리는 이제 놀라지도 않았다.

칼싸움에 관한 한, 이 견자단은 거의 신이나 다름없다는 것을 깨달았기 때문이다.

부관은 억지로 기어가 마이크에 대고 황급하게 말했다.

"비상사태! 제독께서 운명하셨다! 전함, 기함에 화력 집중하라! 반복한다! 전함, 화력을 기함으로!"

빠억!

"커헉!"

팔목이 그대로 부러지면서 부관의 입에서 비명이 흘러나왔다.

동시에 마이크도 떨어졌다.

"누굴 통구이로 만들려고 들어, 이 자식이!"

그때, 롤리가 마이크를 집어 들었다.

함교의 커다란 통유리에 신기해할 틈이 없었다. 멀리 보이는 항구는 포격으로 엉망이었다.

검은 연기가 여기저기서 치솟으며 화마를 덮을 지경이었다.

불은 심각하게 크게 났다.

쿠쿵—!

방금도 포격이 있었다. 선체의 진동에 광겸과 광검의 표정이 어두워졌다. 해변에서는 지금도 사람들이 죽어 나가고 있었다.

무사히 피했다 해도 항구는 다시 건설해야 할 만큼 괴멸적인 타격을 입었다.

롤리가 무전 채널을 돌려 주포를 찾아냈다.

"2포대, 3포대, 들리는가?"

그러자 응답이 왔다.

치익—

"누구십니까?"

롤리가 대답했다.

"황실 비밀 감사다! 지금 비상사태가 벌어졌다! 이세계 원주민들이 상륙정을 탈취, 함선에 난입해 선상 반란을 제압하기가 힘들다! 지금부터 란타카 함에 화력을 집중한다!"

"예? 란타카 함은 함대 중앙의 진을 유지하는 함입니다! 거기 상륙정이 닿은 것을 목격한 적이 없……."

그러나 롤리에 의해 말이 잘렸다.

"급하다! 우리끼리 치고받아 서로 자멸하고 싶나! 원주민들 중에 우리 쪽 함선의 운용법을 배운 자가 있다! 방금 돌격함에서 쏜 탄에 미함이 통제 불능에 처한 거 아닌가!"

롤리의 얘기를 듣고 광검과 광겸이 퍼뜩 돌아보니 정말 항구를 직접 들이받았던 함선은 포격을 멈춘 뒤였다. 게다가 함대의 포진 꼬리 쪽, 돌격함의 반대쪽에 있던 함은 함교와 주포 하나가 불길에 휩싸여 있었다.

"광수 형이?"

"큰형이? 어떻게 한 거지?"

광검과 광겸이 그제야 혼자 함선으로 돌진한 큰형 광수를 걱정했다. 그사이 롤리의 단호한 음성이 떨어졌다.

"각 정칠십, 부양각 영도!"

그러자 응답이 들려왔다.

"이건…… 아무리 황실의 비밀 감사라 하셔도 감당 못할 사태입니다! 재고를……!"

치익—

그러자 롤리가 거칠게 내뱉었다.

"너 누구야! 관등성명 대! 이 자식앗! 그럼 지금 상황에 란타카 함으로 상륙정을 내서 진입하는 멍청한 짓을 한단 말이냐!"

"그것은……!"

치익—

순간, 침묵이 이어지다가 곧 주포가 기잉— 소리를 내며 크게 돌아 중앙의 함선을 향하는 것이 보였다.

롤리는 이때다 하면서 내질렀다.

"방포!"

치익—

롤리가 다시 소리를 내질렀다.

"죽고 싶나! 적이 주포까지 점령하면 끝장이라는 거 모르나! 방포!"

"……방포합니다!"

치익—

힘없는 목소리가 들리더니 쿠웅— 포성과 함께 주포가 불을 뿜었다.

그러자 함대 중앙의 가장 중무장된, 가장 큰 구경으로 가장 멀리 날려 보내는 함대의 포격지원함인 란타카의 선체가 번쩍하더니 옆구리가 그대로 터져 나갔다.

퍼퍼펑—!

주포 바로 밑의 포탄이 같이 폭발하면서 란타카는 두 동강이 났다.

그제야 롤리는 한숨을 쉬었다.

"휴, 이제 정말 함대 전체가 혼란에 빠졌을 겁니다."

그러자 광검이 슈텐의 목을 움켜쥐었다.

"대체 뭐야? 왜 우릴 침략한 거냐! 도대체 왜!"

"쿨럭!"

슈텐은 정신을 차리고는 피를 토했다. 그러더니 숨을 그르렁대며 웃었다.

"이, 이 천하고 더러운 야만인 놈들, 이…… 커헉! 이…… 푸익!"

광검이 슈텐의 몸을 끌어 올려 얼굴에 마주 대고 말했다.

"왜 침략했나!"

슈텐의 눈은 거의 풀어져 있었다. 그러나 그는 그 한마디는 어찌 알아들은 모양이었다. 슈텐은 눈동자를 스르르, 까뒤집으면서도 대꾸했다.

"힘이…… 없으면 불평하지 마라, 이 더러운 야만…… 인들아……."

그 말을 끝으로 그의 고개가 숙여졌다.

동시에 그의 손에 있던 팔찌가 툭, 떨어졌다. 그게 롤리의 눈을 번쩍 뜨이게 했다.

"아니, 저, 저건 우리 세자 저하께서 차시던……!"

롤리가 냉큼 팔찌를 주워들었다.

광겸이 그런 롤리를 재촉했다.

"빨리, 다음 배를 하나 더 때리자고, 빨리!"

롤리가 팔찌를 들여다보고는 고개를 끄덕였다.

"음, 과연…… 그렇게 해서 아틸라 백작이 제국군을……."

혼자 중얼거리던 롤리가 급하게 팔찌를 주머니에 구겨 넣으며 외쳤다.

"주포를 점령해야 해요! 하나는 사람이 없고, 하나는 내 말을 따랐으니까, 방금 쏜 그 2번 주포로 갑시다!"

그래서 셋은 다시 황급하게 밑으로 뛰어내렸다.

콰장창—!

커다란 통유리 하나를 깨면서.

"으아아!"

비명을 지른 것은 역시나 롤리였다. 터턱— 하고 갑판에 내려서자 롤리는 또 휘청거렸다.

광검이 고개를 갸웃거렸다.

"대체 수련을 어떻게 했기에 검풍을 날카롭게 내지르는 검사가 이 정도 높이를 못 뛰는 거요?"

롤리는 숨을 들이켜기만 하고 대꾸를 하지 않았다. 하지만 내심은 달랐다.

'당신들이 괴물인 거지!'

롤리가 2번 주포에 먼저 당도해 포탑 뒤의 뚜껑 손잡이를 비틀었다.

덜컹—

문이 열리자 광검이 확 뛰어 들어갔고, 안에 있던 두 사람이 빙기에 격중당해 쓰러졌다.

쓰러진 두 사람을 꺼낸 롤리가 복잡한 계기판을 주욱 훑었다. 그러더니 뭔가 툭툭툭, 두드리며 아주 작은 손잡이를 위로 올렸다.

그 순간, 주포가 자동 장전 장치를 돌리기 시작했다.

지금 광검들이 탄 기함은 가운데였던 란타카 함의 바로 뒤에 있었다. 하지만 제독이 포진 안에 넣지 않고 있던 터라 포각이 나온 것이다.

철커덩—

쿠웅—!

육중한 소리가 울리자 롤리가 조준경을 들여다보더니 그대로 막대 손잡이를 잡고 위로 밀었다. 그러자 포신의 각이 거꾸로 밑으로 내려왔다.

그 순간, 롤리가 어깨에 밀착시킨 큰 손잡이에 달린 방아쇠를 당겼다.

철컥—

콰콰쾅—!

란타카 함의 바로 앞에 있던 제2돌격함이 롤리에 의해 잇달아 포격을 맞았다.

그러자 주포탑 안으로 지휘관실의 무전이 들려왔다.

"제독 각하! 대체 왜 이러십니까?"

치익—

그러자 롤리가 마이크에 대고 말했다.

"각하께선 원주민과 싸우다 장렬히 전사하셨다!"

"아니! 그, 그럼 무전을 받으신 당신은 대체……!"

치익—

그러다 문득 롤리의 사기극을 저쪽이 알아차린 모양이었다.

모든 배에 공통으로 쓰는 회선이 열렸다.

"여기는 제2돌격함의 함장, 랜돌프 백작이다! 지금 기함이 원주민들의 더러운 손에 점령되었다! 다시 말한다! 제독 각하께서 야만인들의 손에 더럽혀지셨다! 모두 기함을 향해 포격 집중하라!"

치익—

그러나 롤리의 손이 막대 같은 손잡이를 다시 조정하는 순간, 유압 펌프의 진동 소리가 들리면서 포탑이 미세하게 위로 들려졌다.

롤리가 다시 손가락으로 작은 손잡이 세 개를 연달아 움직였다.

다시 철커덩— 쿠웅— 하는 소리가 들리고, 롤리의 입이 앙다물어지며 조준경에 바짝 눈을 댔다.

끼릭, 방아쇠가 당겨지자 콰콰쾅— 포성이 울리며 모든 함선에 무전을 쳤던 배, 제2돌격함의 함교가 통째로 날아가 버렸다.

밑의 중앙부 지지대가 부서져 갑판 중앙도 주저앉았다. 침몰이 당연했다. 수병들이 물로 뛰어들고 있었다.

그때, 롤리가 갑자기 후다닥 일어서더니 밖으로 나가려 했다.

"어, 어디 가요?"

광겸을 끌어다가 자리에 앉히는 것으로 대답을 대신한 롤리가 외쳤다.

"이제 저들도 우리를 쏠 거예요! 배를 움직여야 해요! 제가 보고 각을 지시해 줄 테니까, 여기서 포를 쏴요! 알았죠!"

그 말에 광겸이 눈을 빛내는 걸 보고 광검은 손으로 이마를 감싸 쥐었다.

"이놈의 자식이 정말……."

그럼에도 광겸이 헤, 웃었다.

"재미있다니까! 작은형도 한 번 쏴 봐."

"마!"

그러나 벌써 조종석에 앉은 광겸은 이미 주포를 조정하고 있었다.

광검이 말을 하려다 말고 돌아섰다.

롤리가 포탑에 올라가 상자 두어 개를 더 쌓더니, 그 위로 올라가 발을 디뎠다.

파콰창—!

상자가 박살나는 바람에 롤리의 도약이 조금 못 미쳤지만, 어쨌든 함교의 창문턱을 간신히 잡을 수 있었다.

거기서 팔 하나의 힘으로 뛰듯 도약하기는 좀 힘들었다.

어쨌든 근육의 힘도 있어야 일정 경지로 올라설 수 있는 것이다. 롤리는 멋진 회전 도약은 아니지만, 턱걸이 하듯 슥 끌어 올려 다른 팔을 걸치고, 그제야 홱 재주넘기를 하며 위로 올라설 수 있었다.

그런 후에 광검이 이미 한 번의 도약으로 올라서 있는 것을 보았다.

"후, 괴물."

고개를 살래살래 저은 롤리가 조종간을 향해 뛰어갔다.

먼저 계기판에서 가장 중요한 지표인 스팀 압력판부터 살폈다. 압력도, 그리고 물의 양도 일단 나쁘지 않았다. 롤리는 스팀 압력을 확 올린 후 잠시 기다렸다. 압력계가 서서히 올라갔다.

땅— 땅— 땅— 땅—

추진용 터빈으로 들어가는 관에서 스팀 압력이 차는 소리가 들려왔다.

"좋아!"

롤리는 그대로 액셀을 세게 밟았다.

쿠웅—!

함의 뒤가 거꾸로 들려지는 것과 동시에 함수가 가라앉으며 뒤로 급발진을 했다. 물결이 배의 뒤에서 크게 일어나며 앞으로 보냈다. 배는 물결을 뒤로 갈라 대고 있었다.

광검도 순간 몸의 중심이 흔들려 옆의 작전 게시판 틀을 잡고 물었다.

"뭐야, 이거!"

그의 눈은 정말 커다래져 있었다.

멀리서 함선이 움직이는 걸 봤을 땐 그냥 조금 놀라는 정도였다. 하지만 배가 정말 크다는 걸 알게 된 지금, 그 거대한 배가 요동을 칠 정도로 급가속을 할 수 있다는 것은 정말 놀라운 것임을 알게 된 것이다.

물보라가 함교까지 들이쳤다. 갑판에서 봐도 무려 칠 장이 넘는 높이였다.

광검의 앞에서 바닷물이 팡, 하고 도로 튕겨졌다. 그가 일으킨 기세 때문이었다. 하지만 더 깊은 곳에 있던 롤리는 바닷물 방울들을 그대로 얼굴에 덮어썼다.

롤리는 씨익 웃었다.

"하하! 제국의 함선들, 정말 성능이 끝내 주네요!"

그러더니 마이크를 잡고 말을 했다.
"쾅키윰? 콴큠! 들려요?"
이쯤해서 정신 챙기기 어려워진 광검이 물었다.
"콴큠은 또 누구야?"
롤리가 대꾸도 없이 마이크에 대고 계속 말했다.
"그쪽, 내가 아까 대고 말하던 거 봤죠? 들을 땐 손가락 떼고, 말할 땐 손가락으로 눌러야 여기서 들을 수 있어요!"
그러자마자 바로 치이잇— 하더니 광겸의 목소리가 흘러 나왔다.
"광겸이라니까, 광겸! 근데, 뭐 잘 들려요?"
치익—
광검의 입이 뜨억— 벌어졌다.
"저놈의 자식은 서대륙 문물에 왜 이리 적응을 잘해?"
마이크가 삐익— 하더니 광겸이 즉각 대꾸하는 것이었다.
"오, 전달된 거야? 하, 이거 신기한데? 내가 막내라 그런가 본데?"
치익—
하지만 다음 순간, 광겸이 아닌, 광수의 목소리가 끼어들었다.
"그런 식으로 쓰는 건가 보군, 이 말하는 통은."
치익—
"억? 큰형? 큰형이 어떻게 여기 끼어들지? 형은 괜찮아?"

광겸의 놀란 음성이 마이크에서 퍼지는 가운데, 광검의 입에서 안도의 한숨이 나왔다.

"노친네 혼자서 어떻게 길은 안 잊어 먹는구려……."

"너랑 나랑 몇 살 차이라고 노친네야, 이놈의 자식!"

치익—

하지만 다음 순간, 제국 측 함포가 광검 등이 탄 기함을 향해 불을 뿜었다.

콰광—!

〈『운종룡변종견』 제4권에서 계속〉

운종룡변종견

1판 1쇄 찍음 2014년 6월 24일
1판 1쇄 펴냄 2014년 6월 27일

지은이 | 담적산
펴낸이 | 정 필
펴낸곳 | 도서출판 **뿔미디어**

편집장 | 이재권
기획 · 편집 | 윤영상
편집디자인 | 김병희

출판등록 | 2002년 9월 11일 (제1081-1-132호)
주소 | 경기도 부천시 원미구 상동로 117번길 49(상동) 503호 (우)420-861
전화 | 032)651-6513 / 팩스 032)651-6094
E-mail | bbulmedia@hanmail.net
홈페이지 | http:/bbulmedia.com

값 8,000원

ISBN 979-11-315-2513-5 04810
ISBN 979-11-315-1149-7 04810 (세트)

www.bbulmedia.com

www.bbulmedia.com